堂場瞬一

10 ten

俺たちのキックオフ

堂場瞬一スポーツ小説コレクション

実業之日本社

実業之日本社文庫

《目次》

■ラグビーのグラウンド■

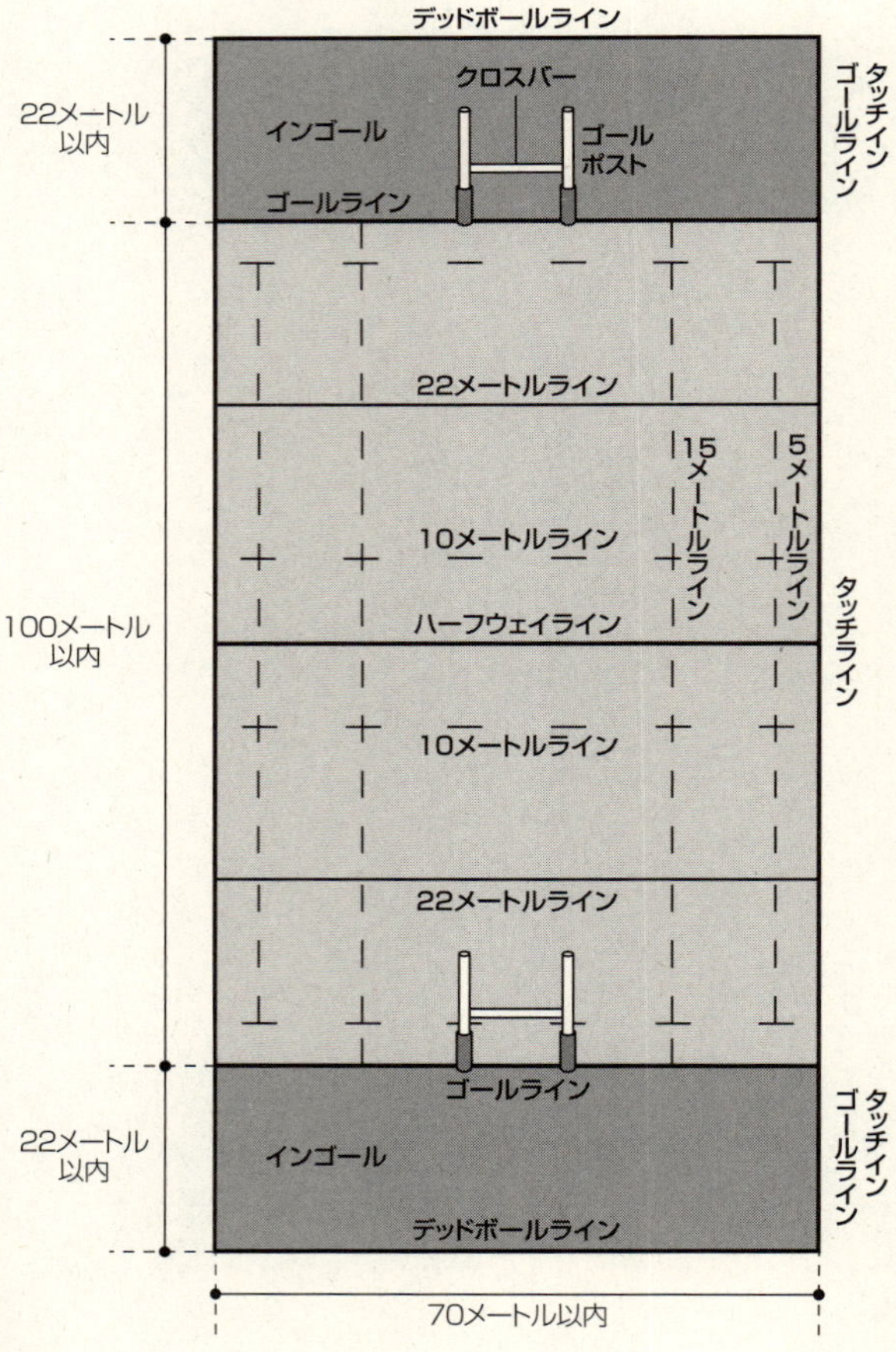
デッドボールライン
クロスバー
22メートル以内
インゴール
ゴールポスト
ゴールライン
タッチインゴールライン
22メートルライン
15メートルライン
5メートルライン
10メートルライン
100メートル以内
ハーフウェイライン
タッチライン
10メートルライン
22メートルライン
ゴールライン
22メートル以内
インゴール
タッチインゴールライン
デッドボールライン
70メートル以内

■ラグビーのポジション■

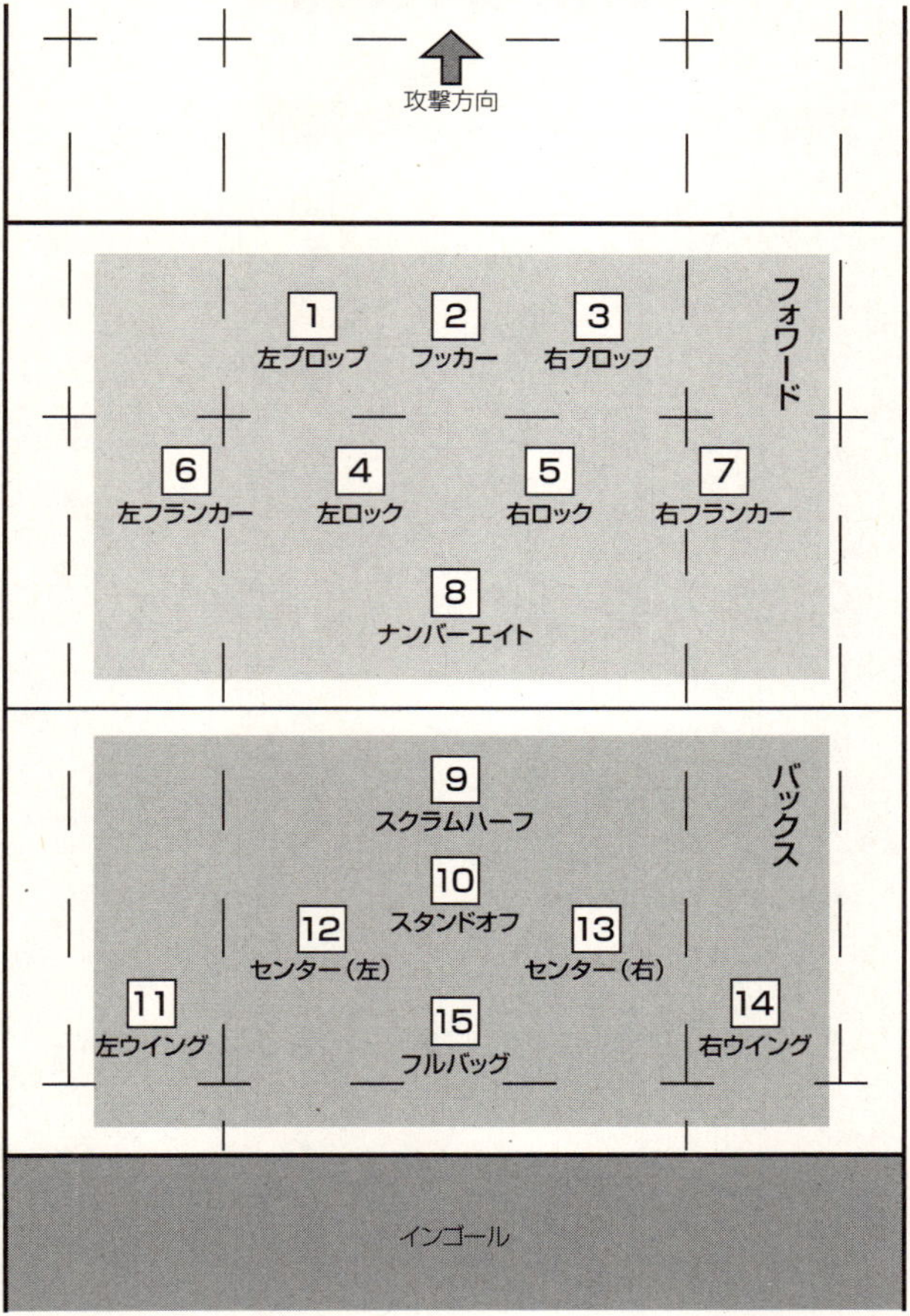

図版作成　ジェオ

城陽大メンバー表

背番号	氏名	ポジション
1	安井	プロップ
2	海老沢	フッカー
3	池上	プロップ
4	林田	ロック
5	石立（小野田／外川）	ロック
6	上野	フランカー
7	永川	フランカー
8	枡田	ナンバーエイト
9	末永	スクラムハーフ
10	進藤	スタンドオフ
11	橋上	ウイング
12	秦（斉藤）	センター
13	谷内	センター
14	斉藤（本木）	ウイング
15	金井	フルバック

10

ten

俺たちの
キックオフ

1

朝霧に濡《ぬ》れたグラウンドに、芝の青臭い香りが立ち上る。進藤直哉《しんどうなおや》は思い切り息を吸いこみ、鼻腔《びこう》を満たす馴染《なじ》みの匂いに安心感を覚えた。安心感……ではないか。日常。そう、ようやく日常が戻ってきたのだ。

城陽《じょうよう》大ラグビー部のグラウンドは、都心から遠く離れた多摩地区南部にあり、練習がない時は静けさの中に沈んでいる。周囲は深い森で、近くを通る街道の騒音はシャットアウトされてしまう。午前六時。体も気持ちも疲れているのだが眠りは浅く、いつもよりずっと早く目が覚めてしまった。次の試合は一週間以上も先である。この間が鬱陶《うっとう》しかった。もっとスケジュールが詰まっていれば、少しは気が紛れるのに。

ボールを持ったまま、芝の上をゆっくりと歩き始めた。伸びている所と薄くなっている所の差が著しい。キックオフから最初のコンタクトプレイが行われる機会の多い10メートルライン付近は、特に芝がひどく剝《は》げて、土が顔を覗《のぞ》かせていた。逆にタッチラインの辺りは芝が長く、スニーカーのソールを通してその感触がはっきりと感じられる。

九月になったというのに、まだ蒸し暑い日が続いている。この前の試合——シーズン初戦は最悪だった。最高気温三十二度の陽気は、ラグビー向きではない。一方的に攻める展開で大勝したのだが、猛暑の中でひたすら攻め続けるのも案外疲れるものだと、改めて思い知った。もちろん監督は、手抜きプレイを許さなかったが。勝つ時は徹底して叩《たた》き潰《つぶ》せ、が口癖《くちぐせ》だった。

80対5。高校ラグビーの地方予選のようなスコアが、監督が——親父が指揮を執った最後の試合の結果だった。

知らぬ間にグラウンドを一周してしまった。朝露のせいでスニーカーはじっとりと濡れている。こいつもそろそろ洗わないとな、と思ったが、そんな些細《ささい》なことさえ面倒臭い。しばらく呼吸を止めていたのに気づき、ゆっくりと息を吐いて、ゴールポストの前で立ち止まる。ポールに掌《てのひら》を当て、体重を預けた。いつもの癖で、爪先《つまさき》立って足首を回す。暇があったらこうすることで、足首がより柔軟になるような気がするのだ。右……左……まだ考えがまとまらない。試合中に頭を強打した時の感じに似ていた。ふっと気を抜くと一瞬目の前の光景が白くなり、自分が何をしているのか、どこにいるのかも分からなくなってしまう。

そんなふらふらした状態が、もう一週間も続いていた。

「何やってるんだ、こんな朝っぱらから」

声をかけられ、ゆっくりと振り向く。主務の会田《あいだ》が腕を組んで立っていた。怪訝《けげん》そうに眉《まゆ》をひそめている。

「ああ」

彼がグラウンドに入って来たのにも気づかなかった。まだ、普通の神経を取り戻せていないのかもしれない。両手で顔を擦《こす》り、体の向きを変える。二メートルほどの距離を置いて向き合い、しっかりと会田の顔を見据えた。四年前に初めて会った時から変わらない、浅黒く精悍《せいかん》な顔。短く刈り上げた清潔な髪。服装は夏の定番のポロシャツにジーンズだ。足元はサンダル。ジーンズの裾《すそ》を少し引きずっていた。

「ちょっと早過ぎないか?」

「早くって目が覚めたんだよ、たまたま」

「早くって、昨夜も遅かったんじゃないのかよ」

「帰って来たのは十一時ぐらいだったかな」

顔をしかめ、会田が腕時計に目をやった。

「じゃあ、あまり寝てないな」

「そうだな」もう一度顔を擦る。指摘されると、改めて深い疲労を意識した。「ま、そのうち調子も戻るだろう。お前こそ、こんな早くにどうしたんだ」

「俺？」会田が自分の鼻を指差した。「俺は散歩。時々、誰もいない時間に来るんだよ。なかなかいい雰囲気だからな」

「知らなかったな」会田はこの近くにある寮ではなく、少し離れたアパートに一人で住んでいる。

「お前は俺のことを全部知ってるわけじゃない」

「そうか」

会話が手詰まりになった。一週間会っていなかった――葬儀は別にして――だけなのに、何年も離れていた人間と再会したようなぎこちなさ。仕方なく、手にしていたボールをそっと会田に投げる。しばらく無言のまま、二人の間をボールが行き来した。長年馴染んだ感触。指先で押し出すように投げると、軽い摩擦感が心地好い。先に口を開いたのは会田だった。

「監督の後任だけどな、七瀬《ななせ》さんがやるそうだ」

「七瀬さん」繰り返して言うと、急速に事態がはっきりしてくるのを意識した。七瀬龍司《りゅうじ》、城陽大ラグビー部ヘッドコーチ。つまり、監督の補佐役。しかし、城陽ＯＢではない――いわば外様《とざま》だ。「七瀬さん？」

「そう。お前がいない間に、部長とOB会で何度か話し合いをしてね。現状では、中から持ち上がりがいいだろうっていうことで決まったんだ。シーズン途中だし、できるだけ変えない方がいいっていう判断だった」

「そうか」妥当だろうな、と理屈では思ったのに、何故か釈然としない。何で七瀬さんなんだ？　あの人がここにいるのは、たまたま親父が高校の監督をやっていた時の選手だったという関係からだ。指導者としての腕は……まだ分からない。今年ヘッドコーチに招かれたばかりで、正直に言えば親父の陰に隠れた存在に過ぎなかった。親父が何を考えて彼をチームに引っ張ってきたのかもはっきりしない。指導者として見こんでいたのかもしれないが、まだその片鱗《へんりん》さえ見えなかった。

「他の人じゃなかったんだ」

「他の人って、誰だよ」会田が目を細める。

「中で持ち上がりなら、橋《はし》さんとか岡田《おかだ》さんもいるだろう」

橋はフォワードの、岡田はバックスのコーチだ。二人とも、五年以上もチームを支えてくれている城陽OBである。この二人でなくても、外にいるOBの中から、監督やコーチの経験がある人を選ぶ手もあったはずだ。八十年近い歴史を誇る城陽大ラグビー部は、人材の宝庫である。指導歴のあるOBは枚挙《まいきょ》に暇《いとま》がない。

進藤の思いを読み取ったのか、会田が淡々とした口調で告げる。

「ヘッドの七瀬さんが持ち上がるのが、順当な人事じゃないのかな」

「外から呼んできてもよかったのに」

「今はタイミングが悪いよ。もうシーズンが始まってるんだから。他のチームから引き抜くわけにはいかないだろう」

「七瀬さん以外に適任はいないわけか」消去法……あまりいい選び方ではない。

「そういうマイナスの選択じゃないと思うぜ。チームの雰囲気を大きく変えないためには、これが一番じゃないかな」会田が眉をひそめる。「今日の午後、正式に就任の挨拶《あいさつ》がある予定だ。キャプテンのお前に知らせるのが遅くなって申し訳ないんだけど、お前はばたばたしてたから」

「それはいいんだけど……」

父の進藤元《はじめ》――城陽大ラグビー部監督が突然倒れたのは、一週間前である。心筋《しんきん》梗塞《こうそく》。シーズン初戦を終えてクラブハウスに戻り、監督室に引きこもって試合のデータを分析している最中だった。倒れる少し前まで七瀬と話しこんでおり、彼が帰った直後の出来事である。もしも七瀬が、もう少し長く監督室にいたら……夜九時。選手たちはとうに寮の自室に引き上げており、父は痛みに苦しみながら、しばらく監督室の床で、一人のた打ち回る羽目になった。

見つけたのは会田だった。試合のビデオを届けるためにドアをノックしても返事がないので不審に思い、床で倒れている監督を発見したのである。呼びかけても返事はなし。そこでパニックに陥ってもおかしくはなかったが、会田はあくまで冷静に、まず携帯電話で救急車を呼んだ。それから監督の許《もと》に駆け寄ったが、紙のように白くなった顔を見て、自分は手を出すべきではないと即座に判断し、寮の自室に戻っていた進藤に電話を入れた。救急車に一緒に乗りこんだのも会田である。チームの雑事を一手に引き受ける主務として、完璧《かんぺき》な対応だった。本人は「何をしたのかよく覚えていない」と言うのだが。

進藤は何もできなかった。あまりにも突然の出来事に、生まれて初めて自失してしまったのだ。「監督と選手」という関係が一瞬にして親子に戻り、あまりのショックに、何一つ覚えていなかった。気づいた時には病院の手術室の前に母親と一緒にいて、赤いランプを見詰めていた。

助からなかった。治療技術の向上で心筋梗塞の死亡率は下がっているというが、この時は発見が遅過ぎた。

何という悪いタイミングなのか。

リーグ戦四連覇に向けて、城陽が大勝でスタートを切った直後、チームを東日本リーグ一部の強豪に押し上げた名監督は、五十歳で呆気《あっけ》なく死んだ。そして進藤は、かつて経験したことのない騒動に巻きこまれた。通夜、葬儀……喪主は母親だったし、面倒なことは城陽大ラグビー部のOB会や、兄・敬一郎《けいいちろう》の会社の人間が全て仕切ってくれたが、それでも生まれて初めて経験する一週間で、心身ともに疲れ切ってしまったのを実感している。

この一週間の細かい部分はほとんど覚えていないが、葬儀の盛大さだけは、感覚として記憶に残っている。城陽大ラグビー部の関係者、かつて親父が率いた世田谷第一高校ラグビー部のOBたち、ライバルである他大学の監督や選手……ラグビー界における父親の人脈の広さを改めて思い知ると同時に、参列した人たちの本気の涙が、父との濃い関係を証明した。

忌引きの一週間が終わり、合宿所に帰って来たのが昨夜。父の死をまだ事実として受け入れられなかったが、気持ちを切り替えてシーズンに臨まなければならない、という想いは強かった。まだ一試合を終えたばかりで、強敵との本格的な対戦はこれからなのだ。父の願いに応えるためにも頑張らなければならないのに、体にも気持ちにも力が入らない。濡れた芝をスニーカーのソールで擦りながら、進藤はグラウンドを見渡した。ここで父と過ごした三年半の日々……全てが自分の中に受け継がれていると意識する。

「練習、今日から出るのか」

「あ?」突然会田に訊《たず》ねられ、進藤は回想から抜け出して間抜けな声を上げてしまった。

「練習だよ。いつも通り、三時からの予定だけど」

「出るよ、もちろん」

「今日は軽くしておけよ」会田が忠告する。「一週間も体を動かさなかったの、大学に入って初めてじゃないか」

「そうかもしれない」

「自分で考えているより鈍《なま》ってるかもしれないぞ。いきなり無理して怪我《けが》でもしたらつまらない。まだ先は長いんだからさ」

「分かってる」ボールを受け取り、グラウンドに足を踏み入れる。22メートルラインまで歩き、屈みこんでボールの尖《とが》った先端を芝に叩きつけた。おもむろに二、三歩下がり、ワンバウンドさせたドロップキックでゴールを狙《ねら》う。高い軌跡のキックは軽々とゴールポストのクロスバーを越え、会田の胸にすっぽりと収まった。会田がゴロで蹴《け》り返す。徐々《じょじょ》に左に開きながら、進藤は次々とドロップゴールを成功させた。こんなことはできて当たり前。この距離で、敵のプレッシャーがない状態で外すわけがない。練習では常に完璧にしておかなければならない。練習で百できても、試合では八十しかできないのが常だから——父の教えである。だから試合で百の力を出せるよう、練習では百二十まで自分を高めておくこと。

蹴り続けるうちに心が澄んでくる——いつもならば。今朝ばかりは、そう上手くいかなかった。つい、これから先のことを考えてしまう。試合のこと、そして指揮を執る七瀬のこと。

俺はあの人を信用していいのか？　よく知らない人間に、自分の体と心を、そしてチームを全面的に預けていいのか？

ミーティングは暗い雰囲気で始まった。城陽大ラグビー部の部員は、全部で六十五人。AチームからCチームまで全員が集まると、広いグラウンドもさすがに狭く感じられる。会田から聞いたのだが、この一週間、全体練習は休みになっていたという。進藤の記憶にある限り、過去にこんなことは一度もなかった。現役の監督が急死するというのは、それだけ大事なのだろう。

二重三重の輪を作った選手たちの中心に立った七瀬は、無言で全員の顔を見回していた。ミーティングの第一声――会田が務めた――から十秒。一言もなく、ただ首を巡らせ続ける。大丈夫か、と進藤は不安になった。まさか、緊張のあまり言葉が出なくなってしまったんじゃないだろうな。そんなことじゃ、監督なんかやっていられない。ラグビー選手は基本的に猛者《もさ》であり、監督はしばしば猛獣使いに喩《たと》えられる。飼い慣らすためには最初の一発が大事なのだが、七瀬は不自然に長く無言を貫いていた。七瀬の胸が膨らむのを進藤は見て取った。次の瞬間、九月の暑い空気を揺るがすような声で「黙禱《もくとう》！」と叫ぶ。一瞬で六十五人全員が凍りついた。声だけで相手を威圧するのは容易ではないが、七瀬はそれを易々《やすやす》と――進藤の目からは――実現してしまった。目を瞑《つむ》りながらゆっくりと数をカウントする。芝の上を渡る青臭く熱い風が鼻を撫《な》でていった。十まで数えた時、「黙禱やめ！」の声が響き渡る。ゆっくり目を開け、正面にいる七瀬の顔を見据えた。がっしりした顎《あご》。全てを見透かそうとでもいうように大きく見開かれた目、何度か骨折したらしく、少し形の崩れた鼻。耳を覆うほどの長さの髪が風に揺れ、耳が覗く。現役時代はフォワードだったのに潰れていないのは、スクラムを後ろから支えるバックローとしてのプレイ歴が長かったからだ。スクラムの最前線や二列目で踏ん張るプロップやロックの連中は、決まって耳が餃子《ギョーザ》のようになっている。

進藤は、選手としての七瀬を知っていた。何年か前、トップリーグの試合でプレイする姿を生で見たこともある。

一言で言えば、地味で印象の薄い選手だった。愚直にタックルに入り、密集では進んで自分が核になる。豪快な突進や、フォワードの見せ場である空中戦で目立つことはなかった。ラグビーは格闘技の要素が強い球技だから、地道に相手にぶつかる選手がいないと試合が立ち行かなくなるが、それにしても泥臭い選手だな、という印象しかなかった。父のかつての教え子であるということはその時既に知っていたが、コーチとして城陽大にやってくることなど想像もできなかった。

「お疲れ」先ほどの「黙禱！」とは一転して穏やかな声で、七瀬が選手たちに話しかける。「この一週間、いろいろ大変だったと思う。今日から練習を再開するけど、その前に一つだけ、報告しておく。ＯＢ会の強い要望もあって、今回、監督を引き受けることにした。進藤監督にはとても及ばないが、四連覇を達成するために、君たちと一緒に頑張りたい。本当の目標はその先、大学選手権優勝だ。進藤監督の夢を叶《かな》えるためだと思ってくれ」

「オス！」という叫びが揃《そろ》い、進藤は少しだけ安心した。名監督と言われた男の急死を受けてチームを引き受けるのは、どんな人間にとってもプレッシャーになるだろう。ましてや七瀬はこの大学のOBでもないうえに、チームに合流してから数か月しか経っていない。気負い、あるいは逆に気後れがあってもおかしくないが、今の挨拶は悪くなかった。父親の遺志を継ぐという宣言が、進藤の中に芽生えていた緊張感を少しだけ解《ほぐ》してくれた。基本線は変えない——その原則が守られれば、やりやすいだろう。

七瀬が再び選手たちの顔を見回す。

「このチームには、しっかりとした型がある。ただ、リーグ戦を勝ち抜いて、大学選手権で勝つためにはもう一押し、もうちょっと工夫が必要なんじゃないかな。それが何なのかを、これから君たち自身で考えて欲しい」

どういうことだ？　進藤は瞬時に血液が沸騰するのを感じた。これは親父のやり方に対する否定か？　何かが足りなかったから、ここ三年、大学選手権の決勝へ進めなかったとでも言いたいのか？

冗談じゃない。監督として何の実績もない人間に、こんなことを言われたくない。だいたいこの人に、城陽大を仕切る能力があるのか。

七瀬の目は優しげだった。一転してくだけた口調で話を続ける。

「まあ、正直言って、不安がないと言えば嘘《うそ》になる。監督は初めてだし、このチームを完全に把握できているとも思っていない。でも、やれと言われたからには全力を尽くす。君たちも、自分の力を出すことだけを考えてくれ。そうすれば必ずリーグ戦を全勝優勝して、大学選手権でも勝てる」

今度は少し低い声での「オス」。進藤は口をつぐんだままだった。俺はつき合いや習慣だけで返事するような、頭が空っぽの人間ではない。

気づくと、七瀬が自分を凝視していた。今返事しなかったのを見抜いたのか？　それが不満なのか？　これから俺をよく見てくれよ。こっちもあなたという人間をじっくり見ていくから。

一週間前の記憶をひっくり返しながら、試合のビデオを観ていく。普通は試合当日の夜。あるいは翌日に全員でビデオを確認して反省点を洗い直すのだが、今回進藤は参加できなかった。一週間程度では記憶があやふやになることはないが、補強するためにやはりビデオの力は必要だ。

寮のミーティングルーム。部員全員を呑みこむ広さがある中、一人きりでビデオを観ていると、どこか寒々とした気配を感じる。エアコンが強過ぎるのかと思い、温度設定を確認すると二十八度。冷房は必要ないと判断し、電源を落とした。

あまりにも一方的な試合は、次の試合への参考にならない。80点を奪ったあの試合では、トライだけで十二を重ねた。単純に計算して七分弱に一度、インゴールにボールを持ちこんだことになる。観客にすれば「怒濤《どとう》のラッシュ」だろうが、攻めている立場としては、「手ごたえのない試合だった」としか言いようがない。熱したナイフでバターを切り裂くようにディフェンスラインを崩し、一気に攻めこむ。キックオフから一度もプレイが止まらないノーホイッスルトライが二度あったのも、力量の差の証拠だ。

唯一城陽らしい攻めは、後半十二分に見られた。相手陣内十メートルほどのところまで押しこんでのペナルティキック。進藤は正確なハイパントを蹴り上げた。落下地点に城陽のバックス、フォワードが殺到し、最後はロックの石立《いしだて》が百九十二センチの長身を生かしてボールを奪い取り、核になって密集をドライブさせる。一気に22メートルラインの内側に入りこみ、一度サイド攻撃を仕かけてゲインしてから、さらにポイントを作って押しこんだ。ボールをゆっくりキープし、最後は進藤が右斜め四十五度の角度からドロップゴールを決める。

大差がついており、どうしてもドロップゴールで追加点が欲しい状況ではなかったが、進藤としてはシーズン最初の試合で得意のドロップゴールを決めておきたかった。

そのシーズン全体の調子を占うために。

キックを多用し、フォワードを激しく縦に動かすプレイが城陽のスタイルだ。少なくともここ十五年、進藤はこのスタイルに固執し続けてきた。進藤の就任以前は二部に低迷していたのだが、一見古めかしくも思えるこのスタイルを選んでから、城陽は一気に強豪チームの仲間入りを果たした。キックを多用すると試合が切れがちになるのだが、城陽の場合、早い集散でボールを動かし続け、最短距離で前へ進む。相手が息切れし、ディフェンスラインに破綻《はたん》が生じた瞬間、フォワードが縦に最後の楔《くさび》を打ちこむのだ。進藤の正確なキックという飛び道具と、重く速いフォワードの踏ん張り。それが城陽の全てである。監督が押し進めたラグビーの完成型。

今のは実に俺たちらしいプレイだった。この試合は、他に観るべきところはなし。だいたい、これだけ点差が開いてしまうと、最後の方では試合運びがラフになってしまうものだ。それはまずい。反省点として頭に刻みこんだ。やる時は徹底してやるんだ。この試合では親父の教えを全うできなかったな。

「ひでえ試合だったな」

かたん、と何かを置く音と一緒に、会田が言った。目の前に缶コーヒー。軽く頭を下げて手に取り、プルタブを引き上げる。甘ったるい液体が喉《のど》を滑り落ち、少しだけ気持ちが落ち着いた。

「あれじゃ何の参考にもならない」同意して、画面に目をやった。フォワード陣が連続したサイド攻撃で、相手ディフェンスを蹂躙《じゅうりん》している。こういう時、俺は何もすることがないんだよな、と進藤は苦笑した。猛獣使いが鞭《むち》を手放し、コントロールを失った獣たちが咆哮《ほうこう》を上げながら相手に襲いかかるがままにするしかない。

「これからはいろいろ大変だぜ」会田が溜息《ためいき》をついた。「この試合は、まだまだだったと思う。うち本来の動きじゃなかったからな」

「それは分かってる。シーズン初戦で評価されても困るよ」

「冷静な分析と言って欲しいね」会田が鼻を鳴らした。「それでどう思った、七瀬さんのことは」

「何だかね」今日の練習。七瀬はほとんど口を出さなかった。選手の指導はコーチ陣に任せ、ただぶらぶらとグラウンドを歩き回っていただけである。進藤は時折視界の端にその姿を捉《とら》えたが、何を考えているかはまったく読めなかった。「一つだけ文句がある。自分で『不安だ』って言っちゃいけないな」

「そうだな。あれは監督が言うべき台詞《せりふ》じゃない」会田が同調した。「自分に自信がありませんって言ってるようなものだ」

「本当に自信がないのかどうか、あれだけじゃ分からないけどな。もしかしたら、冗談のつもりだったのかもしれない」

「だとしたら下手な冗談だぜ」会田が鼻で笑った。「監督は堂々としてなくちゃな……あの時、皆ちょっと戸惑ってたじゃないか」

「ああ、そんな感じだった」

「声をかけないからだよ。進藤監督は、一々、何でもないことでも選手に声をかけて回ってたよな。Cチームの選手でも、一日に一回は監督と話をしてたと思う。あれは、『俺は見捨ててない』っていうサインだったんだろうな」

「まあ、まめな人だったから」

「家でも？」

「そうだな」

進藤は少しだけ減った缶コーヒーをテーブルに置いた。缶の天辺《てっぺん》を人差し指で叩きながら、家での父を思い出そうとするが、上手くいかない。小学生になった頃から、週末にしか家にいなかったのだ。十五年前に城陽の監督に就任してからは、平日は大学近くに借りたアパートに一人暮らし。試合のない週末には家に帰って来たが、その度に自分の部屋に籠《こも》って資料の整理をしていた。時折その部屋を覗いたことがあるが、いつもあまりにもきちんとし過ぎて、人間味が感じられない空間だった。本はジャンル別に本棚に収まり、大量のビデオは対戦相手別に整理されて、必要なものがすぐに取り出せるようになっていた。進藤が大学に入った頃からはビデオがＤＶＤに変わったが、占有するスペースが小さくなっただけで、相変わらずしっかり整理されていた。

「これからうちはどうなるのかね」会田が溜息を漏らす。

「どうだろう」

「お前はどうしたいんだ」

「まだ分からない」進藤は首を振った。「一つだけは決めてるけど」

「何だ？」

「プレイのスタイルは変えないよ」

「そりゃそうだ」我が意を得たりとばかりに、会田が大きくうなずく。

「簡単に言うなよ」進藤は身を乗り出した。「七瀬さん、基本線は守る、みたいなことを言ってたけど、実際に監督になると、いろいろやりたがるんじゃないかな。ポジションをいじったり、今までのプレイスタイルを変えたりしてさ。それだけは駄目だ。俺たちは城陽のラグビーをやる。やらなきゃいけない」

「監督――親父さんのためにか？」

「それもあるけど、これが俺たちの勝てるラグビーだから。蹴って、フォワードでラッシュ。城陽は、このスタイルでずっと勝ってきたんだぜ」

「確かに、今さら左右に揺さぶれって言われても困るよな」会田が耳の上を掻《か》いた。

「まあ、七瀬さんもその辺は分かってるんじゃないか。分かってて引き受けたはずだぜ」

「ただ、ちょっと気になるんだ」進藤は缶コーヒーに手を伸ばしかけて引っこめた。

「何が」

「七瀬さん、何て言ってたか覚えてるか？　大学選手権で勝つためには、もう一押しが必要だって言ってたよな」

「ああ」

「つまり、本当は何か変えるつもりなんじゃないかな。それが心配だ」

「でも、別のことも言ってたぜ？　何が必要なのか、これから皆で考えていこうって。民主的な運営をするつもりじゃないか。それだったら進藤監督の路線と同じだよ」

「ああ」父親が特によく声をかけ、自ら指導していたのは、控えの選手や下級生だ。レギュラークラスに関しては、練習もほとんど自主性に任せていた。そもそも、父親の推し進めるラグビーが好きで城陽に入ってきた選手ばかりなのだから、戦術や練習方法について、必要以上に話し合う必要もなかった。

「急に『意見を聞く』なんて言われたら、皆戸惑うかもしれないな」

「そうかもしれない」

「はっきり聞くけど、お前、そこのところはまとめきれるのか？」

「やってみるさ。それが俺の役目だから」

「そうか」会田が進藤の顔をじろじろと眺めた。

「何だ？」

「いや……こんなことを言うのも変だけど、案外元気なんだな。本当は、もっとショックを受けてるんじゃないかと思ってた」

「ショックかもしれないけど、それを感じる感覚が麻痺《まひ》してるんだと思う。もしかしたら、これからいきなり来るかもしれないな。夜中に目が覚めた時に、ふっと襲ってきたりして」

「家族のことだから、他人の俺には何も言えないけど、お前なら大丈夫じゃないかな」

「何でそう思う？」

「お前はそういうタイプじゃないからさ。お前から沈着冷静さを取ったら、何も残らないぞ」

ビデオを片づけ、自室に戻る。既に十一時になっていた。寮に入れるのは「A指定」に入った三十人だけ。Aチーム全体と、Bチームのトップということになる。主務の会田はここには住んでおらず、オートバイで十分ほど離れた場所に、小さなアパートを借りている。

部屋でようやく一人きりになった。寮は二人から四人の相部屋が基本なのだが、キャプテンの進藤だけは一人部屋である。これも城陽の伝統だった。ミーティンググルームとは別に、選手たちが気楽に集まれる場所としての役割も負わされている。だから進藤も、本当に一人になれるのは寝ている時だけだ。

さすがに今日は、訪問者はいなかった。民間のマンションを丸ごと一棟借り上げて改装したこの寮は、防音がやけにしっかりしており、よほど大音量でテレビやステレオをかけていない限り、ドアを閉めてしまえば静けさは保たれる。進藤はフローリングの床に直《じか》に腰を下ろした。上体を倒して窓に手をかけ、細く開ける。さすがに少し冷たくなった夜気が忍びこんできて、かすかに身震いした。

携帯電話が鳴り出す。兄の敬一郎だった。

「落ち着いたか？」

「何とか」

「今日は普通に練習したんだろう？」

「これ以上サボれないよ」一週間体を動かさなかったツケを早くも感じていた。体全体が熱っぽく、特に下半身が重い。もう少し入念に練習後のストレッチをしておけばよかった、と後悔する。

「取《と》り敢《あ》えず、面倒なことはだいたい処理したから。後は心配しなくていい」

「一週間で何とかなるもんだね」

「総務の奴らに聞いたんだけどな、親や配偶者が死んだ時の忌引きってのは、どこの会社でもだいたい一週間って決まってるそうだ。一週間あれば、葬式絡みの面倒なこともだいたい片づくってことだよ」

「上手くできてるんだ」

「そういうこと。細かい話はいろいろあったけど、だいたい片づいたから。後は保険だな」

「保険？」

「生命保険。そいつを使わないと、あの家のローンが払えなくなる」

「ローン、まだあったんだ」意外な感じがした。

「当たり前だよ」非難するような調子を滲《にじ》ませながら敬一郎が言った。「親父があの家を買ったの、三十四の時だぞ。三十年ローンだ。普通の人だったら、退職金で一気に払い終えるパターンだよ」

「三十四か……」ということは、家を建ててからほとんどの時間、親父はあそこに住んでいなかったことになる。それだけ城陽のラグビーに打ちこんでいたのだろうが、それで親父は満足していたのだろうか。母親は……何となく諦めていたような感じもある。夫の夢のために妻は我慢する、古いタイプの夫婦だったのかもしれない。

「まあ、ローンの残りは保険でカバーできるから、心配いらない。手続きが面倒なだけでね。それよりお前、家には簡単に帰れないよな?」

「そういうわけでもないけど」多摩地区の山の中にある城陽の寮から中野区にある実家まで、電車を乗り継いで一時間と少しである。遠くはない。ただし進藤は、大学に入ってからほとんど家に帰っていなかった。どうしても生活がラグビー中心になり、家と寮を往復する時間さえ惜しかったから。

親父と同じように。

「俺はしばらく、できるだけ家に帰るようにするよ。お袋、大丈夫だとは思うけど、やっぱり一人だと心配だから」

「それじゃ悪い……」

「気にするな。最後のシーズンなんだから試合に集中しろよ。来年以降にもつながるんだから」

「悪い」

「ああ、いいから。俺、今そんなに忙しくないんだ。何しろ景気が悪いからな。気をつけてないと、いきなり馘《くび》になるかもしれないけど」

「まさか」

「いや、本当に。工場の方とか、かなり厳しいんだ。本社だって、いつまでも安閑としていられないよ。総務にいると、そういう情報はすぐに入ってくるからな……ま、お前が心配することじゃないから。最後くらい、自分の我儘《わがまま》を通せよ。親父だってそれを望んでいるはずだぜ」

「分かった」

電話を切って、進藤は硬い床に寝転がった。二歳年上の敬一郎も、かつてはラグビー選手だった。才能という点では、自分より上だったかもしれない。

怪我さえなければ。

二人は同じ高校、大学に通った。進藤が高校一年生の時、二歳上の兄は最上級生。花園を目指す地方予選の決勝には、一年生ながら進藤もスターティングメンバーに名前を連ねていた。そのため皮肉にも、兄が選手生命を実質的に断たれる場面を直接見ることになった。

5点リードで迎えた後半二十分過ぎ。ここで追加点を奪えば勝利をぐっと引き寄せられるという大事な場面で、フルバックの敬一郎はライン参加した。左に流れる攻撃ライン。二人のセンターの間に割りこみ、直進的に攻めこんだのだが、その動きは完全に相手に読まれていた。ボールを抱えこんだ瞬間、体がなぎ倒される強烈なタックル。音を立てて背中からグラウンドに叩きつけられたが、ダメージを受けたのは膝《ひざ》だった。キッカーとしても活躍していた敬一郎の軸足である左足。膝の半月板《はんげつばん》損傷だった。

担架で運び出され、結局二度とグラウンドに戻ることはなかった。試合は何とか逃げ切って花園の出場権は得たものの、兄は大会に出られなかった。

怪我とリハビリは予想外に長引く。進学した城陽大でもラグビー部に籍を置いたものの、ほぼ一年間は左足を引きずるような生活を強いられ、ようやくプレイできるようになったのは二年生の夏以降。しかしとうとう、切れ味鋭いステップも正確無比なキックも蘇《よみがえ》らなかった。結局、三年生になった時に主務に転じ、その後の二年間は裏からチームを支え続けた。その間、すっかり人の面倒を見ることに慣れてしまったようだ。父の死の後始末も、てきぱきと——そういう表現が適当かどうか分からないが——こなしている。就職はラグビーとは関係ない自動車メーカー。金融危機で就職難が訪れる直前に決まり、「俺は運だけはいい」と変な自慢をしていたのを思い出した。

違う。運がよければ、あんな怪我はしなかったはずではないか。

兄が選手を諦め主務になった後、父親がひどく塞《ふさ》ぎこんでいたのを覚えている。一言も泣き言は言わなかったが、暗い顔を見れば一目瞭然だった。

親父は、俺よりも兄に期待していたのではないか。

そういう過去に負けたくない。父親に自分を認めさせたかった。しかし三年連続で花園に出場しても、高校日本代表に選ばれても、父親の態度はどことなく冷めていたように思う。ようやく認めてもらったのは大学に入ってからだったと思う。U19、U20と代表に入って実績を積み重ね、城陽でも一年生の時からスタンドオフのレギュラーポジションを得ている。目指すは四年連続リーグ制覇、そして日本代表だ。この二つを実現させれば、親父が心の中に抱いていた暗い気持ち——兄が怪我をしなければ——を払拭《ふっしょく》できるのではないかと思っていた。

それを見ずに逝ってしまうとは。

世の中、上手くいかないものだな。硬い床の感触を背中全体で感じながら、進藤はぼんやりと天井を見上げた。

2

「チームの雰囲気は？」

「まだ摑《つか》めてません」

七瀬が正直に答えると、目の前の相手、城陽大ラグビー部OB会幹事の武井《たけい》が眉をひそめた。一見して仕立ての良さそうなスーツのラペルにそっと指を走らせる。

「正式に就任して十日近いだろう？　試合もこなした。それ以前から、ヘッドコーチとしてチームを見ている。それで雰囲気が分からないというのは、困るな」

「ヘッドコーチといっても、四月からですよ？　半年じゃ、十分とは言えません。伝統のあるチームには、なかなか表に出てこない本音もあるんです」視線を外して窓の外に目をやる。大手町のオフィス街。季節的には「秋」と呼んで差《さ》し支《つか》えない時期だが、日差しはまだまだ強く、暑さに疲れた顔つきのサラリーマンたちが、何かに押し出されるように交差点を渡っている。自分もしばらく前まではこういう生活を送っていたのだ、と思い出す。懐かしさはあまりなかった。

「まあ、それはそうだが」渋々ながら認め、武井が腕を組んだ。

七瀬はコーヒーで口を湿らせながら、目の前の男を見るともなく見た。大手商社の欧州担当執行役員。業務の最前線で忙しいはずなのに、城陽大ラグビー部OB会にも、副会長として名を連ねている。実際は「連ねている」というレベルではなく、シーズン中はよほどのことがない限り、全試合に顔を出すほどの熱心さだ。城陽大が弱かった時代においてはまさに一人だけ突出した才能で、卒業後に出身者として初めて日本代表に選出されたほどの逸材《いつざい》である。それが三十年ほど前……今では城陽大で最も有名なOBとして、発言力は大きい。自分を最終的に監督に推したのがこの男だということも分かっている。

会社近くの喫茶店に呼び出されたのは、シーズン二試合目の翌日だった。39対12の快勝。しかし電話での暗い声を聞いた途端、七瀬は武井がこの結果を気に入っていないのを悟った。100対0で勝っても粗探《あらさが》しをしてしまうのが、厳しいOBというものだが……ある程度覚悟を決めて面会に来たものの、武井の話は試合そのものについての不満ではなかった。ある意味もっと面倒臭い。一つ一つのプレイに文句をつけられるなら、まだ対処しようもあるのだが、「チームの雰囲気」などと言われても、話の転がしようがない。

「ミーティングはいつもあんな調子なのか」

試合後のミーティングを指しているのだ、とすぐに分かった。突っこまれるかもしれない、という予感もあった。進藤のミーティングは長く、特に独演会の様相を呈するのを七瀬も身を以《もっ》て知っていた。新監督はどんなミーティングをするのか――OBが進藤と比較して注目するのは当然である。

「監督はでしゃばって物を言わない方がいいと思っています。選手は大人なんですから、自分たちで考えないと」

「しかし、冒頭の挨拶だけで『あとは自分たちで話し合ってくれ』はないと思うぞ」

武井は引かなかった。現役時代の強さを感じさせるごつごつした手を握り締め、小さなテーブルの上に身を乗り出す。小柄――百七十センチはないだろう――なのに名スタンドオフとして名を馳《は》せたのは、この大きな手のおかげともいえる。自在なハンドリングは、この手から生み出されたのだ。

「私は、進藤監督のやり方を引き継いだだけです」

「まるっきり逆じゃないか。進藤君は、ミーティングではもっと細かく喋《しゃべ》ってたぞ。

それこそビデオを観るみたいに」

「高校の監督時代は違ってましたね」

「高校と大学を一緒にしちゃいけないな。何十年も昔の話じゃないか」

何十年ではなく、たかが十五年だ。訂正しようかとも思ったが、面倒なのでそのまにしておいた。

「普通、逆かもしれませんね。高校生については手取り足取りの管理ラグビーで締める。大学生はある程度自主性に任せるものなんでしょうけど」七瀬は緩《ゆる》い笑みを浮かべた。気をつけないと、相手に不快感を与えてしまう。ごつごつした顔のせいか、「笑うと怖い」と評する人もいるのだ。自分ではなかなか愛嬌《あいきょう》のある顔だと思っているのだが。

「要するに世田谷第一は放任主義だったわけか。そういう話は確かに聞いているが……」興味を引かれたように、武井が目を細めた。

「放任主義というのとは違いますね。練習では相当厳しくしごかれましたから。進藤さんは途中から、言葉で俺たちを縛《しば》るのをやめただけですよ。特に試合では。後は好きなようにやれって開き直った結果が、花園です。変な話ですけどね……日本人って、上から言われたことを一生懸命やるのがいいと思ってるじゃないですか。進藤監督は、そういうことが間違ってると思ったんでしょうね」

「世田谷第一の花園での試合は、確かに伝説になってるが、進藤君は失敗だったと思ってるかもしれないぞ」

「どうしてですか」

「ああいうラグビーが正しいと思ったら、同じ指導方法を城陽でも続けたはずだ。完全に選手の自主性に任せて、自分は試合に口出しをしない、というようにね」

確かに高校時代とはまったく逆だ、と七瀬は意識した。高校時代の進藤は、練習では手取り足取りで指導してくれたが、試合は「勝手にやれ」だった。大学では練習は選手の自主性に任せていたものの、試合中はトランシーバーが壊れるのではないかと思えるほど熱心に指示を出していた。初めてスタンドで一緒に観戦した時、あまりの違いに呆然《ぼうぜん》としたのを思い出す。

「それこそ臨機応変だったんじゃないでしょうか。チームに合わせて指導方法を考えるのは当然でしょう。進藤監督は、城陽の監督に就任してすぐに、勝つことを求められたはずです。選手を集める余裕もなく、手元にある戦力で何とかしないといけない。当時は、重い選手が揃っていたはずです。だからフォワードを徹底的に鍛えて、相手のディフェンスに真っ直ぐ楔を打ちこむようなオフェンスを選択した……それが当たったから、十五年間、同じ路線を続けただけだと思いますね」

「君は結果を残せるのか」

「出してるじゃないですか。今のところ、勝率十割ですよ」

武井がさらに目を細める。今度は怒りと戸惑いのためだろう。ほとんど目を瞑って しまったように見えるが、実際は疑念が波のように七瀬を襲っていた。やれるのか？ 俺がお前を選んだのは失敗だったのか？

どうしてこう結論を急ぐのだろう。七瀬は心の中で首を傾《かし》げた。シーズンが終わってから、あるいは負けが続くようになったら、あれこれ言われるのは仕方がない。直接部の運営に係わっていないOB会があれこれ口を出してくるのも、大学ラグビーではある程度当然だと思っている。金を出してくれているのは間違いないのだし、OBと現役のつながりが強いのが、日本におけるスポーツの実情なのだから。しかし、就任してわずか十日足らずでこんなことを言われる筋合いはないはずだ。よほどガツンと言ってやろうかと思ったが、全ての文句を呑みこむ。

七瀬自身、まだ迷いがあったから——監督を引き受けたのが正解だったかどうか。

OB会の中にも反対の声があったのは知っている。投票などということになったら、過半数が取れたかどうか分からない。結局武井の鶴の一声で決定したのだ。そして降《ふ》って湧《わ》いたような監督就任に関して、自分でも未だに戸惑いを抱いているのも事実である。俺でいいのか——そういう思いは簡単には消えない。死ぬ直前、進藤が自分の名前を後継者として挙げた、という事実があるにしても。

いつかはこのチームを率いることになる、という覚悟はないでもなかった。最初に城陽のコーチに招かれた時、進藤も曖昧《あいまい》だがそのような条件を口に出していたし、その後も折に触れて、彼の口から「将来は」という話が出ていた。しかしそれは何年も先、自分がチームに馴染み、進藤が引退してからのことだろう、と七瀬は勝手に想像していた。だが進藤は急死し、計画——というか彼の夢想だけが残ってしまった。監督、あんなにどかどか焼肉を食べるもんじゃないですよ。選手たちのためにも、もう少し節制すべきだったんだ。百キロを超える進藤の巨体を思い出しながら、七瀬は苦笑を浮かべた。

「何か?」刺すような鋭い声で武井が訊ねる。

「いや、何でもありません」

「とにかく、もう少し選手と話してみる必要があるな。進藤君は、徹底して選手と会話をしていた。それでチームの状態を把握し、選手との距離感を縮めたんだ。その結果城陽は強くなったんだから、彼のやり方は間違ってなかったと思うがね」

「武井さん、イギリスでもそんな感じだったんですか?」

「何が」武井の顔に疑念が浮かんだ。

「いや、やっぱり練習でも試合でも監督が全ての計画を立てて、選手はそれに従うだけだったんですか? 本場のラグビーは、そういう管理主義とは違うイメージがあるんですけど」

武井は、仕事でイギリスへ赴任したことがある。代表選手として何度か試合をこなし、周囲には「もっとラグビーに専念できる環境で仕事をすべきだ」と転職を勧める人間さえいたのだが、本人は辞令に従い、とっととイギリス支社に転勤してしまった。こうなると、簡単に日本代表に加わって試合に出るわけにはいかなくなる。武井本人が何故そういう道を選んだのかを、七瀬は知らない。選手としても脂の乗り切った時期だったはずであり、ラグビーを愛する人間なら、仕事を変えてでも日本代表の座にしがみつきたいと思ったはずだ。何となく、ラグビーよりも仕事が大事だと、態度で示したようにしか見えない。もちろん彼の人生だ。何をやるかは武井個人の自由なのだが……代表に憧れながらとうとう手が届かなかった七瀬にしてみれば、彼の生き方は謎《なぞ》である。

「向こうは向こう、こっちはこっちだ。城陽には城陽のスタイルがある。それは進藤君が十五年かけて築き上げてきたものだぞ。とにかくそれがやっと花開いた矢先にこういうことになって……」武井の顔が暗くなった。

葬儀での武井の落ちこみようを思い出す。進藤本人から聞いたことがあるのだが、世田谷第一高校ラグビー部を率いていた進藤を城陽の監督に引き抜いたのは、武井その人だったのだ。高校の教員だった進藤に大学職員の椅子を用意し、グラウンドやクラブハウスの新設も含めて練習環境を整える、選手のスカウティングも全面的に任せるという好条件を提示して。それだけ進藤という指導者に入れこんでいた証拠で、彼が率いていた十五年間の成績は、武井にとっても誇るべきものだっただろう。進藤の就任一年目で二部から一部へ昇格。三年目には大学選手権に出場を果たし、それからはリーグ戦優勝争いの常連になった。そしてここ三年は、リーグ戦連続優勝。息子の直哉が入学してからずっと、ということになる。

「直哉はきちんとやってるのか」武井の呼びかけは、自分の息子に対するようだった。

「落ち着いてます。親が亡くなるのは大変なことですけど、誰でもいつかは経験しますし、乗り越えなくてはいけないことですから」七瀬自身も数年前に父親を亡くしている。

「この前の試合では、いつもより冴《さ》えがなかったな」

「しばらく練習を離れていたんですから、仕方ないと思います。これから精度を高めていかなくてはならない時期に、一週間練習できなかったんだから、調子が上がってこないのは無理もありません。あいつは精密機械みたいな選手ですからね。調子に乗れば、怪我さえなければ問題なくやってくれるはずですけど、今はまだ調子に乗っていないというだけでしょう」

「大丈夫なのか」

「大丈夫ですよ」武井は少し神経質過ぎる、と思いながら七瀬は請け合った。「各年代の日本代表に選ばれている選手が、自分で自分をコントロールできないわけがない」

「そうは言っても、まだ大学生なんだぞ」武井の声は次第に熱を帯び始めた。

「大学生は十分大人ですよ」

「ちゃんと話してるのか」

「必要なことは話してます」何となく二人の間には薄い壁があるのだが、と思い出しながらも、七瀬は軽い調子で言った。「チームはキャプテンのものです。彼さえしっかりしていれば、城陽は万全ですよ」

「何だか監督の仕事を放棄しているようにも聞こえるんだがね」

「監督の仕事は、選手たちが戦いやすい環境を作ることですよ。余計な口出しは無用です。進藤監督も、レギュラークラスに対しては、練習中に細かいことに口出ししませんでしたよ。指導していたのは主に下級生やB、Cの連中です」

「おいおい、しかし――」

武井が呆《あき》れたように言うのを七瀬は遮った。

「俺はロボットを作ってるわけじゃありません。自分の頭で考えて判断できるラグビー選手を育てたいんです。進藤監督には進藤監督のやり方があって、それが今までの城陽に合っていたのは認めますけど、他にもいろいろな可能性があるんじゃないでしょうか。そういう可能性を頭から否定する必要はないと思います」

「進藤君のやり方を拒否するのか」武井が激しく睨《にら》みつける。

「とんでもない」七瀬は椅子に背中を押しつけ、両手を軽く広げた。「進藤監督は僕にとっても恩師なんですよ。僕のラグビー観は、進藤先生によって作られたものなんです」

「昔の進藤君のラグビー観、だろう」武井が念押しするように訂正した。「今現在、上手くいっているのをわざわざ崩す必要はない。今までの進藤君のやり方に従ってやってくれないか。うちの選手には強力な指導者が必要なんだ」

「武井さん」さすがに疲れてきた。「仰《おっしゃ》ることはよく分かりますけど、監督としてチームを預かってから十日も経っていないんですよ。始まったばかりじゃないですか。アドバイスはありがたく受け取りますが、あれこれ心配されるようなことは、まだないと思います。どんと構えていていただいて、大丈夫ですから」

「俺はどんと構えてるよ、いつでもね」武井の顔に微笑が浮かぶ。「ただ、いろいろ言う人間もいるから」

ああ、この人は結局ラグビーの人ではなく会社員なのだ、と七瀬は悟った。自身の短いサラリーマン生活で、こういう台詞を吐く人間にはいくらも出会っている。自分の気持ちを、誰か他の人間に代弁させるような形で打ち明ける。「俺はこう思う」とストレートに言えばいいのに、相手に反論された時の逃げ場を残しておくのだ。いや、言ったのは別の人間で、俺はそれを伝えただけだから——馬鹿馬鹿しい。進藤さんはそんなことを教えなかった。人の話はちゃんと聞け。それ以上に自分の意見はきっちり言え、と。今の城陽に欠けているのは、それだ。誰もが指示を待っている。「俺が」と前に出る選手がいない。試合になれば別だが、それは進藤にそう指示されていたからだ。

「選手も不安になるんだよ」武井がどこか自信ありげに言った。「監督が何を考えているか分からないって言う奴もいるぐらいだから」

「武井さんに直接文句を言ってきたんですか？」

「文句じゃない。相談だ。なあ、せめて毎日のミーティングではきっちり話をするようにしたらどうだ？　監督の言葉で選手は自信を持つし、足りない部分は反省する。それこそが監督の役目じゃないか」

「まあ、そうですね」これ以上話をややこしくするのもまずいと思い、七瀬は頰《ほお》を掻きながら武井の話を肯定した。それにしてもこの人、こんな風にあからさまに介入するタイプだったかな……自分の人の見る目のなさに、がっかりした。武井は単なるラグビー馬鹿ではない。常識ある社会人。イギリス在住の経験で、勝った負けただけではないラグビーの真髄を知っている男。しかし実際つき合うようになってみると、「金を出しているから口を出す権利もある」と傲慢《ごうまん》に考えるOBに過ぎなかった。

　参ったな。こっちはこっちでいろいろ考えていることもあるのに……恩師の夢を叶えるために。思わぬところから矢が飛んでくる可能性を考え、七瀬は軽く身震いした。

　七瀬にとって、ここ数年は激動の日々だった。大学を卒業してからの八年は、仕事をしながらラグビーに打ちこむ毎日。三十歳で現役を退いてからは、仕事に専念して必死だった。ラグビー中心の生活だったから、仕事の面で同期の連中に遅れを取っていたのは間違いない。まあ、人生は長い。これから頑張れば何とかなるだろう――そう思っていた矢先に、父親が進藤と同じ心筋梗塞で急逝した。母親に泣きつかれ、仕方なく退社して、家業の不動産屋を手伝うことになった。幸い、働いていた会社がマンションディベロッパーで、宅建の資格を取らされていたのが幸いした。

家の仕事を手伝い始めて一年後、金融危機の煽《あお》りを受けて、勤めていた会社が倒産した。その一報を聞いた時、気持ちが激しく揺れ動くのを七瀬は意識した。「自分だけは助かった」と胸を撫で下ろしたり、それがひどく失礼な考えだと反省したり。自分にラグビーをする環境を与えてくれた会社なのだから。まだ現役の後輩たちのことを思うと、ますます胸が痛んだ。会社更生法の適用を受けた会社は、建て直しのためにまず周辺事業の切り離しに走り、金を生み出さないラグビー部は真っ先に廃部になった。運良く他のチームに移籍できた選手もいたが、プレイする場を失い、泣く泣く引退を強いられた人間も少なくない。七瀬は何の援助もできなかった。実家は街の不動産屋であり、家を借りる人、買う人がいる限り商売を畳むほど業績が悪化することはないが、それでもできること、出せる金に限りはある。せいぜい、落ちこんだ後輩たちに酒を奢《おご》り、愚痴を聞いてやるぐらいしかできなかった。

それから半年後、七瀬はいきなり進藤に呼び出された。年に一度は世田谷第一高校のOB会で顔を合わせていたから、久しぶりという感じではなかったが、それでも直接声がかかったことはなかったので、妙に緊張したのを覚えている。

その席で切り出されたのが、城陽のヘッドコーチ就任の話だった。これまでのヘッドコーチが、仕事の都合で辞めざるを得なくなった——ついてはその後任をお願いしたい。試合に関するデータの分析と俺の補佐が主な仕事だ。迷惑はかけないようにするからいいだろう？　太った人間に特有の愛想のいい笑顔で持ちかけられ、断れなかった。もとより、自分と進藤の間には特別な関係があると信じていたせいもある。世田谷第一高校の花園出場は、俺の人生における最大のイベントだったのだから。進藤も同じように感じていたに違いない。城陽で名監督の名をほしいままにしている今になっても、原点はあそこにあるはずだ。だからこそ、忙しい時間を縫って毎年OB会には顔を出し、二次会、三次会までつき合う。テレビでのインタビューなどでお馴染みの厳しい表情ではなく、自分たちの前で見せた屈託のない笑顔こそが進藤の本当の姿ではないか、と七瀬は思っていた。そういう人間の頼みをどうして断れるだろう。

馴染みのだみ声で、七瀬は回想から引き戻された。

「しかし、監督の座が回ってくるとは思ってなかったわけだ、お前は」

世田谷第一高校時代のチームメイト、浅尾《あさお》がからかうように言う。場所は七瀬の自宅近くの居酒屋。二人とも三十を過ぎてまだ独身で、実家で暮らしている。両方の親とも「いい大人が」と時折愚痴を零《こぼ》すのも共通していた。本当は互いの家で呑んだ方が安く上がるのだが、後で親に嫌味を言われるのが嫌で、外で会うのがほとんどだった。

「当たり前だろが。俺じゃなくても、他にいくらでも適任はいる」

「じゃあ、何で引き受けたんだよ。強いチームの監督をやって、優勝した時に威張ってインタビューでも受けたかったのか」

「どういう発想だ？　そんなこと、考えてもいなかった」

「だったらどうして引き受けた」

「まあ、いいじゃないか。自分でもよく分からないんだから」七瀬は浅尾のグラスにビールを注ぎ足した。酒席で進藤が漏らした言葉——七瀬は本音だと思っていたが——を実現するためだとは、何となく言い辛い。あくまで口約束。酔っ払いの戯言《たわごと》。

「しかし、城陽の監督ね……凄《すご》い話だよな」

浅尾は高校卒業後はラグビーと縁を切っていたが、縁あって母校の教員になり、今はラグビー部の監督を任されている。花園に出場したのは一度だけの栄光であり、その後は全国大会には縁遠い日々が続いていた。ＯＢの中には「進藤さんが城陽に引き抜かれなければ……」と未だに文句を言っている人もいる。そういう中で監督をやるのはプレッシャーだろうな、と七瀬は同情していた。

「高校の方はどうだ？」

「相変わらず」浅尾が肩をすくめた。真っ黒に日焼けした顔が少しだけ歪《ゆが》む。毎日のようにグラウンドに出て選手たちと走り回っているから、どうしても日焼けしてしまうのだ。しかしこの男の場合は半端ではない。それだけ熱心にやっているのに、結果はなかなかついてこない。忸怩《じくじ》たるものもあるだろう。

「今年の花園は？」

「無理、無理」諦めではなく冷静な分析のようだった。「まあ、花園が全てじゃないから。高校生は、ラグビーをやって何かを学んでくれればいいんだよ。でも、弱いのも悪くないぞ。最近はＯＢも呆れたんだろうな、何も言ってこない。おかげでのびのびやってるよ」

「それは助かるな」

「お前の場合、そうもいかないだろう」浅尾が皮肉っぽい笑みを浮かべた。「天下の城陽は、ＯＢの介入もすごいんだろう？」

「今日も武井さんに呼び出されたよ」

「武井さんって、あの武井さん？」浅尾が目を細めた。

「城陽ＯＢで武井さんって言ったら、あの人しかいないだろう。散々愚痴を言われたよ」

「信じられないな」浅尾が力なく首を振った。「イメージと全然違う」

「じゃあ、どういうイメージだったんだ」

「イギリス紳士」

「イギリス人は皮肉っぽいって言うぜ」

「そうか」浅尾が両手でコップを包みこんだ。「それにしても、平日の昼間から呼びつけるってのも凄い話だよな……」

「今日は俺は休みだったんだけどね」

街の不動産屋といっても、七瀬の会社には数人の従業員がいる。基本的に盆暮れ以外は休みがないのだが、ローテーションで従業員の週休二日は確保していた。

「せっかくの休みが、ＯＢに呼び出されて潰《つぶ》れたんじゃやたまらないだろう」

「別にいいけど、ここまで干渉されるとは予想もしてなかった。武井さん、執行役員なんだぜ？　よく俺を呼びつけて文句を言う暇があるよな」

「それだけ入れこんでるってことだろうな」浅尾が小さく溜息をついた。「逆にうちも、ＯＢがもう少し煩《うるさ》く言ってくるようなら強くなるかもしれないけど」

「俺が煩く言ってやろうか？」

「いいよ」浅尾が苦笑した。「お前には言われたくない。重みが違う」

「何で？」

「城陽の監督だから」

「何だか話がずれてないか？」

「いやいや」浅尾がお絞りで顔を拭《ぬぐ》った。少し濡れて艶々《つやつや》と光る顔は健康的である。「話を蒸し返すけどさ、お前、本当にどうして監督を引き受けたんだ？　この話を聞いた時、びっくりした」

「だろうな。俺もびっくりしたぜ」

「何だよ、それ」不審気に浅尾が唇《くちびる》を歪める。「本人がそんなこと言うのは変だぞ」

「結局、流れに巻きこまれて逃げられなかったってことかな。俺以外に誰が監督になってもおかしくなかったけど、何となく流れがそんな風になってね。最後は武井さんの一言で決まったみたいだけど」

「変だな」浅尾が首を捻《ひね》った。「お前は流れに身を委《ゆだ》ねるようなタイプじゃないと思ってた。高校の頃だって、監督ともよく衝突してたじゃないか。黙って言うことを聞いていた方が楽なのに」

「それは、お互い若かったからだよ。あの頃、進藤さんだってまだ三十代半ばだったんだぜ」

「そうか」ビールを一口呑み、浅尾が天を仰ぐ。「今の俺たちぐらいの年齢だったんだ……そういう印象、ないんだけど。もっとずっと年上だと思ってた」

「俺たちなんか、ただのガキだったんだぜ」

「そのガキに、よく全部任せてくれたよな」

「ああ」

「楽しかったな、世田谷第一のラグビーは」浅尾が天を仰ぐ。頰は嬉しそうに緩んでいた。「全部自分たちで考えて、自分たちで決めてプレイする。それで失敗しても、進藤さんは何も言わなかった。あんなに自由にやらせてくれる監督、他にはいないんじゃないか」

「お前も例外じゃないわけだ。今の選手たちを締めつけてるんだろう」

「どうしてもそうせざるを得ない部分もあるんだよ」浅尾が肩をすくめた。「自主性は尊重してやりたいけど、それはある程度技術が出来上がってないと無理なんだ。今の世田谷第一は、そういうレベルじゃないから。とにかくこっちの言った通りに動いてもらうので精一杯なんだ……花園は遠いよ」

「諦めないで頑張れよ。俺も頑張るから」

「で、どうなのよ、城陽の雰囲気は」

「ああ」

　七瀬は手酌でビールを注ぎ足し、一口呑んだ。アルコールの麻痺効果が現れるのはもう少し先で、今は舌先にはっきりと快い苦味が感じられる。漬物を嚙《か》み砕《くだ》いて火照《ほて》り始めた口中を冷やし、さらにビールを流しこんだ。

「今のところ、まだ様子見だ」

「この前の試合を観た限りじゃ、相変わらずテンマンラグビーをやってるようだけど」浅尾が少し皮肉っぽい口調で言った。

　テンマンラグビー——フォワードの八人とハーフ団の二人だけで試合を作るラグビー。キックでフォワードを突っこませ、密集でごり押ししてゴールラインを目指す。古臭い戦法で、バックスの華麗なオープン攻撃や、フォワード・バックスが一体になって攻撃を継続させる現代の戦術に比べれば地味で無骨とも言える。

「急には変わらないだろう。それこそ、進藤さんが十五年かけて作り上げたチームの伝統なんだから」

「お前の好きなスタイルじゃないよな」浅尾がグラスを回した。「お前なら、昔のうちみたいなラグビーをやると思ったのに」

「俺の好みは関係ない。試合をするのは選手なんだから」

「このまま行くつもりなのか」

「どうかな」グラスを取り上げ、目の前に翳《かざ》す。琥珀《こはく》色の液体は美しく、見ているだけで気持ちが和んだ。ただ、先日来胸の中を行き来している迷いを解消してくれるようなものではない。「正直言って迷ってる」

「どうして」

「今、城陽のフォワードは、ここ四年で一番強い。それは間違いない。ハーフ団も超優秀だ」

「ああ、進藤さんの息子がスタンドオフなんだよな」納得したように浅尾がうなずいた。

「司令塔として、あれほど頼りになる選手はいないよ。逸材だな。田原《たはら》とは違った意味で天才だと思う」世田谷第一のスタンドオフ。七瀬たちのチームは、彼を中心に組織されていた。「怪我さえなければ、一年後には間違いなく日本代表だろう。判断力は確かだし、キックの正確さなら、今の日本では一番だ」

「随分褒《ほ》めるんだな」

「身近で見てるとよく分かるよ。ただ、今のやり方で、彼が能力を全て発揮できているかどうか……」

「そうなのか?」

「そこを見極めようとしてるんだ、今」

「なるほどね。で、どうなんだ。進藤さんの息子って、やっぱり進藤さんに似てるのか」

「似てないね、あまり。少なくとも進藤さんよりはハンサムだし。あれは、気をつけないと女で失敗するタイプだぜ」

「高校時代は、兄貴の方が上って言われてたよな」

「怪我さえなければね」高校時代に負った怪我が原因で、城陽では公式戦に一試合も出場していないが、もしも怪我なくプレイを続けていたら……あくまで可能性の話だが、城陽の連覇はもっと前から始まっていたかもしれない。葬儀で見た、愛想のいい笑顔を思い出す。もう完全に、サラリーマンの顔だった。ラグビーから離れざるを得なかった後悔を感じさせなかった。

「進藤さんの息子、キャプテンもやってるんだよな」

「ああ。部員の投票で決めたんだけど、全会一致、満票だったらしい」

「珍しいね」浅尾が驚嘆の息を吐いた。「根回しでもしなければ、そんなことにはならないはずなのに」

「それだけキャプテンシーが高いってことだ。人間的にもできた奴だし、ゲームメイクも任せられる」

「だったら何も悩む必要、ないじゃないか」浅尾が屈託のない笑顔を見せた。「四連覇は決まったみたいなもんだ。後は大学選手権だな。今年こそはいけるんじゃないか？　進藤さんのためにも頑張れよ」

「ああ」

「何だか納得してないみたいだけど」浅尾が体を捻り、七瀬の顔を覗きこんだ。

「いや、そういうわけじゃないんだけど、ちょっとな」

「歯切れが悪いな。お前らしくない」

納得——していないのかもしれない。自分の気持ちに確信が持てないのも変な話ではあるが、事実をはっきり確認していないのだから、仕方ないことだ。一言話せば済むかもしれないのだが、今はまだ波風を立てたくないという気持ちもあった。観察。

そう、今は観察の時期なのだ。いずれ情報が漏れ伝わってくるだろうという読みもある。

　明らかな異変を感じたのは、昨日の試合後のミーティングだった。伝統に則《のっと》り、七瀬は一日に三回のミーティングを開催した。試合前、試合直後のロッカールーム――武井が難癖をつけたもの――、寮に戻ってビデオを観ながらの三回目。違和感を感じたのは三回目、寮でのミーティングの時である。編集したビデオを観終わり、一つのプレイにだけクレームを――クレームとまでも言えないが――つけた後、進藤が挑みかかるような視線を向けてきたのだ。もっともそれも一瞬のことであり、目にごみが入ったので目を細めただけだと言われれば、そういうものかとも思ってしまう程度である。

　――いや、違う。あれは試合中の目だった。難しい角度からドロップゴールを狙う瞬間に見せる、研ぎ澄まされた視線。

　問題のプレイは、城陽らしいといえばこれ以上ないほど城陽らしいプレイだった。前半三十二分、ハーフウェイライン付近での攻防。密集でオフサイドによるペナルティを得た進藤は、迷うことなくハイパントを選んだ。10メートルラインと22メートルラインの真ん中付近を狙う、完璧なハイパント。フォワード陣が雪崩《なだ》れこみ、密集をドライブさせながら敵陣に楔を打ちこむ。さらに連続したサイド攻撃を仕かけ、最後は密集を押しこんでゴールラインを越え、トライを奪った。城陽得意のフォワードのラッシュ。

「あそこは展開でもよかったな」

七瀬は、自分の指摘を当然のものだと思っていた。オフサイドは、相手チームにとっては意外なものだったようで、状況を把握できずに一瞬動きが止まっていたのだ。ディフェンスラインも整っておらず、攻める手はいくらでもあったのに——すぐにバックスに展開すれば、虚を突いてもっとスマートにトライを奪えたはずだ——進藤が選んだのは、ゆったり構えてのハイパントだった。結果的にトライに結びついたものの、七瀬にすればあまりにも当たり前のプレイ、ひどく言えば「馬鹿の一つ覚え」に見えてしまった。あそこでのハイパントは城陽の「お約束」であり、トライにつながる可能性が最も高い戦術なのだが、そこまでこだわる必要はなかったのではないか。

静かな声で進藤が食ってかかった。

「あそこはハイパントしかありません」

議論にするつもりはなく、七瀬はうなずいて彼の反論を受け流した。進藤も七瀬に誤りを認めさせようとするまでの勢いではなく、単に持論を披露しただけなのだろう。

だが声に潜《ひそ》む棘《とげ》は、七瀬の心に引っかき傷をつけた。痛みはしないが気にはなる。ちょっとしたやり取りを説明すると、浅尾は納得したようにうなずいた。

「自分たちのやり方に自信があるから、反発するんだろうな」

「ハーフウェイライン付近からのハイパント。実に城陽らしい攻撃だ」七瀬も同意する。「あの状況では、トライにつながる確率が一番高い攻撃のオプションだろうな」

「実際そこから先制点が生まれたわけだ」

「ああ。前半、攻めあぐねてててね。ずっと押してたんだけど、決定打がなかった。あそこから流れは一気にこっちに来たんだけどね」

「じゃあ、問題ないじゃないか」

「仮に俺たちが——あの頃の世田谷第一が同じ状況にあったとして、田原はどういうオプションを選択したと思う?」

「あいつなら、状況を見て一瞬で決めただろうな。ハーフウェイライン付近って言っても、どの位置にいるのか、風向きはどうか、手近で使える選手は誰か、味方の疲れ具合はどうか、条件によって全然違ってくる。素直にバックスに回す、タッチを狙う、フォワードに突っこませる……もちろんハイパントもオプションの一つだ。そもそも田原だったら、そういう常識的な選択はしなかったかもしれないけど」浅尾がにやりと笑った。「あいつの考えは簡単には読めない。それこそあの場面で、お前は何を選択すべきだったと思ってるんだ？」

「分からない」七瀬は肩をすくめた。「だって、俺がプレイしているわけじゃないから。主役は選手なんだぜ？　試合中に監督ができることなんて、高が知れてるよ。選手の交代ぐらいだろう」

ラグビーの監督は、基本的に試合には参加できない。スタンドに陣取り、試合そのものは選手の判断に任せるというのが伝統だ。最近は小型の無線機を使い、選手交代や重要な場面での戦術の選択などについては指示を出すようになっているが、昨日、七瀬は無線を二回しか使わなかった。いずれも後半、疲れが見えた選手を代えた時だけである。

「高校と大学の監督じゃ、役割も違うからな。大学は専門のコーチがたくさんいるから、練習中にもあまり口出しする必要はないんだ」

「こっちは何でも屋だからね」浅尾が肩をすくめる。「何と、この俺がスクラムを教えなくちゃいけないんだ。スマートなプレイが身上のこの俺が、だぞ」浅尾は高校時代、センターだった。世田谷第一のランニングラグビーの核。田原のアドリブに必死についていくバックミュージシャン。

「それは是非、見学にいかないとな」七瀬は頰を緩めた。「お前、スクラムなんか組めるのかよ。背骨を傷めるぜ」

「仕方ないだろう、他に教える人間がいないんだから」浅尾が顔をしかめた。「強くなれば誰かにコーチをお願いしてもいいんだけど、今の状態じゃどうしようもない」

「自由にプレイさせる前に、基本ができてないわけか」

「そういうこと。基本ができてないのにあれこれやろうとしたら、怪我するからな」

「そうだな」

　ふと、自分が高校生だった頃のことを思い出していた。昨日と同じような場面、自分だったらどんな攻撃を選択していただろう。バックスの攻撃ラインにフォワードを混ぜていたかもしれない。密集でも、よほど味方ゴールラインに近いところまで攻めこまれているのでない限り、フォワード全員が参加するようなことはしなかった。できるだけ広く散り、次の展開に備えているのが世田谷第一の方針だった。体重の重いプロップの選手がいれば、ライン参加させて一直線に突っこませる。軽いバックス相手なら、すぐには捕まらずに相手ディフェンスを一気に切り裂いて奥深くまで進めたはずだ。

　進藤、どうして当たり前のように、あれしかないようにハイパントを使った？

一番自信のあるプレイ、ということなんだろう。だけどそこだけにこだわって面白いか？　そういう試合は楽しいのか？

3

「フォワード！」進藤は叫んだ。迷いはない。ハーフウェイライン付近でペナルティキックを得てのハイパントは、城陽得意の攻撃パターンの一つだ。前回の試合でも、この攻撃から一気に攻めこんで先制のトライを奪っている。

フォワードの猛者たちが、進藤の周囲に散る。平均体重百キロ超、筋肉の鎧《よろい》を身にまとい、しかもスピードに優れた選手たちだ。バックローの三人はいずれも五十メートル六秒台前半、フロントローの三人も、体格からは想像できないほどのスピード溢《あふ》れるプレイを見せる。

ポイントを確認し、大股で四歩下がる。左足から踏み出し、三歩目でボールを高々と蹴り上げた。狙い通り、22メートルラインの手前が落下地点。高く上がったので、殺到したフォワード陣は易々と間に合った。左ロックの林田《はやしだ》が余裕を持ってジャンプし、指先にボールを引っかける。タップして、後に続いたナンバーエイトの枡田《ますだ》にトスする。低い姿勢でボールをキャッチした枡田は軽くステップを切って、選手が集中している落下地点を避け、ディフェンスが手薄なポイントに向かって突っこんだ。一人振り切り、相手バックスの捨て身のタックルで一度は前進を阻まれたものの、密集を作ってぐっと押しこんでいく。一気に押されて、相手のディフェンスラインが乱れた。密集の中心にいた枡田と目が合うと、進藤は小さくうなずき、さらにサイドを攻めるよう目線で指示する。

右プロップの池上《いけがみ》が、ボールを確保してサイドを突く。百五キロの体重を利して、低い位置で相手のスタンドオフに当たって吹き飛ばし、ゴールラインまで十メートルに迫った。そこで低いタックルに遭って潰され、ボールの動きがついに止まった。進藤は舌打ちして、バックスに回すよう、スクラムハーフの末永《すえなが》に目線で指示する。ここは立ったままボールをつないで欲しかったのだが……屈《かが》みこんだ末永がボールを穿《ほじく》り出し、体を投げ出して綺麗なパスを進藤に送る。迫るディフェンスを一人かわし、進藤はゴールほぼ正面の位置からドロップゴールを狙った。高々と上がったキックは、クロスバーの中央を簡単に越えていく。

ホイッスル。どうしても欲しかった先制点が何とか手に入った。

ハーフウェイラインに戻りながら、進藤はスタンドに視線をやった。監督——七瀬はスタンド正面の中段付近に他のスタッフと陣取り、戦況を眺めている。足を組み、何となくつまらなそうな表情で頬杖をついていた。トランシーバーのヘッドセットを外し、傍らに置くのが目に入る。そんなもの、いらないですよね。指示が必要な試合展開じゃないんだから。先制点を挙げるのに二十分もかかってしまったのは予定外だったが、ここまでの時間の七割以上は相手陣内でプレイしているのだ。圧倒的な支配率。先制点は、単に時間の問題だった。

何が不満なんですか、と進藤は心の中で七瀬に話しかけた。どうもあの監督の腹の内が読めない。監督とキャプテンという関係だから話はするのだが、互いに言葉が上滑りしている印象が拭えなかった。会話の最後は七瀬の「そうか」という一言で終わることが多かった。何とか自分を納得させようとするような感じの台詞。

「ナイスゴール」追いついてきた末永が、ぽん、と肩を叩いた。

「パスがちょっと高かったぜ」キャッチする時に体が伸び切ってしまい、キックへ移行する際に少しだけ動きがぎくしゃくした。そのため、相手に迫る余裕を許してしまい、実際に蹴るまでにワンプレイ遅れたのだ。

「悪い」ばつが悪そうに頭を掻きながら、末永が言った。「最後に出す時、ちょっと邪魔された」

「だったら反則じゃないか」その場面を思い出してみる。確かに、味方の手から素直にボールを受け取った感じではなかった。無理矢理もぎ取ったために、スムーズにパスを出せなかったのだろう。

「点が入ったんだから、それでよしとしようぜ」

「そうだな」

並んで走りながら、進藤は不思議な安心感を胸の中で温めていた。末永とは去年からのコンビで、様々なプレイを二人で作り上げてきた、という自負がある。今まで何人ものスクラムハーフをパートナーにしてきたが、一番ウマが合う相手と言っていいだろう。それだけに注文も厳しくなりがちだ。

見られている。

再びスタンドに目をやった。やはり七瀬は俺を凝視しているようだ。何か問題でも？　そういえばこの前の試合でも、同じような場面でハイパントを選択したのが気に食わなかったようだ。あの状況では、ハイパント以外の選択肢はあり得ないのに……もしかしたら、タッチに蹴り出すべきだと考えていたのかもしれない。気に食わないならそう言えばいいのに。俺たちに遠慮しているのだろうか。

いや、そんな単純なことではなさそうだ。

話しかけてこない監督っていうのも何だかな……親父はこういうことはなかった。親子だからやりにくい感じはあったが、いつも普通に話してはいたと思う。高校時代よりもよほど会話の量は多く、密度も濃かったのではないだろうか。コミュニケーションはスポーツの基本のはずなのに、七瀬はじっとこちらを見て、時折ぽつりと不平を漏らすだけだ。

不気味。そう、彼に対する印象としては、その言葉こそが相応《ふさわ》しい。

「お疲れ。ナイスゲームだった。後はキャプテン、頼む」

また一言だけ。進藤の疑念は高まった。試合後のロッカールームでのミーティングで、七瀬はすぐに身を引き、背中を壁に押し当ててしまう。腕組みをし、全員の顔を黙って見回すのもいつも通り。傍らには、ワイシャツ一枚の武井がいた。今日も観に来てくれたのか。仕事も忙しいのに大変だな、と思う。自分もあと十年もして現役を退けば、武井のように後輩たちの試合を観に来るようになるのだろうか。

狭いロッカールームは、大男たちの熱気で熱くなっている。エアコンは盛んに冷気を吐き出しているのだが、まったく効いていなかった。

「座ってくれ」進藤は最初に声をかけた。立ったままでは話もできないし、とにかく巨漢揃いなので鬱陶しくて仕方がない。椅子《いす》やベンチを使う者、床に直に腰を下ろす者……全員の頭が低くなったのを見計らって話し出した。

「前半、詰めが甘かった。先制点を挙げるまでに二回、トライのチャンスがあったのに詰め切れなかったよな。バックス、今日はちょっとボールが手についてなかったぞ」

「申し訳ない」すかさずセンターの秦《はた》が手を挙げた。「手が滑った」

「もったいなかったぞ、あそこは」

前半五分。敵陣深く攻めこんでのラインアウトから、進藤はバックスに回した。ぽんぽんとテンポよくパスが通ったと思った瞬間、秦がボールを落としてしまったのだ。少し低かったし、相手のプレッシャーも強烈だったのだが、普段の秦なら考えられないイージーミスだった。人数が余っていたから、ウイングの斉藤《さいとう》――百メートル十秒台の期待の一年生だ――までボールが回っていれば、確実にトライが奪えた。

「次は気をつける」

秦が立ち上がり、深々と頭を下げる。それで進藤は彼を解放した。ここで吊るし上げをするつもりはない。ミスを頭に叩きこんでくれればいいのだ。

武井が七瀬に何事か話しかけているのが見える。七瀬はぼんやりした表情でうなずくだけで、話を真面目に聞いている風ではなかった。七瀬にすれば面倒臭い相手かもしれないが、あの態度はあまりにも失礼ではないだろうか。相手は元日本代表、商社マンとラガーマンの二足のわらじを一時期は履きこなしていた人だ。イギリスのラガーマンの人生を地で行く男。

「もう一回は俺」進藤は自分の鼻を指差した。「さっきのプレイの直後に、左斜め四十五度からドロップゴールを狙えるチャンスがあった。あそこで先制点を取っていれば、もう少しスムーズに試合が流れたと思う。少し躊躇《ちゅうちょ》した。申し訳ない」

軽く頭を下げ、笑顔を浮かべた。

「とりあえず、ここまでは順調だ。この調子で次もぶっ潰していく。後は、寮に戻ってビデオを観ながらやるから。それじゃ、ひとまずこれで……」一瞬七瀬の顔を見やる。かすかにうなずいたように見えたが、武井の話に相槌《あいづち》を打っていただけかもしれない。自分で締める気はないようだと判断し、散会を宣言する。「解散。寮のミーティングは夕飯の後で、午後八時から」

思い思いの声が上がり、部屋の壁に残響する。進藤はジャージを脱ぎ、シャワーを浴びる前に体のあちこちをチェックした。今のところ怪我はなく、体調は万全。今日は攻め続けて相手につけ入る隙《すき》を与えなかったので、厳しいタックルを受けることもなかった。いつもこうなら楽なのだが、シーズンはこれからが本番である。リーグの優勝を争う強豪校との対戦は、後半に集中しているのだ。とりあえず今のところは、チーム内に怪我人がいないから助かるな、と自分を納得させる。城陽の選手層は分厚いが、怪我人が出て新しい選手が入ってくると、どうしてもチームのバランスが崩れてしまうのだ。ラグビーは他のあらゆるスポーツに比べて、チームの一体感が強い。特にフォワードはそうだ。スクラムでは個人の意思はまったく無視される。八人の思惑が全て同じ方向を向いていないと、苛烈《かれつ》な押し合いには勝てないのだ。平均体重ではるかに劣るチームがしばしば、重いチームを押しこむ場面が見られるのはこのためである。

シャワーを浴びて戻って来ると、ロッカールームは既に半分空になっていた。髪は……このままでいいか。誰かがドライヤーを持っているはずだが、貸してくれ、と声を上げるのが面倒だった。三時過ぎ。少し時間を潰して、髪が乾くのを待ってから帰ろう。会田が寄って来て、あれこれ細かい話をしていった。この場ですぐに判断しなければならないようなものは何もなかったが、一応真面目に聞いておいた。会田は妙に律儀にルールを守る男であり、自分の独断で物事を進めることはほとんどしない。試合用のスポーツドリンクの銘柄を変えるかどうかなど、どうでもいいことなのに。

会田が去った後は、ほとんど人がいなくなった。ベンチに腰かけ、壁に背中を預けてゆっくりと目を閉じる。疲労が足元から這《は》い上《あ》がってきたが、決して不快なものではなかった。

城陽での四年間が間もなく終わる——そう考えると感慨深いものがあった。自分はこれまで幸運過ぎたと思う。大きな怪我がなく、一試合も欠かさず出場できたのは奇跡といっていい。怪我に縁のないラグビー選手など、ほとんどいないのだから。そのことはいい。素直に幸運に感謝しよう。しかし負けた悔しさは……消えることはない。去年、一昨年、三年前。大学選手権の途中で消える空しさは、何物とも比較できない。リーグ戦を三連覇しているとはいえ、その後の敗北は嬉しさを打ち消してしまうのだ。おそらく自分よりも、父親の方が悔しがっていただろうが。だからこそ今年は、絶対に勝たなければならない。圧倒的な力の差を見せつけて全勝優勝し、父親の悲願だった大学選手権制覇を成し遂げるのだ。そうでなければ浮かばれない。

「進藤、ちょっといいか」

声をかけられ、ゆっくり目を開ける。目の前にいるのが七瀬だと気づき、壁から背中を引き剝《ひは》がした。慌てていると思われない程度のスピードで立ち上がる。

「お疲れ」

「お疲れ様でした」

「時間、あるかな」

「ええ」わざとらしく腕時計を覗きこんだ。「髪の毛が乾くまでここにいるつもりでしたから」

「そうか。ちょっとお茶でもどうだ」

「お茶ですか」そんなことができるわけもないのに、片目だけを細めて真意を読み取ろうとする。本当に喉が渇いたわけではあるまい。二人だけでしなければならない話があるのだ。しかし、何だろう？　今まで微妙に距離を置いていたのを、どうしてこのタイミングで声をかけてきたのか。まあ、いい。いずれきちんと話さなくてはいけないのだから、早い方がいいだろう。だいたい今まで、きちんと話し合いをしなかったのがおかしい。監督を失った直後。キャプテンと新監督は、練習方法や試合に臨む心構えなど、チームの基本方針について意識を一致させておかなくてはならない。そういうのは監督の方から言ってくるものだと思っていた。自分から言い出すのは……少し図々《ずうずう》しい感じがする。

「考えてみれば、今までちゃんと話をしてなかったよな」

「ええ」何を今更。不信感が募るばかりだった。

「こういうタイミングでいいのかどうか分からないけど、今、どうだろう」

「いいですよ。後は帰るだけですから」

「じゃあ、せめて外に出ようか。ここの喫茶店は美味くないから」

「そうですね」進藤はわずかに頰を綻《ほころ》ばせた。この一点では、七瀬と意見が一致するようだ。スタジアムの一階部分にある喫茶店は、飲み物や料理を安く提供するが、一度カレーを食べて閉口したことがある。レトルトのカレーを温めただけでもそれなりに食べられるのに、どうすればあんな味の薄いカレーが作れるのか、理解不能だった。飲み物も同じようなレベルである。

二人は連れ立ってスタジアムを出た。ここは駅からかなり離れた場所にあるせいもあり、近くには気の利いた喫茶店などはない。結局少し離れたファミリーレストランを目指した。道々、会話に困ってしまう。変な方向に話がいかないように、進藤はスタジアムの芝の様子を細かく説明した。少し長過ぎて、ボールの転がり具合を上手くコントロールできなかったこと。スクラムの踏ん張りが効かず、フォワードが四苦八苦していたこと。七瀬は当たり障りのない返事をするだけだった。

二人ともアイスコーヒーを頼み、進藤はガムシロップもミルクも加えた。試合の後は甘いもので手っ取り早くカロリーを補給しておく必要がある。七瀬はブラックのままだった。進藤の視線に気づいたのか「最近太ってきてね」と予防線を張った。

「そうですか？」

「やめて三年も経つと、体も緩んでくるよ」

「今、何キロあるんですか」

「九十五キロ。三キロ太った」

「許容範囲じゃないですか」

「上手くやらないと、十年後には大変なことになるんじゃないかな。上手に筋肉を落として、体重を減らして……ただ、なかなか自分の体に気を遣ってる暇がなくてね」

「忙しいですよね」

「予想以上だった。サラリーマンでいた方が楽だったかもしれない」

そっちの話か、と進藤は少し気合が抜けた。七瀬の勤めていた会社が、彼が退職した後に倒産し、ラグビー部も解散したことは知っている。他人事ではない話だ。自分も来年からは働きながらラグビーを続けることになるが、この不況のご時勢、働く場所とプレイする場所がいつ奪われるかは分からない。

「自営は全部、自分に責任がかかってきますからね」

「時間の融通が利くことだけが救いだな。サラリーマンをやりながらじゃ、監督なんて絶対にできない」

「そうですか」

コーヒーを一口飲み、相手の出方を窺う。七瀬はコーヒーをゆっくりストローでかき回しながら、ぼんやりと窓の外を眺めていた。氷がグラスに当る涼しげな音が煩《わずら》わしい。話があったから誘ったのではないか……と苛立《いらだ》ちを覚えたが、何とか呑みこむ。

「ここまでいい調子だな？」

「ええ」

答えたものの、七瀬の言葉の調子が気になった。同意を求めるのではなく、質問。彼の目からは、チームが「絶好調」に見えていないということだろうか。

「いつも通りの城陽のラグビーか」

「そうです。今日はちょっとヘマがありましたけど、修正できる範囲です」

「もっと精度を高めるということだな」

「ええ」

「それだけ？」

「はい？」

言葉の意味を計りかね、進藤は首を傾げた。七瀬は穏やかな笑みを湛《たた》えたまま、進藤の言葉を待っている。難しい状況だぞ、と進藤は背筋を伸ばした。七瀬が何を考えているのか、まったく読めない。

「いや、同じことを繰り返していて、飽きないかと思ってさ」

「飽きるって……」やや呆然としながら進藤は言った。「勝つためにやってるんですよ。飽きるも飽きないもないでしょう」

「そうか」

「何か問題でもあるんですか」

「どうだろう」

「どうだろうって……」からかっているのか、と進藤は訝《いぶか》った。他人事のようなこの物言いは何なんだ。「俺たちはいつも通り、普通にやってるだけですよ」

「普通か」

「普通です」

会話が微妙にずれている感じがする。

「そうか……」無精髭《ぶしょうひげ》の浮いた顎を、七瀬がゆっくりと撫でた。

「あの」進藤はグラスを傍らに押しやり、テーブルの上で両手を組み合わせた。「何か問題があるなら、はっきり言っていただいた方がありがたいんですが」

「今年も勝てるだろうな」突然、七瀬が関係のない話題を振る。

「はい？」

「リーグ戦では勝てるんじゃないかな」

「それは当然、勝つつもりでやってますから」

「自信があるのはいいことだな」

「あの、監督……」

「進藤監督は、よく話をしたか？」

「すいません、話が見えないんですけど」進藤の苛立ちは頂点に達しようとしていた。

「ああ、悪い」七瀬がうなずいた。「悪い癖なんだ。すぐにあちこちに話が飛ぶんだよ。発想方法がおかしいのかね……進藤監督は、選手とよく話してたよな」

「若手や、B、Cの連中を相手にしていることが多かったですけどね」

「具体的に、何の話をしてたんだろう」

「それはもちろん、ラグビーの話ですよ。前の試合のプレイの問題点とか、練習方法についてとか」

「そんな細かい話をしてたんだ」

「監督と選手ですから、それが普通じゃないですか」

「ああ、そうなんだ……そうなんだろうな」

今度は疑問。彼が監督の立場ではなく、選手として話しているのだということだけは分かった。

「ラグビー以外のことなんか、一度も話したことがありませんよ」もしかしたら親子として、という意味で聞いているのかもしれないと思ったが、余計なことは言わずにおいた。目の前の男が、何となく底なし沼のように見えてくる。大抵の場合、話しているうちに相手の考えが読めるようになるのだが、この男の場合は進藤の言葉が全て呑みこまれてしまうようだった。

「俺も監督とはラグビーの話ばかりだったな」

「俺」の意味を進藤は一瞬摑みかねたが、ほどなく七瀬が自分の高校時代のことを言っているのだと気づいた。親父が世田谷第一を率いて花園に出場した時のメンバーの一人が七瀬である。その伝《つて》で城陽のヘッドコーチに引き抜かれてきた、と聞いたことがあった。あくまで噂《うわさ》の範囲であり、親父に直接確かめたわけではないが。誰がコーチに来ようが、自分にはあまり関係のない話なのだ。

「世田谷第一時代の話ですね」

「そう。あの頃、俺たちは『もしかしたら花園に行けるかもしれない』という微妙なレベルのチームだった。今の城陽と同じように、スタンドオフを軸にして、フォワードがラッシュをかけるチーム作りをして……ちょっと違うのは、やたらとビデオを観せられたことだ」

「試合のビデオですか」

「ああ。それも海外の試合ばかりでね。監督は、物凄い数のビデオのコレクションを持ってたんだ」

「今もそうです」監督室ではなく、実家の書斎の様子を思い出す。試合のビデオは山積みで、その中には自分のチームのものだけではなく、わざわざ取り寄せた他チームの試合もあったはずだ。海外の試合に関しても、ワールドカップ、シックス・ネーションズ（六か国対抗）、ザ・ラグビーチャンピオンシップ、スーパーラグビーと豊富に揃っていた。しかし城陽では、そういうビデオの鑑賞会が行われたことはない。選手たちが自主的にビデオを持ち寄って観ることはあったが……。

「ああ、変わらないんだね」

「そういう鑑賞会って、頻繁《ひんぱん》にやってたんですか」

「週に一回は、練習の後でやってたな。だいたい土曜日の午後で、学校の視聴覚室を無理に開けてもらったんだ。一番よく観たのが、第一回ワールドカップのフィジーの試合だった」

「フィジアン・マジックってやつですか」

「そう」七瀬の顔が綻んだ。「君の年でも知ってるんだ」

「超有名じゃないですか」

「あれはねえ……」七瀬が腕組みをし、遠い目つきをした。「あれは、俺らがそれまで知ってたラグビーじゃなかったな」

「ある意味邪道ですよね」話がどこへ流れていくか分からない。進藤は少し反発して、七瀬に刺激を与えることにした。

「でも、観てて面白いんだよな」七瀬は意に介さず、相変わらず夢見るような調子で続ける。「どこからパスが出てくるか分からない。三人飛ばしとか、ごく普通にやってくるからな。サインもなしで、ああいう自由奔放なパス回しができるのが信じられなかった。どうしてああいう不思議なスタイルが確立されたと思う？」

「さあ、どうなんでしょう。フィジーのラグビーって、イギリス直系ですよね」

「植民地だったからね。でも実際は、オーソドックスなイギリスのスタイルからは縁遠い。フランスのシャンパンラグビーをもっと自由にしたような感じだよな」

「フランスとは関係ないですよね」シャンパンラグビー——泡が弾けるがごとく華麗で奔放なパス回し。

「たぶん、暑いからじゃないかな」

「はい？」

冗談だろうと思ったが、一転して七瀬の表情は真面目になっていた。

「暑いと、スクラムとか組むのが嫌になるだろう……おっと、スタンドオフの君には、そういう暑苦しい経験はないか」

「ないわけじゃありませんよ」

「本格的に、という意味でだ。八月の午後にスクラムなんか組んでると、あの中は五十度ぐらいになるんだよな。人の体温とか汗とか、本当に鬱陶しい。ラックもモールも同じだな。誰も好き好んで、そういう暑苦しい思いはしたくないと思う。だからなるべく密集を作らないで、パスを回して走り回ろうってことになった」

「本当ですか？」

「……と、想像してるんだ、俺は。残念ながらフィジーの人に知り合いはいないから、本当のところは分からないけど」

「面白い話ですね」

「そうか」皮肉のつもりで言ったのに、七瀬は妙に嬉しそうに食いついてきた。「面白いんだよな、ラグビーは。それぞれの国のそれぞれのスタイルがあって、だけどいつも微妙に変化している。国内の大学や社会人のチームもそうだ」

「そうですね。監督が代わるとがらっと色が変わることもありますよね」

「いやあ、監督は関係ないんだぜ。チームのカラーを決めるのは選手だから」

「まさか」この男は責任放棄をしようとしているのだろうか、と進藤は訝った。「それは監督の役目でしょう」

「どうかな」七瀬は指先をいじった。元フォワードらしい、ごつごつとした太い指。「プレイするのは選手だからね」

「でも、戦術を考えるのは監督の仕事じゃないですか」

「スタンドにいたままで？　試合は選手のものじゃないか」七瀬が肩をすくめる。

「そうですけど、試合の時だけが試合じゃないでしょう」

「監督として二試合、スタンドで観ててよく分かったよ」七瀬が顔を上げる。「ラグビーの監督は、野球やサッカーとは違うんだな。主役はあくまで選手だ。だからこそ、監督はベンチにも入れないんだから」

それは事実だ……表面上は。試合中、監督はベンチ入りを許されない。試合を進めていくのはあくまで選手、というのがラグビーの理念であり、他のスポーツでは見られない特徴でもある。ただ、現実は違う。ほとんどの監督は小型のトランシーバーを使い、試合中にも細かく攻撃や防御の指示を出してくる。それを受けるのはベンチに控える選手やマネージャーで、監督の代わりに指示を伝え、試合をコントロールしていく。しかし七瀬は、実際に監督としてスタンドに陣取ったこの二試合、ただの一度も戦術的な指示を与えなかった。例外は選手の交代だけである。あれは、誰が見てもへばっていた選手を代えただけだから、腕の見せ所というわけではなかった。

「監督、申し訳ないんですけど、何が仰りたいのか……」

「そこは自分で考えてもらわないと」七瀬が耳の上を人差し指で叩いた。

「考えてますよ」

「本当に？」

「当たり前です。考えてないとラグビーなんかできませんから」

「そりゃそうだよな」七瀬がにやりと笑った。「世間は、ラグビー選手を体がでかいだけの筋肉バカだと思ってるけど、これほど瞬時の状況判断を試されるスポーツは他にないんだぜ。頭の悪い奴にラグビーはできないってことだ……さて、そろそろ出ようか」

「ええ」

　不信感を抱えたまま──店に入る前より膨らませて、進藤は慌てて残ったコーヒーを啜《すす》った。七瀬はいつの間にか、綺麗に飲んでしまっている。グラスに残った氷はほとんど溶けていない。七瀬が伝票を摑んで立ち上がった。

「いいんですか」

「変なこと聞くなよ」七瀬が眉をひそめた。「選手と割り勘する監督なんて、聞いたことないぜ」

「まあ、そうですけど」

　先にレジに行った七瀬が、振り返って声をかけた。

「先に行っててくれ。このまま寮に帰るんだろう？」

「ええ」

「俺はちょっと家に寄らなくちゃいけないんだ。ミーティングには間に合うように顔を出すから」

「そうですか」少しほっとして進藤は頭を下げた。ここから寮までは結構遠い。一時間以上も一緒に電車に揺られていくことを考えると気が重かったのだ。

「今後もこんな感じでいいのかな」財布から千円札を抜き出しながら七瀬が突然訊ね

た。

「何がですか」

「試合後のミーティング。二回じゃなくて、一回でもいいんじゃないかな。寮に戻って一休みしてからで十分だと思うよ。試合直後は頭に血が昇ってるから、冷静になれないし」

「でも、今までずっとこうやってきましたから」

「そうか」お釣りを受け取りながら七瀬が言った。早くも今の話題に関心をなくしてしまったような、熱のない物言いだった。「疲れるようなことはしない方がいいんだけど。試合直後だとOBもいて煩いだろう。あれこれ口出しされたら鬱陶しいよな……さあ、先に行ってくれ」

「失礼します」頭を下げ、進藤は早足で店を出た。そのまま駅の方に向かって、スピードを緩めず歩き出す。監督の家は世田谷だから、結局途中までは同じルートを辿《たど》ることになる。このスタジアムは埼玉の山の方にあるから、電車の本数は多くないはずで……先に出ても、駅で一緒になってしまう可能性もある。

それが少しだけ嫌だった。監督を嫌っても何にもならないのだが。

あの男は何を考えているのだろう。城陽の伝統を全てぶち壊そうとしている？　そんなことをして何になるのか。監督を亡くしたとはいえ、今のところチームにショックはない。開幕からの三連戦を順調に勝っているのが何よりの証拠ではないか。もしかしたら権力に溺《おぼ》れているのか？　権力を握ると、人はとかく状況を変えたがる。それに意味がなくても、自分の力を周りに示すためだけに席替えをしてみたりするのだ。

七瀬はそういうつまらない人間なのだろうか。とにかく態度がはっきりしないのが気にくわない。単純に権力を求める人間なら、もっとはっきり要求を突きつけるだろう。チームを自分の色に染め上げようとするだろう。しかし七瀬の喋り方はひどく回りくどく、しかも途中で内容がどんどん変わってしまう。あれでは、まともなコミュニケーションは取れない。

何を考えてるんだ、七瀬さんは。

いつの間にか、進藤はほとんど小走りになっていた。七瀬の長い手を逃《のが》れようとするように。

「フォワードの集散が遅れてたぞ、今のプレイ」ビデオを止めて進藤は指摘した。

「疲れるにはまだ早い時間帯だよな。枡田、この時の状況は？」

「俺はその前のラックで押し潰されてたんだ」枡田が腕組みをしたまま、少し体を揺らした。彼の巨体には小さ過ぎる折り畳み椅子が、ぎしぎしと悲鳴を上げる。「抜け出すのが遅れた」

「石立は?」

「……ちょっと疲れてた。脚が止まってたと思う」バツが悪そうに認め、百九十二センチの長身を折り曲げる。

「疲れるには早いんじゃないか?」進藤は繰り返した。「ここで後半十五分だろう。ずっと攻めてたんだから、手を抜いちゃいけないところだった。守りに入ってる方がずっと疲れるんだし」

ハーフウェイライン付近の密集から出たボールを、進藤は敵ディフェンスラインの裏側に蹴りこんだ。誰もいない無人のゾーンにボールが転がる。ずっと深いところから追いかけたウイングの斉藤が、ゴールラインに向けて転がるボールを上手く拾い上げる。しかし、必死で戻った相手フルバックが横からタックルに入り、揉み合いになった。すぐにボールをつなげばトライに結びつく——22メートルラインの内側に入っていた——のに援軍が到着せず、斉藤は孤立した。結局、相手のバックスが三人がかりで斉藤をタッチラインの外に押し出した。

「そんなに深い位置じゃなかったし、ここは助けてやらないと。斉藤、辛かったんじゃないか？」

低い笑い声が起きる。レギュラーの中で唯一の一年生である斉藤は、その笑いに加わることなく、膝に両手を置いたまま、強張《こわば》った表情を崩さなかった。

「後半十五分から三十分にかけては、一番きつい時間帯だよな。だけどここで踏ん張るのが城陽のラグビーなんだぜ。サボらないで足を使おう。この次のプレイでも――」

「ちょっといいかな」

椅子に座らず、壁に背中を預けて立っていた七瀬が、突然手を挙げた。進藤は虚を突かれ、低い声で「どうぞ」と言うしかできなかった。監督に対して「どうぞ」はないだろうと思ったが、七瀬は気にする様子もない。

「今のプレイ、ディフェンスの裏へ蹴る以外のオプションは？」

「あの場面は大抵、デンジャラスゾーンへ蹴ります」進藤は当然のように答えた。敵にとってのデンジャラスゾーン――防御が一番手薄なところ――へ蹴りこみ、そこへバックス、フォワードをラッシュさせるのは城陽得意のパターンだ。

「敵さんのディフェンスライン、整ってなかったな」

「だからあそこへ蹴ったわけで――」

「回す手もあったんじゃないか」七瀬がさりげなく進藤の言葉を遮る。「こっちは準備万端だった。一人余ってたぐらいだよ。それは当然、分かってたよな」

「ええ、まあ」状況が見えないほど切羽詰まっていたわけではない。だが、あの場面での選択肢は他に考えられなかった。

「普通に回してもらった方が、斉藤も走りやすかったんじゃないか。どうだ、斉藤？」

「ええ、いや……」椅子を蹴倒すような勢いで立ち上がった斉藤が、曖昧に返事をした。

「こういう場では言いにくいかな」七瀬が苦笑した。「だけど、遠慮することはないんだぜ」

「監督、今の攻撃はミスだったっていうことですか」進藤はできるだけ低い声を出すように意識しながら訊ねた。反発とは取られたくない。

「いや、そういうわけじゃないけどな」

七瀬の答えは例によって曖昧だった。ミーティングルームに集まった選手たちの間に戸惑いが広がるのを進藤は感じ取る。互いに顔を見合わせる者、自分の爪先に視線を落とす者……ミーティングがこういう重苦しい雰囲気になることは珍しかった。親父はよく厳しく叱責《しっせき》もしたが、それは全て的を射たものであり、言われた方も不満を抱くことさえできなかった。

「じゃあ、どういうことなんですか」

「ま、ちょっと考えてくれよ。自分たちで、な」

七瀬が真っ直ぐ進藤の顔を見た。挑みかかるような……感じではなく、ごく親しい相手に軽く挨拶するような調子。文句があるならストレートに言えばいいのに、と進藤は不満を抱えこんだ。監督なんだから、指摘してもらえればこっちだってまともに話を聞きますよ。いつも言葉の端を呑みこみ、口を濁《にご》してしまうやり方は到底容認できなかった。もしかしたら自信がないのか？　チームに来てからわずか半年、前監督が死んだのを受けていきなり抜擢《ばってき》されたという状況には、戸惑わないわけがない。そもそもここに来るまで、コーチの経験すらなかったのだから。そしてこのチームのOBでないという、致命的なハンディ。どのチームにも独特の伝統があるが、選手としてプレイした人間でないと分からないことも多い。理屈で理解しようと思っても、肌感覚には絶対敵《かな》わないのだ。

「しかし」

「いいから、先を続けて」

七瀬がひらひらと手を振った。馬鹿にするような仕草に少しだけむっとしたが、個人的な感情を追い払って、ビデオを先に進める。むっとしているのは自分だけではないようだ、とすぐに気づいた。他の選手たちも首を捻って、ちらちらと不満気な視線を七瀬に送っている。これは、このミーティングが終わった後、もう一度選手だけで話し合いをしなければいけないかな、と進藤は思った。それは選手たちの意見を確認するだけの場になるはずである。確認するまでもなく、進藤は仲間たちの考えていることが手に取るように分かったが。

あの人、何かおかしいと思わないか？

4

「斉藤、ちょっといいか」

斉藤が無言で振り返る。このチームでは小柄——それでも百七十五センチはあるが——なので、フォワードの選手たちの間にいると頭が隠れてしまう。たまたま一緒に歩いていた大男たちも一斉にこちらを向いたが、七瀬の顔を認めるとすぐに顔を背けてしまった。こいつらは、スクラムだけじゃなくてこういう時も一心同体で動くのか……苦笑しながら、七瀬は斉藤が駆け寄ってくるのを待った。

午後七時、全体練習終了。選手たちは疲労と汗を身にまとっている。斉藤の髪の毛も額に張りつき、クールダウンのストレッチを終えた後なのに、まだ呼吸が荒かった。十月半ばでまだ暖かいが、もう少しすると汗の熱気が体を白く包むようになるだろう。それからが、本当のラグビーの季節だ。

「何ですか」

「ちょっと話をしないか」

斉藤が目を見開いた。まだ少年の面影が色濃く残る顔に、戸惑いが広がる。七瀬から個人的に話をもちかけられた選手などほとんどいない、と分かっているのだ。そんなに警戒されても困るが……七瀬は苦笑いを押し潰すと、彼をベンチに誘った。

「飲めよ」

座ると同時に、スポーツドリンクの缶を差し出す。おっかなびっくりといった感じで受け取った斉藤が、微妙に距離を置いてベンチに座った。

「調子、いいみたいだな」

「はい」遠慮がちに斉藤が答える。

「よく頑張ってるよな。一年生なのに」

「はい」

「そろそろ、へばってくる頃じゃないか」

「大丈夫です」と疲れた様子で首を振る。体は正直だ。

「雑用がないだけましなんだろうな。うちの大学――天聖《てんせい》はひどかったんだぜ。一年生は人間以下の扱いだった。ここはいいよな、そういうことがなくて。進藤監督がやめさせたそうじゃないか」

「そうらしいです……よく知りませんけど」

ようやく斉藤が顔を上げた。そうか、この男がそんな昔の話を知るわけがない。一つうなずいて七瀬は続けた。

「天聖では、洗濯と掃除は完全に一年生の仕事だった。それだけならいいけど、夜食の買い出し……あれがひどかったな。一番近いコンビニまで二キロあったんだ。分かってて、十分以内で戻って来いって無茶を言う先輩ばかりでね」

「ダッシュですか」

「結果的に、いい練習になったけどな」寮を出てすぐ、猛烈な坂になっていたのを思い出す。行きは下りだが、帰りは上り。だいたい最後で息が上がり、指定時間内で帰って来られた例《ため》しがなかった。「人間、無茶振りされると知恵がつく。俺たちの時に、一年生同士で談合して自転車を買ったんだ。一万円ぐらいの折り畳み自転車で、それを用具小屋に隠してね。その後は、買い出しは随分楽になった」

「怒られませんでしたか」

「いや、全然。そういう下らない雑用を言いつける先輩っていうのは、細かいことに気づかないものだから。だからレギュラーにもなれないで、後輩をこき使うぐらいしかできないいんだよ。そもそも十分かかろうが二十分かかろうが、どうでもよかったんだと思う。単なる虐《いじ》めだよ。俺らの後には、自転車からスクーターに代わったらしい。それに、寮から歩いて一分のところに、新しいコンビニもできた」

「そうなんですか」この話がどこへ行きつくか分からない様子で、斉藤が戸惑いの表情を浮かべる。スポーツドリンクは、手の中で次第に温《ぬる》くなっている様子だった。

「馬鹿らしいよな、そういう後輩虐めは。城陽は、そういうのがない分楽だと思う。ラグビーだけに集中できるからな。いいチームだよ」

「はい」ようやく声が元気になる。

「同期の連中はどうだ？　変な摩擦とかはないだろうな」一年生で、入寮を許されているのは三人だけ。レギュラーの座を獲得しているのは斉藤一人だ。やっかみが噴き出してもおかしくない状況ではある。

「それはないです。同期の仲はいいですし。監督……進藤さんがフォローしてくれてましたから」

「そうか。それでお前、他に不満はないのか」

「不満ですか？」びっくりしたように斉藤が目を見開く。「それは、別に……」

「練習がきついとか、怪我を隠してるとか、そういうこともないよな」

「はい」

「試合では？」

「出させてもらってるんですから……」

「おいおい、お前みたいに優秀な選手がそんなに遠慮しても、皮肉にしか聞こえないぜ」

途端に斉藤の耳が赤くなった。実際は、優秀、というレベルでは語れない選手なのだ。今年三月の高校日本代表イングランド遠征では、三試合全てにフル出場。チームは大差で全敗したものの、斉藤本人は四トライを挙げて、本場の選手たちを驚かせている。百メートル十秒台の快足を誇り、高校時代には陸上部からも本気で勧誘されたという。百七十五センチ、八十キロのバランスの取れた体格で、自分より体の大きい選手に対しても、一切躊躇せずタックルに入る度胸がある。思い切ったプレイが多いのに大きな怪我がないのは、ボディバランスが優れている証拠だ。間違いなく将来のジャパン候補だし、これから四年間、城陽のトライゲッターとして活躍してくれるだろう。

しかしこれまでの三試合で、トライはわずか三つしかない。チーム全体で奪った点数に比して、物足りない数字だ。

「ちゃんとボールは回ってくるか？」分かっていて訊ねる。高い位置から見ていれば、ボールの動きは一目瞭然だ。

「自分のところにくる前に勝負は決まってますから」それがさも当たり前のように、斉藤が言った。他人の試合を解説するような客観的な調子だった。

「そういうの、悔しくないか？　ここ一番で俺の俊足を見せてやろうとか思わないか」

「チームプレイですから」

「それもそうだけど、目立とうっていう気持ちも大事だぜ」七瀬は頭を掻いた。いかにラグビーがチームプレイのスポーツだと言っても、ここ一番という個人の見せ場は当然ある。特にバックスの華麗な走りは、ラグビーの華と言っていい。それを自ら封印するような台詞を吐くとは……。「そういうの、進藤監督から言われたのか」

「いえ。でも、これが城陽の伝統ですから」今度は先ほどよりもはっきりした、力強い台詞だった。

「そうか。それでお前は、この伝統が大事だと思ってる？」

「当然ですよ」少しだけ憤然とした口調で斉藤が言った。「俺は城陽の選手ですから。このチームが好きで入ってきたんですから」

「お前だったら、天聖の方が合ってるような気がする。あそこのオープンラグビーは、お前の才能を完全に生かせると思うよ」

「まさか、外すつもりじゃ……」斉藤の顔が青褪《あおざ》め、言葉が宙に消えた。

「冗談じゃない。大事なポイントゲッターを、怪我でもないのに外すわけがない」ちょっと勘違いさせてしまったと悔い、七瀬は緩い笑みを浮かべたが、それでも斉藤の緊張は去らない。「お前はそういう心配をする必要はない。ただ、ラグビーにはいろんなスタイルがあるって言いたかっただけだよ。さ、上がれよ。体を冷やさないようにな」

立ち上がった七瀬を、斉藤の疑わしげな視線が追う。

「あの」

「何だ」

「それだけですか？」

「そうだよ。たまには選手とみっちり話さないとな。お前と話してよく分かった」

「何がですか」

「お前、あんまり物を考えてないだろう。悩み足りないんじゃないか？　考えないラグビー選手は大成しないぞ」

さらに大きな戸惑いが斉藤の顔に広がる。それ以上フォローせず、七瀬はその場を去った。さて、種は撒《ま》いた。あとは斉藤が自分でどう育てるかが問題だ。それとも、何も気づかずに枯らしてしまうか。


監督室には、今でも進藤の気配が濃厚に残っている。直哉が言っていた通りで整理《せいり》整頓《せいとん》されており、どこに何があるか、誰が見てもすぐに分かるようになっていたが、それは頻繁に使うものに限られていた。普段使わない私物の類は……デスクの引き出しにただぶちこまれている。苦笑しながら、七瀬は一番下の引き出しを閉じた。ここの整理は自分には無理だ。それこそ直哉に任せた方がいいだろう。自分が触れてはいけないものも入っているはずだ。

一つだけは、既に自分のものにしていたが——手書きの日記。

進藤は、練習や試合について気がついたことを、パソコンに打ちこんでいた。内容は詳細を極め、順を追って見ていけば、城陽が抱える問題点や試合運びの変化が一目瞭然になるような内容である。ただしそこには進藤の心情は一切反映されておらず、無味乾燥な数字の羅列でしかない。

しかし手書きの日記には、進藤の本音が隠されていた。七瀬は監督を引き受けてからすぐにこの日記を見つけ、深夜までかけて読みふけった。一年一冊で、十五冊目に突入していた。最後……十五冊目は半分までしか埋まっていなかったが。最後に指揮を執った試合については、何も書かれていない。書く前に倒れてしまったのだ。

古い日記にはまだ手をつけていない。まず読んだのは、今年も含めて過去四年の日記だ。直哉が入学し、リーグ三連覇が始まった年からである。読み返す度に、自分の中に芽生えた気持ちが大きく育つのを実感する。酔っ払いの戯言だと思っていたが、進藤はやはり本音を漏らしていたのだ。

グラウンドに隣接したクラブハウスは、とうに静かになっていた。自分の他には誰もいない。選手たちは既にシャワーを浴びて着替え、寮に戻っている。これからは夕食、そして自主練習の時間だ。クラブハウスだけでなく、寮にもウェイトトレーニングの設備が整っているから、筋肉自慢のフォワードの連中は、三千キロカロリーを超える夕食を取った後、限界まで自分の体を痛め続けるだろう。三千キロカロリーか……七瀬は思わず苦笑した。自分も現役時代、一日の摂取カロリーが五千を超えていた時がある。成人男子に必要なほぼ二倍。それだけ食べないと持たないし、体を大きくするためにはどうしてもそういう食生活が必要だったのだが、残ったものは人より大きくなった胃と強烈な消化能力、そして贅肉《ぜいにく》だけだった。

今は週に三回、選手が去った後のクラブハウスでウェイトトレーニングをしている。ひたすら筋肉を太らせるための現役時代のトレーニングに比して、今のトレーニングは冗談のようなものである。要するにダイエット、太らない体を作るためのスロートレーニングだ。体を完全に作り変えるためには、長い時間が必要だろう。

ペットボトルのお茶に手を伸ばす。進藤の日記を読み進むにつれ、彼の悩みが案外根深いものだったことを、しみじみと実感する。進藤の目は四連覇だけでなく、ずっと先を向いていたのだ。しかしそういう意思とは関係なく、常に目先の勝利を求められるのが、大学ラグビー部の監督というものである。プレッシャーは想像を絶するものだっただろう。進藤も城陽ＯＢではない。七瀬がコーチに就任する時、「ここのＯＢは煩いぞ」と冗談半分でアドバイスしたものだが、今では骨身に沁《し》みて理解している。武井のような男とうまくつき合うためにはどうすればいいのか……進藤がいかに三顧の礼で迎え入れられたといっても、厳しい視線に晒《さら》され続ける毎日は、相当のストレスになったはずだ。

そんなことを考えていると電話が鳴った。バイブレーションモードにしておいたので、デスクの上で震え出し、少しずつ横に動いていく。この携帯の震動はちょっと激し過ぎるな……と思いながら取り上げた。武井。確認して舌打ちしたが、無視するわけにはいかない。

「七瀬です」

「ああ、武井ですがね」口調には怒りや焦りは感じられなかった。

「お疲れ様です」

「次の試合だけど、先発メンバーはもう決めたんですか」

「特にいじるつもりはありません。今のところ、怪我人もいませんしね」おいおい、何で選手起用にまで口を挟んでくるんだ。右手の人差し指でデスクを叩きながら、七瀬は冷静を装って答えた。「先発メンバーはこの先もある程度固定しておいて、他のメンバーを途中から試すつもりです」

「四年の春川《はるかわ》を先発させてもらえないかな」

「春川ですか……」高校ラグビーの名門中の名門、大分紫南《しなん》高校出身。百八十五センチ、九十キロの恵まれた体格を持つ、大型のウイングだ。今年は結果的に斉藤にポジションを奪われる形になった。そういう呑気な態度にも問題があるのだが、技術的にも斉藤に押しのけられたのは当然とも言える。体格の割にタックルが弱いのだ。斉藤が、高校時代に柔道でも黒帯を取っているという事実とは関係ないかもしれないが。

「そう。あいつにもアピールのチャンスを与えてやって欲しいんだ」

「ああ」春川は既に、トップリーグのチームへの入団が決まっている。しかし大学最後のシーズン、レギュラーの座を奪われたままでは格好がつかないだろう。武井なりの気配りだということはすぐに分かった。

「春川は、トップリーグでも最初から一本目でやれる男だ。ただ、このまま公式戦の緊張感から離れたままだと、勘が狂うだろう。少し実戦の雰囲気を思い出させてやってくれないかな」

「武井さん？」

「何だ」

「春川が泣きついてきたんですか」

　武井が口をつぐんだ。ほんの一瞬だけ。しかしそれで七瀬には十分だった。あの野郎……俺に直接言ってこないで、ＯＢの中でも一番力のある武井に直訴したわけか。みっともない話だ。怒りが徐々に募ってくる。

「俺はいつだって、選手たちの相談に乗ってるよ」開き直ったように堂々と武井が言った。「それもOBの勤めだからな」

「ごもっともですね」

「で、春川はどうするんだ?」

「春川に関しては、何も心配する必要はないんじゃないですか」両肘をデスクにつき、右手で瞼《まぶた》を軽く押しながら七瀬は答えた。武井の提案に反発する気持ちがむくむくと湧き上がってくる。「あいつは完成されてます。就職も決まっている。ここで無理して怪我でもしたらつまらないでしょう」

「いや、あいつはもう少しアピールしておく必要があるんだよ」

「それで張り切って怪我したら、本末転倒かと思いますが」

「出す気がないのか」武井の声が尖った。

「戦況に応じて考えます。ウイングの先発は斉藤でいくつもりですよ」

「ちょっとあいつを大事に使い過ぎじゃないのか。一年生なんだから、あまり大事にすると勘違いするぞ」

「あいつはそれほど馬鹿じゃありませんよ」考えていない、と自分で言ったことは棚に上げて、七瀬は言い切った。「自分の立場はよく分かっているし、先輩たちとの関係も良好です。性格的に図に乗るような男でもないですしね」

「しかし、な」

「斉藤を使うのは、進藤監督の遺志でもあるんですよ。進藤さんは若い選手が大好きでしたからね」

「しかし、今の監督はあんたなんだぞ」

「私は進藤さんのやり方を継いだだけです。急に変えると選手も戸惑いますからね……まだシーズンも序盤ですから、しばらくはこのままやらせて下さい。斉藤だってずっと試合に出てれば疲れも出てくるでしょう。そういう時は春川の出番ですよ」

「まあ、よく考えてくれ。頼んだからな」脅《おど》しつけるような低い口調で言って、武井が電話を切った。

七瀬は溜息をついて携帯電話をデスクに放り出し、頭の後ろで手を組んだ。武井の気持ちも分からないではないが……好意的に解釈すれば、将来のある選手の未来を少しでも手助けしてやろうという、優しい気持ちの表れだろう。しかしこっちにすれば単なるお節介だ。

進藤が斉藤を買っていたのを、七瀬はよく知っている。斉藤が春先のチーム内の練習試合で初トライを決めた後、進藤は相好を崩して七瀬の背中を思い切り叩いたものだ。

「見たか？　俺はあいつの足が見えなかったぞ。回転が速過ぎるんだ。これほどとは思わなかった」

決して大袈裟《おおげさ》ではなかった。少し距離があったせいもあるが、二本の足が一塊《ひとかたまり》になって回転し、残像のようにぶれて見えたのは確かである。あれは確かに、陸上部も欲しがる人材だ。本気で転向していれば、短距離の希望の星として、今頃はオリンピックを目指していたかもしれない。

その後、話しているうちに、進藤は若い選手が大好きなのだ、と気づいた。高校と違い、大学にはある程度完成された選手が入ってくる。同じレベルなら積極的に若い選手を使う、というのが進藤の暗黙の方針だった。

日記を再び広げる。これは俺の財産になるだろう。いつまで城陽の監督をやるかは分からないが、名監督と謳《うた》われた男の本音をこういう形で知ることができたのは幸いだった。ただ、この内容を選手たちに伝えていいかどうか……そこは進藤も散々悩んでいた部分である。

自分も悩み続けるだろう。選手たちがどう見ているかは分からないが、俺だって悩んでるんだぞ。それをはっきり伝えられないのが、どうにももどかしい。

結局俺も「進藤ルール」に縛られているわけだ。選手たちが知らない、もう一つのルールに。


「随分遅いのね」

時計の針は既に十時を回っていた。トレーナーの上下というラフな格好の母親、美《み》恵《え》子《こ》が、顔をしかめて待ち受けていた。

「寝てりゃいいのに」

「こんな早くに眠れないでしょう」

「だったら遅い時間じゃない」

「口が減らないわね、相変わらず」

「はいはい」靴を脱ぎながら、七瀬は気のない返事をした。この母親は……三十三になる息子に対して、あまりにも過干渉だ。さっさと家を出てしまうべきなのだが、今はタイミングがまずい。今シーズンが終わったら本気で引っ越しを考えよう、と決めた。だいたいここは、城陽のグラウンドから遠過ぎる——それは、来年も監督をやっていれば、の話か。未だに「監督（仮）」と肩書きがついているような気がしてならない。

「ご飯は？」

「食べた」家で母親と顔を突き合わせて食事をするのが面倒で、近くのうどん屋で済ませてきた。夜中に腹が減るのは承知の上で、意識して軽目にしている。遅い時間に炭水化物を取るのは、ダイエットの基本に反するのだ。

冷蔵庫からミネラルウォーターを取り出し、立ったまま半分ほど流しこむ。ダイエット中は水分を多量に取るべし、という信念に基づき、一日に二リットルは水を飲むようにしている。結局、水で腹を膨らませて食事の量を減らすだけではないか、と皮肉に考えるようになっていた。

「忙しいみたいだけど、体は大丈夫なの？」

「ああ、全然」

「結構時間を食うのね。もっとボランティアみたいに、自由にできると思ってたのに」

「無理」荷物を床に置き、椅子を引いた。急に疲れを感じ、欠伸《あくび》を嚙み殺す。「あのね、大学のラグビー部ってのはいろいろ大変なんだよ。裏方に回ってみて初めて分かった。選手でやってる方がよほど楽だ」

「いつまでやるつもりなのよ」

「まだ始めたばかりじゃないか」

いつかはこんなことを言われるだろう、と予想していた。家業の不動産屋の社長は、書類上では母親になっている。実際に仕事を切り回しているのだが、最近やけに「疲れた」と漏らすのが気になる。来年は六十歳になるし、昔と同じというわけにはいかないだろうが……ある程度年を取ってからの「疲れた」が危険信号であることを、七瀬は身を以って知っていた。父親も「疲れた」が口癖になってからしばらくして倒れたのだ。

「別に仕事の方は困ってないだろう。他の人もちゃんとやってくれてるし」

「でも、あんたにも仕事を覚えてもらわないと困るのよ。同業者や商工会の人たちとのつき合いもあるし」

「分かってるって」雑に手を振って、七瀬は母親の愚痴を払いのけた。「永遠にやるわけじゃないんだから。自分でもタイミングは見てるからさ」

二つの悩みが自分の中で渦巻く。一番大きいのは「どうして監督を引き受けてしまったか」という問題だ。引き受けることによるマイナス要因はいくらでも考えられた。城陽OBではないこと。ヘッドコーチになってまだ半年しか経っていなかったこと。進藤の後を襲うことに対するプレッシャー。冷静に判断して監督を引き受けたわけではないので、今でもいろいろなことを決めかねている。強気で押し進めることができない。失敗だったのでは、という疑念を消すことができなかった。

もう一つは、これからの自分のラグビー人生がどうなるか、という問題だ。こちらは早急に決断する必要はないことだが、いずれは正面から向き合わねばならなくなる。大学ラグビー部の監督として、安定して長く指揮を執るためには、大学の教員か職員になるのがベストだ。ただし家業の問題があるから、俺にはその選択肢はない。いずれは辞めるタイミングがくる——馘になるか辞表を書くかはともかく——が、その後はどうすればいいのだろう。日本のラグビー界は、大学人脈、企業人脈が細かい網状になっている。OBでもない人間が二代続けて名門チームの指揮を執るのは、極めて異例の事態なのだ。もしも城陽の監督を辞めたら、それこそ天聖の監督に転身するか……しかしそれは、求められない限り無理だろう。自分から求職するのも筋が違うように思えた。

ラグビーの指導者にも、当然のようにエリートコースがある。城陽のようなリーグ戦一部の名門チームからトップリーグに入り、引退後は即コーチ就任。トップリーグなり大学なりで、指導者としてきちんと成績を残して、最終的な目標はジャパンの監督だ。ただしそれも、筋のいいチームを渡り歩いてこその話である。七瀬の場合、必ずしもそういうルートを歩んで来たわけではない。これから城陽でよほど素晴らしい戦績を挙げれば別だが、自分の将来のことを考えてやっているわけでもない。

要するに、自分でも自分の将来をどうするべきか、まったく決められないのだ。まあ、何年かしたら――あるいは今シーズン終了後に――「お疲れ様でした」の声がかかって辞めざるを得なくなるかもしれないが。その後で城陽ＯＢに監督の座を譲り渡すのが、一番可能性の高いシナリオだろう。結局つなぎということなんだろうな。そういうのは決して珍しくないと分かっているが故に、怒る気にもなれなかった。

「会社の方も、今大変なのよ」母親の愚痴は止まらなかった。「このご時勢だから、物件も動かないし」

「だけど食うに困ってるわけじゃないだろう。自前の物件があるんだから、その分よしとしなくちゃ」マンションが五軒。十五年以上前のバブル崩壊の後、地価が下落したタイミングで買い叩いた物件で、これが今、会社を下支えしている。家賃だけで毎月八百万円は、この時代には貴重な収入源だ。一生懸命働くのも馬鹿らしくなる。これが同じ不動産関係でもディベロッパーだったら、七瀬の勤めていた会社のように倒産の憂き目に遭うこともあるのだが。

「仕事だってちゃんと覚えてもらわないと困るでしょう。いつかはあなたが会社を背負わなくちゃならないんだから」

「分かってるって。でも、誘いがあるうちが華だから」

「お金になる話ならいくらでも賛成するけどね」

「はいはい」溜息をついて立ち上がる。この話はどこまで行っても平行線だろう。親子とはいえ、人生のプライオリティは違う。「もう、寝るわ」

「明日は？」

「午後まではちゃんと仕事するよ」

練習は四時から。少し遅れて顔を出すことになるだろう。練習の面倒を見るより重要なのは、今度対戦する相手チームの分析だ。次の試合がリーグ戦の折り返し地点。そこから先は、互いに体と魂を削り合うような試合が続く。

自室に戻り、床に直に寝転がる。高校時代に身長が百八十センチを超えてしまってから、足がはみ出すベッドは自然に使わないようになった。素っ気無い部屋。ラグビーの匂いを思い起こさせるものはほとんどない。賞状やトロフィーは、全て押し入れに突っこんでいる。進藤もそうだったな、とふと思い出す。クラブハウスの監督室には、これまでの栄冠を記録するようなものは何一つないのだ。だいたい、「選手のものだ」と寮の方に持っていってしまい、自分の目が届く場所には置かないポリシーのようだった。近くに借りていた部屋はどうだろう。まだ解約したという話は聞いていないが……見てみたい、と思った。そこで彼が暮らした空気を感じれば、本当はどうしたかったのかが分かるような気がする。知ってどうするかと言えば……夢を叶えてやりたいな、と思う。何だかんだ言って、俺はあのオッサンが好きだったんだ。まだ若かった進藤と俺たちフィフティーンで勝ち取った、世田谷第一のたった一度の花園。勢いで突っ走ってしまったようなものだが、あれほど楽しく充実した日々は、二度と経験できないだろう。

城陽の選手たちは、同じような高揚感を感じることがあるのだろうか。勝つ以上の魂の昂《たか》ぶりを。

勝つのは何よりも大事だ。しかし勝ち方の質もあるし、勝った先にもっと大事なものもある。それを口で言うのは簡単だ。監督の立場を使って宣言すれば、選手たちも命令として受け入れるだろう——実践するかどうかはともかく——が、そういうやり方は避けたかった。自分の頭で考え、結論に達して欲しい。俺たちがそうしたように。進藤も、本当はそれを望んでいたのだ。

携帯電話が鳴り出して、漂う思考は中断させられた。着信を確認すると、懐かしい——懐かしいというほど昔ではないが——人間の名前が浮かんでいた。

「はい」

「どうも、松本《まつもと》です」

「ああ、久しぶり」上体を起こし、胡座《あぐら》をかく。硬いフローリングの感触が尻を不快に刺激した。「どうしてる」

「ぼちぼちやってます。今度東京に行くんで、ご挨拶を」

「仕事か？」

「ええ。ついでに、城陽の試合を観ようと思ってるんですが」

「大歓迎だよ」

松本は以前の会社でのチームメイトで、城陽ＯＢである。チームの活動停止と同時に現役を引退し、会社も辞めて田舎に引っこんでいた。今は実家の造り酒屋——実態はかなり大きな株式会社なのだが——で跡取り修行をしている。本人はあと一、二年は現役を続けたかったようだが、チーム消滅という事態を目の当たりにして、新たにプレイする場を探す気力を失ってしまったようだ。今は完全に仕事一筋の生活だと聞いている。

「東京へは営業か？」

「ええ、デパートを何件か回る予定です。土曜にそっちへ行って、日曜は仕事を途中で抜けて観に行きます。試合、一時からですよね」

「ああ。その後はどうするんだ」

「午後から月曜までは、また営業です。東京でどこかに泊まりますよ」

「じゃあ、ちょっと会わないか。試合後にはミーティングをしなくちゃいけないけど、夜でよければ」

「いいんですか?」

「仕事が終わればプライベートな時間だよ。四六時中ラグビーのことばかり考えてるのも、よくないんじゃないかな」

「監督って、そうやって切り替えをするんですか」

「まあね」

小さな皮肉を感じ取り、七瀬は額を揉んだ。城陽OBの松本にしてみれば、彼が監督を引き受けたのが何となく気に食わないのかもしれない。あるいは、自分こそがこの立場にいたかった、と歯噛《はが》みしている可能性もある。引退直前には、「将来は監督をやりたい」と盛んに言っていたのだ。

「それでどうなんですか、監督業は」

「慣れないことばかりで肩が凝るよ」

「でも、順調に勝ってますよね。この分なら、四連覇は間違いないでしょう」

「油断は禁物だ。これから先は、簡単には勝たせてくれないと思う」

「御しやすいですか、城陽の選手は」

「答えにくい質問だな」七瀬は思わず苦笑した。「まだ摑み切れてないんだ、本当のところは」

「進藤イズムが染みついてるから、やりにくいでしょう」

「それなんだけどな……進藤さんって、やたらと口出しする人じゃなかったか？」

「口出しっていうか」松本の口調に不満が滲んだ。「監督なんだから、細かく指示を出すのは当然でしょう。そうしなくちゃ、何のための監督か分からないじゃないですか」

「試合中も？」

「それはそうですよ」何がおかしいのか、とでも言いたそうだったが、出てきた言葉はもう少し大人しかった。「それが普通ですよね。監督がしっかり指揮を執らないと、試合にならないでしょう」

「そうか……俺、トランシーバーをほとんど使ってないんだよな。選手の交代を指示する時ぐらいで」本当は進藤も、どっしり構えて観ていたかったのではないか。

「試合を選手に任せっ切りってことですか」呆れたように松本が言った。

「観るので忙しいんだ」

「七瀬さんも自分のスタイルを作りたいでしょうけど、今年は進藤さんのラグビーでいくしかないんじゃないですか。城陽はあのスタイルで強くなったんだから。伝統は大事にしないといけないですよね」

「そのつもりでやってるよ。選手たちに任せてる。それで勝ってるんだから、何も問題ないだろう」

「何か不満そうに聞こえるんですけど」

「そんなことはない」否定したが、七瀬は納得したわけではなかった。「ま、詳しいことは次の試合の後で話すよ」

「そうですね……ところであそこ、まだあるんですか？『エル・ソル』。久しぶりに食べたいな」次の試合が行われる秩父宮《ちちぶのみや》ラグビー場の近くにあったメキシコ料理店だ。

「いや、あそこは閉店した」爆発的な量と辛さが売り物の店だった。七瀬たちは秩父宮での試合後に何度となく店を急襲し、本格的なタコスとコロナビールをたっぷり楽しんだものである。

「そうですか、残念ですね」試合に負けた後でも、これほど悔しそうではないだろう。

「そんなに高くないのがよかったんだよな」店はいつも超満員だった、そこに自分たちのような体の大きい人間が集団で入って行くと、店内の空気が薄くなるような感じがしたものである。

「ですね。俺たちの金でもたっぷり呑んで食べられて美味くて、最高だったけどな。そうですか、潰れちゃいましたか……俺、二年ぐらい行ってなかったんですよ」

「俺はもっと長いことご無沙汰だったよ。どこか、他の美味い店を探しておくから」

「そうですね。店はお任せします。そうだ、サンプルでうちの酒を持っていきますから、選手たちにも呑ませてやって下さいよ」

「差し入れなら、直接してやればいいじゃないか。ＯＢなんだから、ロッカールームにも入れるぞ」

「いやあ、そういう場所に酒を持っていくのも、ちょっとあれじゃないですか」松本が含み笑いを漏らした。「スポーツドリンクとかならともかく」

「それもそうだな。じゃあ、俺が預かっておくよ」

ミーティング後に落ち合うのを約束して電話を切った。松本は俺のやり方が何だか気に食わないようだが……また寝転がって天井を見上げながら、七瀬は自分の周りに味方が——理解者が何人いるのだろうと訝った。ゼロ、かもしれない。自分自身でも自分の考えが分かっていないのだから、他人を味方につけることなど、できるわけもない。

5

「叩き潰せ！」

「おう！」

「叩き潰せ！」

「おう！」

「叩き潰せ！」

「おう！」


出陣前にロッカールームで三回繰り返すのが、城陽恒例の儀式だ。一回ごとに組んだ円陣がぐっと沈みこみ、深く気合が入る。ぱっと円陣が解けた後には拍手と好き勝手な怒声が入り混じり、狭いロッカールームは一種異様な興奮状態に陥る。興奮剤抜きのドーピング。フォワードの選手たちが胸を合わせる鈍い音が響き、スパイクが床を打つ甲高い音がそれに混じる。

ここ——秩父宮ラグビー場のロッカールームはむしろ「更衣室」と呼ぶのが相応しい、古く狭苦しい作りである。両側の壁に細い木製のベンチが置かれ、その上にはハンガーのかけられるフック。小さな窓の横には洗面台と鏡。ここより上等なロッカールームはいくらでもあるし、城陽のクラブハウスでさえはるかにましだった。だが秩父宮には、秩父宮にしかない特別な雰囲気がある。長年ラグビー専用競技場として選手から神聖視されてきたために、独特のオーラが漂っているのだ。

進藤は一人壁に向かって両手をつき、うなだれた。ゆっくりと肘《ひじ》を曲げて額を壁に押し当て、アキレス腱《けん》を伸ばしてやると、がやがやした雰囲気が一瞬で消え去る。キャプテンとしてチームの雰囲気を盛り上げた後、一人の選手として、試合に入るための集中力を高めなければならない大事な時間帯だ。

「進藤?」

声をかけられ、一つ舌打ちしてから振り返る。邪魔するなよ、と睨みつけると七瀬だった。ブレザーにネクタイ姿。右手に小型のヘッドセットを持って、涼しげな表情を浮かべている。まったく、この人は……選手たちに気合を入れた後、集中するために俺が一人になるのは、チームメイトなら誰でも知っている。それを邪魔するとは。

「何でしょう」両手を組み合わせて手首をぐるぐる回しながら、低い声で訊ねた。

「今日はどういう作戦だ？」

「いつも通りです」

「いつも通り……そうか」

「何か？」

「いや」小さく首を振り、「じゃ、よろしく」とだけ言って踵《きびす》を返す。

何なんだ、この人は。膨れ上がる不信感を押し潰そうとぎゅっと目を閉じたが、かえって心がざわつくだけだった。

「監督、何だって？」

スクラムハーフの末永に声をかけられ、進藤は目を開けた。

「いや、何でもない」

「結構緊迫した雰囲気だったけど」

「緊迫？　まさか」進藤は目を剝《む》いた。試合前に監督と遣り合う？　あり得ない。それとも自分では意識していなかっただけなのか……。「お前、七瀬さんのこと、どう思う？」

「どうって」末永の顔に戸惑いが広がる。「正直言ってよく分からないけど……来たばかりだし、俺はあまり話をしてないから」

「そうか」

「監督と何かあったのか？」

末永の顔に不安の色が過《よぎ》る。ずっとコンビを組んでいるこの男と主務の会田に対しては、絶対に隠し事はできない。思い切って不安をぶちまけてみたいが、今は間が悪かった。試合前の忙《せわ》しない時間、ややこしい話をしている余裕はない。

「いや、大したことじゃない。俺もあの人のことはよく分からなくて困ってる」

「分かった。後で話そうぜ」末永が進藤の肩をぽん、と叩いた。結構身長差があるので、伸び上がる格好になる。「今は試合に集中な、集中」

「お前に言われるようじゃ、俺もおしまいだ」

末永がにやりと笑い、ロッカールームから駆け出して行った。あいつの言う通り、今は目の前のことに集中しなくては。しかしどうにも心がかき乱され、思いはあちこちに彷徨《さまよ》うのだった。

秩父宮ラグビー場の造りは、迷路を彷彿《ほうふつ》させる。ロッカールームから通路を抜けてグラウンドに出る直前には、一瞬光が消える。スタンド最前列の下をくぐる時、細い穴倉を通り抜ける感じになるのだ。暗がりの中を走って来て、グラウンドに出た瞬間にぱっと視界が開けるので、天気のいい日は一瞬目が潰れたような錯覚に陥る。

ささやかな歓声とばらばらの拍手が両チームを出迎える。芝の感触を足裏に確認しながら、進藤はゆっくりとグラウンドに走り出した。この古いラグビー専用グラウンドは、都心にあるが故の独特の特徴を抱えている。不規則に渦巻くビル風。試合が進むにつれ、ホームスタンドからバックスタンド側に向かってグラウンドを黒く染めていく影。そういう環境が、時に味方になり、時に敵になる。今日は快晴、微風、気温十八度。少し気温が高いことを除いては、まずまずのコンディションと言っていい。

城陽はキックオフを選択した。対戦相手の関東体育大学——関体大——は陣地を取ったが、風のほとんどない今日は、アドバンテージはないと考えるべきだろう。進藤は、前屈の格好でボールを二度、三度と芝の上に落として弾み具合を確かめた。左右に視線を投げて、芝が薄くなり、地面が顔を出しているところをキックオフのポイントに選ぶ。最初にフォワードのラッシュを見せつけるためには、できるだけ近い位置に高いボールを上げなくてはならない。これが城陽のやり方なんですよ、七瀬さん——「監督」と自然に呼べないことに進藤は気づいた。

蹴る位置を確認して四歩下がる。メインスタンドに目をやり、中段付近に陣取っている七瀬の姿を目に入れた。膝に肘を乗せる格好で前屈みになっている。コーチや試合に出ていない選手たちが周囲を囲んでいた。ユニフォームのように、全員ブレザー姿。そこで日向ぼっこしながら試合を見ているには、今日は絶好の天気ですよね。余計なことを考えないで、楽しんで観戦していて下さい。試合が始まったら、全ては俺たちのものになるんですから。

皮肉に考えながら、進藤は右手を軽く上げた。キックオフのホイッスルが乾いた空気を切り裂く。さあ、始まる。リーグ戦折り返しの大事な一戦。

キックは狙い通り、10メートルラインの後方に高々と上がった。ロックの百九十センチコンビが真っ先に追いつき、相手のロック陣と競り合う。関体大のロックが先にボールに触れたが、前に零す格好になった。こちらがコントロールできる位置にボールが転がっているので、レフリーはアドバンテージを見て笛を吹かない。第二列から迫って来たフランカーの梶《かじ》がよく反応し、跳ね上がったボールを低い体勢のままキャッチする。そのまま前進してすぐに捕まったものの、味方が分厚くフォローしている。あっという間にモールを形成し、一気に押しこんでいった。末永が余裕を持ってボールを出し、進藤に綺麗なパスを送る。

迷わずハイパント。進藤の背後に控えていたナンバーエイトの枡田と右プロップの池上《いけがみ》が、低い唸《うな》り声《ごえ》を上げながら追い抜いて行く。22メートルライン付近で枡田が追いつき、相手に背を向けながらジャンプして胸にすっぽりとボールを収めた。着地した直後、関体大のフルバックが腰に強烈なタックルを見舞ったが、体格が違い過ぎる。余裕でこらえているうちに、フォローしてきたプロップの池上が体当たりするように枡田の胸に飛びこんでボールを奪い取った。早くもこの揉み合いに追いついた末永が、ちらりと左右に目をやる。タッチライン際に関体大のディフェンスは一人しかいない。末永は迷わずボールを出させ、自らサイドを突いた。枡田と揉み合っていたフルバックの選手が手を伸ばすと、腕を掴まれて末永の姿勢が崩れる。しかし彼の最大の武器は、卓越したボディバランスだ。どんな無理な姿勢からでも綺麗なスパイラルパスを投げられる器用さは、こういう場面でも生きてくる。倒れそうになりながらも、加速がついてタッチライン際を駆け上がってきたウイングの斉藤に向かって、右手一本で柔らかくボールを浮かした。

斉藤は前傾姿勢を保ったまま胸の高さでボールをキャッチし、そのまま無人の荒野を駆け抜けた。やや斜めのコースを選び、コーナーフラッグ目指して一直線に——いや、関体大のセンターコンビが、いち早く戻っている。斉藤はボールを蹴り出す選択肢を選ばなかった。切り裂くようなステップで内側に向きを変えると、二人の間のわずかな空間に向かって突き進んで行く。さすがに捕まったが、体を捩《よじ》るように暴れて、相手にボールをコントロールさせないだけの余裕はあった。その間に、先ほどの密集から抜け出した池上が到着する。斉藤が股の間から転がしたボールを器用に拾い上げると、手を伸ばしてきたセンターをハンドオフ一発で突き放し、コーナーフラッグめがけて一直線に突っ走った。決して速くはないが、重いものに勢いがついているので簡単には止まらない。ぎりぎりで関体大のフルバックが横からタックルに入ったが、池上は踏ん張ってなおも二、三歩進み、体を投げ出してインゴールにボールを叩きつけた。

先制のノーホイッスルトライ。一回転して立ち上がった池上が両手を天に向かって突き上げる。あの馬鹿、こんな狙いにくい位置にトライしやがって、と思いながら、進藤はスタンドに目をやった。七瀬は相変わらずの姿勢。つまらなそうにグラウンドを見ているだけだ。そんな顔されても困りますよ、七瀬さん。城陽らしいスタイルで先制したんだから、もう少し喜んでもらわないと。

先制されて目が覚めたのか、関体大が一気にディフェンスを締めつけ始めた。

全体には、城陽が攻め続けている。陣地の支配は七割に及ぶはずだ、と進藤は踏んでいた。関体大が城陽の陣地に入りこむのは、苦し紛れにキックを深く蹴りこむ時だけで、後はひたすら防御に徹している。密集からたて続けにサイドを突く城陽の攻撃に対し、外へ外へと押し出すディフェンスで前進を阻む。ゲインラインを突破できないまま最後はタッチへ出され、ラインアウトを繰り返すというパターンが、前半の中盤、ずっと続いていた。

プレイが切れたタイミングを見計らい、進藤はフォワードキャプテンの枡田に声をかけた。

「あそこで押し切れないようじゃ駄目だ」

「プレッシャーがきついんだよ」むっとして枡田が言い返す。

「そんなの、最初から分かり切ってるじゃないか。次のプレイで絶対ゲインラインを突破しろよ。いつまでもこんなところで押《お》し競《くら》饅頭《まんじゅう》してるわけにはいかないんだ」

「了解」枡田のぶっきら棒な言い方は変わらなかった。

城陽ボールのラインアウト。列の二番目に入ったロックの石立がしっかりボールをキャッチし、そのままキープして密集を作る。内側に流れ――城陽側の意図的なコントロールだ――左に隙間ができたところで、一瞬密集に潜りこんでボールを奪った末永が、短いキックでディフェンスの裏側を狙った。快足の斉藤を走らせて、一気にゴールに迫ろうという狙いである。だが関体大のプレッシャーは素早くしかも分厚く、末永は無理な姿勢でのキックを余儀なくされた。結果、ボールはほとんど前に飛ばず、タッチを割ってしまう。攻守入れ替わってのラインアウト。関体大は素早い球出しからタッチキックを狙った。フルバックの佐川《さがわ》が着地地点のすぐ近くまで追いついたが、ボールは不規則に跳ねてタッチを割り、自陣22メートルライン付近まで押し戻されてしまった。

クソ。舌打ちしてから全速力で駆け戻り、進藤は必死で考え続けた。相手がひたすらディフェンスに徹するような試合展開は、これまで何度も経験している。なのに今日は、どこかリズムがずれていた。何なんだ?

スタンドを見ると、七瀬は寒そうに背中を丸めていた。いつの間にか日差しが翳《かげ》り、芝の上を吹き渡る風は冷たくなっている。これまでのところ、いつもと同じように指示は何もなし。ああいう監督も珍しい……というか、今時ほとんどいないのではないだろうか。攻めてはいても決め手にかける時間帯が長くなるのは危険である。油断を突かれて逆襲されることもままあるのだ。そんなことは分かっているはずなのに、何も言ってこない。ベンチにも動きはなかった。本当に何も指示を出していないようだ。

「ここ、しのいでな!」進藤は大声を張り上げた。攻め疲れ、ということもある。気を抜けば一気につけこまれるかもしれない。

呼応して、フォワードがライン際に素早く集まる。短いボールが投じられ、奪い合いになった。一度石立の指先でボールが跳ね……いや、摑んだ。これならノックオンは取られない。石立が胸の中にボールをしっかり抱えこみ、両脇に並んでいた二人の選手がジャージを手で巻きこむようにパックした。何物も通さない強固な壁。背後から関体大の選手がやけになってぶつかり、三人は少しだけ押し戻されたが、状況に深刻な影響はない。末永が余裕を持ってボールを出す。進藤の動きにぴたりと合わせた綺麗なパス。胸の高さでキャッチし、流れるような動きでタッチを狙う。動きが速かったのでまったく妨害はなく、ボールはハーフウェイラインをはるかに越える位置でタッチラインを割った。

試合が途切れ、熱気を帯びた空気が少しだけクールダウンする。スタンドに目をやると、七瀬は何やら難しい顔をしていた。隣に座った主務の会田が話しかけるが、うなずくだけで返事をしようとしない。

何が問題なんだ？　攻めこまれたのをキック一発で挽回《ばんかい》し、一気に陣地を押し戻したじゃないか。試合は依然として城陽優位で進んでいる。それなのに何故、負けているような顔なんだ？

試合は膠着《こうちゃく》状態に陥ったまま、前半を終えた。得点は先制トライによる5点——

コンバージョンは結局失敗した——のみ。これだけ攻めていて決定打が出ないのが歯痒《はがゆ》い。関体大の抵抗もいつまで持つか分からない、と楽観的に考えようとした。少なくともこれまでの試合ではそうだった。あまりにも一方的に攻められ続けると、いつかは必ずディフェンスに破綻が生じるものだ。要するに根負け、である。

七瀬が無言でうなずいたので、進藤は話を続けた。

「フォワードの詰めが甘い。もう一歩突っこんで攻めこんでくれ。あの程度のディフェンスが破れないわけがないんだ」

「オウ!」大声が揃ったが、疲労感は否めない。声がかすれている選手もいる。まるで負け試合のようだ、と進藤は情けない思いを味わった。

「常に一歩早目に、を心がけてくれ。向こうのディフェンスが整わないうちに突っこむ、それを忘れるな。一回崩せばそれで関体大は終わりだ」

「オウ!」

一息つき、スポーツドリンクを流しこんだ。苛立ちが自然に外に出てしまうようで、手がかすかに震えている。

「進藤」

まただ。七瀬が音もなく近寄って来る。

「後半のオプションは？」

「チャンスを見てドロップゴールを狙います」低い声で宣言する。こういう展開を打破するには、飛び道具が一番効果的だ。

「おお」七瀬が呻《うめ》くように言ってうなずいた。「お前のキックで試合を決めるわけだな」

「何か問題でも？」馬鹿にされたような気分になった。

「いや、そういうわけじゃないけど」

「そうだ、春川は出さないんですか」

「どうして」

「どうしてって……」進藤は、途中交代があるものと思っていた。春川が「武井さんに頼んだ」と言ったのを耳に入れていたから。当然武井は七瀬に連絡を入れ、春川を使うよう指示しているだろう。

「交代させる理由がないじゃないか。誰も怪我してないし、調子が落ちてるわけでもない。このままでいいんじゃないか」

「本当にいいんですか？」武井さんに逆らって、という言葉を進藤は呑みこんだ。

「いいんじゃないか？」さらりと言って七瀬が肩をすくめる。「お前が何を聞いてるかは知らないけど、監督の仕事は、先発メンバーを決めることと交代の指示だけだ。それぐらい、誰にも邪魔されたくないな」

「そうですか……後半に何か指示は？」

「ないよ」

あまりにもあっさりとした言い方に、進藤は呆気にとられた。

「だけど、それじゃ……点差がないんですよ」

「そうは言うけど、勝ってるし、いいんじゃないかな。お前はドロップゴールで勝ちに行く、そういうことだよな」

「そのつもりです」

「分かった。じゃあ、頑張ってくれ」

「監督……」

「何だ」七瀬がわずかに顔をしかめた。

「どうして何も指示しないんですか」

「君たちに指示は必要ないだろう。ちゃんとやってるんだから。それに、俺の言うことを聞く気なんか、そもそもないんじゃないか」

「そんなことはありませんし」即座に否定したが、見透かされているのを悟って少しだけ鼓動が跳ね上がった。ぼうっとしているように見えて、七瀬は案外鋭いのかもしれない。

「それじゃ、せっかくだから一つだけ」

「はい」

「お前ら、進藤監督のラグビーをやってないと思うよ」

「まさか」進藤は思わず食ってかかった。

「もしかしたらお前たちは、進藤監督のラグビーを本当には理解してないのかもしれないなあ」呑気な調子で言って耳の後ろを掻く。「まあ、進藤さんがちゃんと言わなかったのも悪いんだろうけど。黙ってこっちの気持ちを察してくれっていうのは、勝手な言い分だよな」

「どういうことですか？」

「それこそ自分で考えろよ。さあ、後半も頼むぜ。こういう膠着した試合は胃に悪いから。俺が胃潰瘍《いかいよう》にならないうちに、決着をつけてくれよ」

ひらひらと手を振りながらロッカールームを出て行く七瀬の背中を、進藤は呆然と見送るしかなかった。

関体大は、ハーフタイムで息を吹き返した。キックオフからいきなりラッシュをかけ、密集を支配する。ぐっと押しこんでバックスに展開、グラウンドの横幅を一杯に使って、揺さぶりをかけてきた。もちろん、城陽も簡単にはゲインさせない。前へ詰めてプレッシャーをかけ続けた。ラグビーをあまり知らない人が見たら、関体大がずっとボールをつないで攻めているように思うだろう。しかし実際は、最初に密集を作ったポイントから一センチも前に進まない、という状況が続いていた。

タックルからタッチに押し出し、マイボールのラインアウト。ロックの林田が確実にキャッチしたものの、関体大のフォワードが上手く体を入れて密集を割り、ボールを支配した。そのまままたタッチラインを割り、攻守が入れ替わる。関体大は確実にラインアウトを支配し、素早いパス回しで揺さぶりにかかった。何回やっても同じなんだよ……横へ流れようとした相手スタンドオフを、進藤はタックル一発で止めた。ボールが零れ、関体大陣営に向かって転がる。フォローした末永が足先に引っかけたが、蹴り損ね、緩いゴロパントになってしまう。バウンドが変わって関体大フルバックの胸にすっぽり収まった。

カウンター。三歩でトップスピードに乗ると、城陽の乱れたディフェンスラインをあっさりと切り裂いていく。くねくねと体を捻るような独特のステップで二人を置き去りにすると、遮る者のいないグラウンドを一直線にゴールに向かう。立ち上がった進藤は慌てて走り出したが、追いつくにはあまりにも遠い。クソ、まさかここで……フルバックの金井《かない》が追いついた。横からタックルに入り、思い切り押しこんだが、倒すのに少し時間をかけ過ぎた。倒れながらも、関体大のフルバックが、追いついたウイングの選手に柔らかなパスを浮かす。スピードに乗ったまま無人のグラウンドを走り切り、あっさりゴールポスト真下にトライ。

関体大の関係者が陣取るスタンドの一角から、ぱらぱらと拍手が起きた。リーグ戦の半ば……さして人気のないカードだから観客は少ないが、「ほう」という声があちこちで漏れるのを進藤は聞き取った。秩父宮はスタンドとグラウンドの距離が近いから、野次も声援もはっきり耳に届いてしまうのだ。関体大の見事なカウンターに感心しているのか、城陽のだらしないディフェンスに呆れているのか。

スタンドを見やる。七瀬は拳《こぶし》を固め、そこに顎を乗せていた、ロダンの「考える人」のポーズ。トランシーバーを手に取る気配はない。まあ、ここで何か言われても困るが……それにしてもこれで、今シーズン初めてリードを許すことになるわけか。クソ、このままでは済まさないからな。

トライ後のコンバージョンキックを待ち構える間、進藤はゴールポスト下で円陣を組ませた。

「気合、抜くなよ」

「オス！」

「この後、すぐにスクラムにさせる。フォワードにチャンスをやるからな。いつまでもリードされてるわけにはいかないぞ」

「オス！」

「フォワード、確実にな。一発で向こうを潰せ」

「オス！」

ボールがクロスバーの真ん中を越えるのを見届け、城陽フィフティーンは猛ダッシュでハーフウェイラインに戻った。この場面でスクラムを組むための一番簡単な方法——進藤はキックオフのボールをそのままタッチラインの外へ蹴り出した。ミスキックを装って相手にスクラムを選ばせるためのプレイである。キックオフのボールが直接タッチに出た場合、相手チームはキックオフのやり直しかハーフウェイライン上でのマイボールのスクラム、あるいは通常のタッチとしてラインアウトを選ぶことができる。今日、関体大はラインアウトの支配率が低いから、スクラムを選択してくるという読みがあった。

読みは当たった。低い姿勢から突き上げるようなスクラム。肩と肩が当たるがつん、という鈍い音が、進藤にもはっきり聞こえた。関体大のスクラムは少し腰高になってめくれ上がっているが、城陽フォワードは無理に押しこまなかった。今日一番いい形で組んだスクラムであり、じっとタイミングを待っている。

関体大のスクラムハーフが素早くボールを投入する。それを合図に、城陽フォワードが一気に押した。関体大のフッカーはおそらく足でボールを捉えられずに空振りしただろう。スクラムが崩れ、動きが止まる。関体大のスクラムハーフが「城陽！」と叫んだ瞬間にボールが出て、末永が素早くパスを投げる。進藤は関体大のディフェンスの乱れに乗じて、バックスラインの裏にキックを蹴り上げた。ラインの後方から一気に上がって来た斉藤がボールを追いかける。惚《ほ》れ惚《ぼ》れするようなスピードで追いついたが、ボールは低く転がるだけで、スピードを緩めなければキャッチできない状態になった。ぐっと背中を丸めて腰を落とし、ボールを摑んだ瞬間に関体大の選手二人がかりで捕獲される。だがその時には、スクラムを離れたナンバーエイトの枡田と、上野《うえの》・永川《ながかわ》のフランカーコンビが到着していた。たちまち関体大の選手を蹴散らして、斉藤を救出する。

永川がボールを支配し、タックルを跳ね飛ばして前進する。ようやく止められた時には、22メートルライン付近にまで入りこんでいた。チャンス——密集から末永が素早くボールを出す。左四十五度、一番狙いやすい位置だ。進藤は迷わずドロップゴールを狙った。手ごたえあり——そう感じた瞬間、目の前を黒い影が過ってなぎ倒される。受身を取る間もなく、背中から地面に叩きつけられ、呼吸ができなくなった。キックはわずかに左にずれていった。冗談じゃない。ここで外すなんて。

長いホイッスル。レイトタックル、ペナルティだ。よし。背中の痛みに耐えながら立ち上がり、ぐっと体を伸ばす。大丈夫。背中から落ちる瞬間に受身を取ったから、重大な怪我はない。

レフリーに向かって「狙う」と告げる。うなずいたレフリーが、両手を揃えてゴールポストを指した。ベンチから控えの選手がキッキングティーを持ってダッシュしてくる。城陽カラーの赤のティーをセットし、ボールを慎重に、わずかに自分の方に倒れるように置いた。両手をそっと離し、立ち上がる。よほど強い風が吹かない限り、ボールが倒れることはないのだが、これは一種の癖である。

末永がするすると近づいて来た。

「怪我は？」

「大丈夫だ」進藤はぐるぐると肩を回した。「クソ、下手くそなタックルしやがって」

「焦ったな、関体大は」

「これで止《とど》めを刺してやるよ」

周囲にはフォワードの選手たちが散っている。ゴールキックが外れてインプレイになった時に備えて、キックと同時にラッシュする狙いだ。しかしここは心配いらない。この距離、角度で外す方が難しいのだ。

四歩下がり、すっと走り出す。ごく自然に右足を振り抜くと、ボールが高々と上がった。滞空距離の長いキック。ゴールポストの一番高いところを越えていくようなキックで3点を加え、城陽はあっさりと逆転した。

こうなれば、後は得点を許さない。蹴りまくって相手を攪乱《かくらん》し、味方の選手でグラウンドを埋め尽くしてやる。城陽のペースは、常に俺のキックから始まるのだ。

案の定、追加点を奪われた関体大の勢いは一気に萎《しぼ》んだ。五分後、再びペナルティを得て、敵陣10メートルラインから追加の3点を蹴りこむ。関体大はそこから再び防戦一方になり——それも前半より甘い——城陽は嵩《かさ》にかかって攻め続けた。タックルを跳ね飛ばして直進し、密集を思うがままに支配する。フォワードがつなぎにつないで、最後はバックスが決めるという得意のパターンで、斉藤は2トライを奪った。進藤もことごとくキックを成功させ、この試合、ペナルティゴールとコンバージョンキックだけで15点を稼いだ。

スコアボードの時計が三十五分——ハーフタイムが四十分なのに何故か四十五分計時だ——を指す。残り五分、ここを「魔の五分間」と呼ぶ人もいる。特にリードが小さい時、思いも寄らぬ逆襲に遭って一気に逆転を許すことも少なくないのだ。しかし今日は、ここまで40点差がついている。前半の手間は何だったんだろうと思いながら、進藤は慎重にタッチキックを蹴り出した。後は試合をぶちぶちと切って、ノーサイドのホイッスルを待てばいい。「つなげ」が父親の教えだったが、ゲーム終盤のこの時間帯は例外である。何より大事なのは勝つことだ。

相変わらず七瀬は、ほとんど指示らしい指示をしなかった。春川の出場はなし。意図が読めなかったが、左プロップの安井《やすい》を途中交代させただけだった。OBの要請は突っぱね、自分ではろくに指示を出さず……変わった人だよな。首を振りながら、進藤はバックスのラインをちらりと見た。気合を抜かぬまま、しっかり浅いディフェンスに備えている。前で潰そうという狙いだ。

関体大ボールのラインアウト。この時間でこの点差だともう逆転はあり得ないが、関体大もまだ諦めてはいなかった。何としても一矢報いようと、必死でボールをキャッチし、素早くバックスに回してくる。自陣10メートルライン付近からの展開。素早く開いていたナンバーエイトの枡田が、突っこんできた関体大のセンターを一発で倒した。その場でボールの奪い合いが始まり、ほどなくモールが崩れてラックになる。大男たちが重なり合って動く様は、地震で小山が揺れているようなものだった。

短いホイッスル。関体大ボールのスクラムに変わる。倒れていた選手たちがゆっくり立ち上がったが、最後まで倒れたままの選手が一人いる。真紅のジャージの背番号「5」。石立だ。右膝を押さえて転げ回っている。馬鹿、やっちまったのか……顔面は蒼白《そうはく》で、脂汗が額を伝っていた。進藤は慌てて駆け寄り、「大丈夫か」と声をかけた。大丈夫ではない。膝を摑む両手が強張り、食いしばった歯は今にも折れそうだった。

「出るか?」レフリーが素早く声をかけてきた。ラグビーには珍しく、この試合では倒れる選手がほとんどいなかった。インジャリータイムはないものと考えていいだろう。

「出します」立ち上がり、進藤はベンチに向かって担架を要請した。膝に薬缶《やかん》の水がかかると、石立の表情が少しだけ和らいだ。担架を断り、何とか控え選手の肩を借りて立ち上がる。百キロ近い石立を支えるために、両側から二人が手を貸さねばならなかった。

進藤はスタンドに目をやった。七瀬が口元に手をやり、指示を飛ばしている。その直後、ベンチが慌しく動いた。控えのロック、小野田《おのだ》がジャージを脱ぎ捨て、グラウンドに入って来る。アップが十分でないようだが、残り時間は五分を切っている。何とかなるだろう。

問題は、小野田が公式戦初出場ということだ。

進藤はスクラムのポイントに向かう小野田を途中で出迎えた。肩を叩き、「緊張しないでな」と声をかける。

「大丈夫です」と答える小野田の声は、かすかに震えていた。三年生。去年まではBチームで、公式戦の出場は一試合もない。レギュラーの石立より一回り小さいし、気が優し過ぎるきらいがある。試合中のラグビー選手には、人殺しにならない程度の凶暴性が必要なのだが……。

「よし、残り五分だけど頑張ってくれ」

無事に終わるだろう……その予感は試合が再開された直後に砕かれた。それまではずっとスクラムを圧倒していたのに、小野田が入った右側が押されてしまう。スクラムが回転し、二回、組み直しになった。小野田に尻を押される右プロップの池上が「しっかり押せ!」と肩をどやしつける。小野田は蒼い顔で「オス」と答えるだけだった。

まずいな……舌打ちしながら、進藤はバックスの連中の顔を見渡した。スクラムには不利な状況だ。下がりながらディフェンスすることになるだろう。

関体大がぐっとスクラムを押しこみ、崩れる寸前にボールを出す。スタンドオフがパスの素振りを見せてフェイントをかけ、そのまま真っ直ぐ突っこんできた。スクラムが崩れてしまったので、鉄壁のディフェンスを誇るバックローの三人の出足もさすがに遅れる。振り切られ、進藤との一騎打ちになった。パスを回していくつもりはないようだ。肩を低く構え、突っこんでくる。その下をかいくぐるように、膝目がけてタックルをしかけていく。肩が膝にぶつかり、衝撃と鈍い痛みが伝わった。両手を伸ばしてしっかりロックし、肘を閉めて引き寄せる。視界は相手の膝と芝だけで埋まった。一緒に倒れる衝撃。ボールは……転がっている。末永が飛びこんで押さえたが、関体大のフォワードが殺到して下敷きになった。末永、死ぬなよ。心の中で声をかけながら立ち上がり、密集の状況を確認する。倒れながらも、末永はボールを何とか生かしていた。

「ノーハーフ！」叫ぶと、センターの秦がするするとスタンドオフの位置に上がってきた。手を振って「マイボール」を知らせ、攻撃ラインを整えさせる。フランカーの永川が密集に突っこみ、浮いていたボールを拾い上げてコントロールした。バスケットボールをパスする要領で、進藤にそっと渡す。進藤は一度奏にパスするフェイントをかけて、関体大のディフェンスラインが揃う反対側、ブラインドサイドを突いた。無理に突っこまず、タッチを狙う。低い弾道のキックはタッチラインの一メートル手前に落ち、ワンバウンドしてラインを割った。敵陣22メートルライン付近。スコアボードを見上げると、時間はまさに四十分を指そうとしていた。よし、次のラインアウトがこの試合最後のプレイになる。一呼吸入れ、「フォワード、締めろよ！」と最後の鞭を入れる。さすがに疲れ切った猛獣たちからは返事はなかったが、ポイントに向かう足取りはまだ重くなかった。

勝ったな、と進藤は確信した。

勝利の喜びは、石立の戦線離脱で相殺《そうさい》された。試合直後に病院に運びこまれた石立は、夜のミーティングが始まる直前に寮に帰って来たが、松葉杖が一緒だった。進藤は慌てて、つき添ってきた主務の会田に怪我の程度を確認する。

「半月板損傷。全治三か月」淡々と告げる会田の顔は不自然に白かった。

「冗談じゃない。シーズンが終わっちまうじゃないか」

「すまん」石立が長身を折り曲げるように頭を下げた。「変な格好で巻きこまれたんだ」

「素人じゃないんだからさ、自分の身を守るのは基本の基本だぜ」言ってしまってから、責め過ぎたと反省する。密集で下敷きになった時、下手をすると一トンを超える重量がかかってくる。体を丸めて防御するのが基本だが、それが間に合わないと、拷問を受けるような状態になるのだ。進藤も経験があるが、ホイッスルが鳴るまでの数秒間は、人生で一番辛い時間だった。一番辛い死に方は圧死だろうな、と薄れ行く意識の中で考えたものだ。

「申し訳ない」繰り返し謝る石立の目には、涙が浮かんでいる。痛みもあるだろうし、悔しさもひとしおだろう。彼にとって最後のシーズン、大学選手権優勝を狙うチャンスは消えてしまったのだ。後はスタンドから仲間の戦いを見守っていくしかない。

ミーティングは通夜のような雰囲気で進んだ。石立を失った痛みが、進藤の中では次第に怒りに昇華していく。あの野郎、へましやがって……自分の体を守る、怪我をしないようにするのは基本中の基本だ。ビデオを観ながら一つ一つのプレイに注意を与える声が尖っていくのを意識する。

画面でノーサイドのホイッスルが鳴った時には、ミーティングルームは完全に沈黙していた。

「ああ、ちょっといいかな」

七瀬が発言を求め、選手たちの目が一斉に彼の方を向いた。その状況に驚いたのか、一つ咳払いをして続ける。

「石立は、今シーズンはちょっと無理みたいだな。今後は小野田に頑張ってもらおう
……小野田？」

促され、小野田が慌てて立ち上がった。椅子を蹴飛ばしてしまい、不快な金属音がミーティングルームに響き渡る。

「何か決意表明は？」

「ええと、はい……頑張ります」

「はい、結構です」七瀬が両手を打ち合わせる。妙に乾いた音が響いた。「じゃあ、今日はこれで解散」

「それだけですか、監督」進藤は立ち上がった。

「終わりだけど、まだ何か？」七瀬がすっと目を細める。「ここであれこれ話してても、石立の怪我が治るわけじゃないし。皆、体を休めてくれ」

選手たちが一斉に立ち上がった。進藤一人が椅子に座ったまま、七瀬に鋭い視線を

送る。何なんだ、この人は？　どうしてこんなにのんびりしてる？　チームの一大事なんだぞ。石立を欠いたフォワードは、明らかに力が落ちる。今日だってスクラムを回されていたし、今後、空中戦でも小野田はあまり当てにならない——いや、石立が優秀過ぎるのだ。ただ体が大きいだけでなく、身体能力はチームの中でも群を抜いている。百キロを超える巨体で垂直飛び八十五センチは常識外の跳躍力であり、ラグビーではなくバレーボールやバスケットボールでも成功していただろう。ラインアウトをはじめとした空中戦——すなわち城陽の得意のプレイ——では欠かすことのできない選手だ。

七瀬さん、あんた、状況がわかってるんですか。呑気にしている場合じゃないんですよ。こいつを欠くことは、すなわちチームの危機なんだ。

6

店に入るとすぐ、七瀬は松本の姿を認めた。山の中にある城陽のグラウンド近くまで来てもらうのも申し訳なく、七瀬が電車で都心に引き返して落ち合うことになった。既に七時を回っていたが、日曜ということもあって客は少ない。

「久しぶり」右手を挙げてから近づいて行くと、松本が立ち上がって軽く頭を下げる。馬鹿丁寧なお辞儀は、先輩に対する挨拶というよりも営業マンのそれだった。「遅くなって悪かったな。ミーティングは欠席できないから」

「全然平気ですよ。どうも。お久しぶりです」さっそくテーブルに置いた日本酒の一升瓶を指差し、にやりと笑う。「イタ飯には合いませんかね」

「ここで今呑むわけじゃないから……これがお前のところの酒か」

「ええ。うちの自慢の大吟醸です。味は保証しますよ」

「これは学生に呑ませる酒じゃないな。どうせ味なんて分からないんだし、もったいない」

「いいじゃないですか。今日も勝ったんだし、これぐらいは」

「試合、観てくれてたんだよな」椅子を引きながら七瀬は訊ねた。

「ええ」

「何だかもたついてただろう」

「そう……そうですね」お絞りで丁寧に指を拭いながら松本が答える。まだ何も頼んでいないようで、目の前の水のコップも手つかずである。この辺りは妙に律儀だ。

「前半はひやひやしましたよ。一発目がノーホイッスルトライだったから、圧勝だと思ったんですけどね」

「だろうな……ビールにするか？　料理は適当に好きな物を頼んでくれよ。ここは何でも美味いから」

「そうですか」

松本がメニューを広げる。適当にと言ったのに、前菜からパスタ、ピザと一々七瀬に確認し、メインにはイタリア風のステーキを頼んだ。未だ引き締まった体つきを保っている松本を見て、七瀬は小さく溜息を漏らした。

「お前、太らないな」よく日焼けして、いかにも健康そうに見える。ただし、少し後退した髪が、二人が会わなかった歳月の長さ――わずか二年ほどだが――を感じさせた。

「肉体労働をしてるからじゃないですか。造り酒屋の仕事なんて、基本的に体を使うものですよ。営業してれば気は遣うし。ストレス瘦《や》せですかね」

「そうか」

「不動産の方は、そういうわけにはいきませんか」

「そんなに真面目に仕事はしてないよ」

「そうですか」今度は松本が溜息をついた。真面目にやらなくても暮らしていけるのを羨《うらや》んでいるのかもしれない。

料理と酒が進むうちに、自然と今日の試合の話になる。

「それにしても前半、どうしたんですか？　らしくない感じでしたけど」

「攻め疲れじゃないかな」

「前半で疲れるわけないでしょう」少し酒が入った松本は、普段より少し攻撃的になっていた。「気合が入ってない証拠なんですよ。攻め切れないのは、最後の最後に根性が足りないからです」

「そりゃそうだけど」七瀬はビールから白ワインに切り替えていた。「こういう時もあるんじゃないかな」

「随分さめてますね」松本が目を細めて七瀬の顔に視線を突き刺す。

「監督が熱くなっても仕方ないだろう。プレイするのは選手なんだから」

「それ、寂しくないですか」

「寂しい？　そうかもしれないな。でもこれがラグビーだから」

何となく納得できない様子で、松本が手の中でビールのグラスを回す。七瀬は無言を貫き、次の言葉を待った。ここで一気に熱く語れないような男はやはり監督に向いてないんじゃないだろうか、と考えて苦笑が漏れ出る。

「どうかしました？」

「いや」慌てて否定して、ワインを一口呑む。「それより、石立の怪我が痛いよ」

「やばいですよね。今後は特に、空中戦が」松本が眉をひそめる。

「小野田ってのは、跳べない選手でね」

「体型を見れば分かります。あれはロックじゃなくてプロップですよね……どうするんですか？　少し戦術を変えるとか？」

「どうかな。その辺を考えるのは選手の仕事だよ」

「それこそ監督の仕事じゃないんですか」松本の目がいっそう細くなる。

「いやいや……進藤監督って、そういう細かいところまで口出ししてきたか？」

「そりゃそうです。もしも他のスポーツみたいに監督がベンチ入りできたら、もっと口出ししたでしょうね。ほとんどベンチに入らないで、タッチライン際で大騒ぎするようなタイプじゃないですか」

「そういうの、鬱陶しくなかったか」

「いや、まさか」松本が即座に否定した。「監督に対して鬱陶しいとか、冗談でも言えませんよ」

「そうか」

「七瀬さん、鬱陶しがられると思って、選手とあまり話をしないんですか」

「俺は進藤監督の真似をしてるだけなんだけどね。世田谷第一時代の」

「信じられないな。全然逆だったわけですか」

「そういうことなんだろうな」高校時代の最後の何試合かは、まともな指示を受けたことがない。

「その、世田谷第一の話が、俺には信じられませんね」松本が首を振った。「高校生でしょう？　監督の言う通りに動くのが普通ですよね」

「でも監督は、試合中は口出しできないし。大学に入ってから、試合中に細かい指示が入るのに驚いたよ」

「分からないですねえ」松本が腕を組む。「高校生なんて、何も分かってないじゃないですか。それで花園であれだけ暴れられたら、こっちは頭が混乱しますよ」

「お前、試合、観てたか？」

「テレビで。自分たちがやってることは何だろうと思いましたね」

「だろうな」

花園で見せた自分たちのプレイスタイルが、高校ラグビーにおいてかなり異様なものであることは、七瀬にも分かっていた。モデルにしたのはフィジーのラグビー。スピードのある選手が揃っていたのを最大限生かしたものである。ただしこのスタイルを選択したのは、進藤ではなく七瀬たちだった。もちろん、進藤があらゆるチームのビデオを見せてくれたことがベースにあったのは間違いないが、進藤本人はスタンドオフの田原を軸に、フォワードを突進させるスタイルを叩きこんでいた。

しかし七瀬たちは、本音ではそういうスタイルに違和感を感じていた。確かに田原の才能は突出していたと思うが、花園を目指すチームとして、フォワードの平均体重が八十キロに届かなかったのは致命的だったのだ。フォワードの押し合いで直線的に進むラグビーがどうしても実現できない以上、左右に揺さぶって不利な密集戦を避ける戦法しか考えられなかった。ただそれを、進藤に言えなかっただけである。転機になったあの試合、進藤が大きな溜息を漏らさなかったら、花園へも行けなかっただろうし、世田谷第一のラグビースタイルが長く語り継がれることもなかったはずだ。

「ああいうの、進藤監督のアイディアじゃなかったんですか」

「いや、俺たちが選んだ」

「それで監督、ＯＫしたんですか？」松本が目を見開いた。グラスを握る手に不自然に力が入る。「あり得ないな。高校や大学レベルなら、とにかくフォワードを鍛えるのに重点を置くのが普通じゃないですか。フォワードが強ければ勝てますよ」

「そうだな。進藤さんだって、途中まではそのつもりだったんだ」

松本の言い分は正論である。上へ行けば行くほど、フォワードの力は拮抗《きっこう》する。しかし学生のレベルでは、重い大きな選手を集めた上で徹底して鍛えれば、フォワードの力には大きな差がつく。フォワードが強ければボールを支配できる時間帯が増え、そうなれば攻撃のオプションはいくらでも増える――そう、まさに城陽のように。

「不思議な話ですよね。あれだけフォワードにこだわっていた進藤監督が、高校の監督時代には全然違う方向を見ていたなんて」

「ああ」城陽を外から見ていた七瀬も、進藤の変貌振りに驚いていた。城陽のラグビーは、世田谷第一が目指してついに実現できなかったスタイルである。確実に勝つためにテンマンラグビーを選んだ――仕方なく。決して進藤の理想ではなかったことを、七瀬も今は知っている。

「まあ、ねえ」松本がテーブルに肘をつき、折り曲げた手首のつけ根に頭を乗せた。酔ってきた時の癖である。造り酒屋で仕事をしている癖に、昔より弱くなったようだ。

「大丈夫か、松本？」

「あ？　ああ」ぱっと姿勢を正す。照れ笑いが浮かんだ。「最近は日本酒ばかりなんで、他の酒に弱くなっちゃって」

「愛社精神旺盛だな」

「愛校精神も強いです」酔いが抜けたようなはっきりした声で松本が宣言する。「複雑な気持ちですよ、正直言って」

「何が」答えは想像できるのだが、話の流れで聞いてしまった。

「自分の基礎を作ってくれた監督が亡くなって、七瀬さんが指揮を執っている……」

「しかも城陽ＯＢでもないのにな」

「どうでもいいんです、そんなことは」はっきり気にしている様子だが、口では否定した。「何にも手助けできなくて、情けないですよ、俺は」

「しょうがないだろう、東京にいないんだから」

「だけど、心はここにあります」

音がするほど強く拳で胸を叩いた。論理が少し破綻していたが、言いたいことは分かる。日々の仕事に追われて母校のことを忘れていても、シーズンがくれば自然に想いは募るのだ。四年間を過ごしたあのグラウンド……ジャージの肌触り……勝って歌う部歌。打ちこんだ選手ほど過去に対する想いは強いものだし、松本がそういう人間であるのも明白である。七瀬本人は、心が緩やかに引き裂かれるような想いを味わっていた。母校の天聖——最終戦で城陽とぶつかる——を思う気持ちと、今率いる城陽を勝たせなくてはいけないと願う気持ち。どっちが強い？

「七瀬さん、八百長なしですよ」

「おいおい」

「天聖との試合は、手抜きなしでお願いしますからね」

「そんなの当たり前だろう。でも、実際にプレイするのは選手だぜ。それに俺は、天聖とはほとんど切れてるから、今のチーム状態がどういう風になってるかも知らない」

「そうですか？　そういう情報なんて、電話一本で取れるでしょう」

「あり得ない。単なる対戦相手だし、戦力分析もまだやってないぐらいだ」あまりにもしつこい物言いに、少しだけ苛立った。母校を思う気持ちはもちろんあるが、恩師である進藤の想いのために城陽を勝たせたいという決意は、それが霞《かす》んでしまうほど強い。

「とにかく、進藤監督のためにも、お願いします」松本が、テーブルに額がつくほど低く頭を下げた。

「分かってるよ」

俺は分かっている。しかし松本は、本当の進藤イズムを知らないはずだ。

かすかに酔いが回った状態で、一升瓶二本をぶら下げて電車に乗るのは結構辛かった。よほど渋谷からタクシーを使ってしまおうかと思ったが、無駄遣いだという気持ちが先に立つ。酒瓶をぶら下げて電車に乗る姿は、あまり格好よくはないのだが。井の頭線で明大前へ……この駅は狭く、乗り換えが面倒臭い。しかも時間が遅いせいか、日曜だというのに結構人が多い。混み合う階段を使って京王線のホームに着いた瞬間、携帯電話が鳴り出す。左手がバッグで、右手が二本の一升瓶で埋まっていたので、仕方なく近くのベンチまでダッシュして、そこに一升瓶を下ろす。留守番電話に切り替わる直前に通話ボタンを押すことができた。

「はい、七瀬」

「ああ、監督。武井です」

今一番話したくない相手。しかし無下《むげ》にするわけにもいかず、覚悟を決めてベンチに腰を下ろした。

「ナイスゲームだったね」

心にもないことを。呑んでいる間も緩めなかったネクタイを解き、ブレザーのポケットに突っこんだ。夜風が喉元をくすぐり、かすかに身震いする。

「もっと早目に決めておくべきだったんでしょうが」

「そういうように監督が指示しないと」

「試合は選手のものですから」

沈黙。武井が言葉を選んでいる様が目に浮かんだ。

「君はよくそういうことを言うけど、本音なのかな」

「はい？」

「試合は選手のもの。それはあくまで建前じゃないのかな」

「いや、監督は試合に参加できませんからね。それがラグビーでしょう」

「だったら他のチームはどうなるのかな。今日だって、一つアドバイスすれば、前半の間抜けな戦いぶりはなかったはずだ。何をどうすればいいか、分からなかったわけじゃないでしょう」

「焦っても仕方ないですからね。うちの選手は優秀なんですよ？　放っておいてもきちんと試合はしてくれます」

「今日はきちんとしていなかったように見えたぞ」

「最初にナイスゲームだと仰いましたよね」

再び沈黙。今度は先ほどよりも短く、出てきた声は少しだけ柔らかかった。

「もしかして、何かやりにくいのかな」

「いえ、そんなことは」

「遠慮して指示を与えられないということじゃないのかね」

「必要がないからやらないんです」

「そうですか……どうなのかね、進藤監督の遺志もあるから君に任せているんだけど、君自身、やりにくいようなら……」

「非常に快適ですよ」

武井が呑みこんだ言葉を想像すると、怒りが沸騰する。この男は俺を更迭《こうてつ》しようとしているのだ。自分を今の立場に据えたのが、進藤の遺言――のようなもの――によるという事情は分かっている。だがそれはあまりにも弱く根拠の薄いもので、後継監督選考の際に無視されてもおかしくなかっただろう。

七瀬が過ごした、進藤との最後の数か月間。彼は言った――俺の夢はこれじゃない、と。そろそろ城陽の監督から身を引いて、自分の好きなスタイルのチームを作るのもいい。ちょっと弱いチーム、誰も優勝できるなんて思わないチームでやるのが理想だ。それならゼロからやれるから。

それで、城陽はお前に後を任せて大丈夫なんだろうな。

七瀬は笑いながら聞いていた。相変わらず下手な冗談の好きな男だ、と。だがあれは、彼にしては極めて真面目な打ち明け話だったのだろう。もう少しきちんと、本音を確かめておけばよかった。後から聞いた、進藤の最後の言葉が今も胸に刺さっている。病院に運びこまれ、緊急処置を受ける直前、「後は七瀬に」と言い残したのだ。それきり意識を失ったので、彼の言葉を巡って様々な解釈をする人もいた。しかし普通に考えれば「後任は七瀬に任せる」としか取れない。指導者不在になるのを恐れたOB会が中心になり、「亡き進藤監督の最後の願いを大事にしよう」と、七瀬を監督に推したのだ。

そういう状況なら断れない。恩師のためなら引き受けるしかない。その結果、七瀬は今も戸惑いの中にいる。進藤の夢を真面目に聞いて話し合っていれば、こんなに悩むことはなかっただろう。もっと強い調子で選手たちを引っ張れたはずだ。

「一度、選手たちときちんと話し合ったらどうかな」武井の声には苛立ちが感じられた。

「今のところ、必要とは思えませんけどね。順調に勝ってる時は、余計なことはしない方がいいと思います」

「そうはいっても、きっちり指導するのが監督の仕事なんだから」

「いずれそういう時がきたら、ちゃんとやりますよ」

電車が入ってくる。よし、グッドタイミングだ。次第にノイズが激しくなる中、空いていた右耳を塞ぐ。

「電車がきますので」

「それと、春川の件なんだが――」

「すいません、ちょっと聞き取りにくいんですけど」

武井がわざとらしく溜息をついた。

「もう一度ゆっくり話をしましょう」

「ええ、いずれ」七瀬はほとんど叫んでいた。「では、失礼します」

終話ボタンを押し、ふっと溜息をついて両足を投げ出す。ノックアウトされたピッチャーのようにうなだれ、足元に目をやった。まったく、OBがここまで煩いとは。コーチをやっていた頃、OBとの折衝――あるいは接待、あるいは説得――は進藤が一手に引き受けていた。こういうやり方をあなたから学ぶ機会はありませんでしたね。寂しい笑みを浮かべて顔を上げると、目の前で電車のドアが閉まったところだった。

腕組みをし、ベンチに腰かけ直す。秋の夜気が襟足《えりあし》をくすぐり、酔いはすっかり醒《さ》めてしまった。俺はどこへ行こうとしているのか……進藤の本音は分かっているつもりだったが、城陽というチームにとって正しい導きになるかどうかはまだ分からない。答えが出るのはもう少し先になるだろう。長い先行きを考えると、胃に重い痛みが走った。拳を腹にめりこませながら、選手たちをどう目覚めさせるべきか、思いを馳せる。

「斉藤」

声をかけると、斉藤がびくりと肩を震わせる。何をびくびくしているのか……苦笑しながら、テーブルに二本の一升瓶を置いた。

「お疲れ様です」やけに丁寧に斉藤が頭を下げた。講義帰りなのだろう、小さめのショルダーバッグを肩からぶら下げていた。そろそろ朝晩は寒く感じられるようになっているのに、相変わらず半袖のポロシャツという軽装である。関体大戦の翌日。赤く傷ついた頬と額の絆創膏《ばんそうこう》が激闘を物語る。

「これな、城陽のOBで俺の会社の後輩だった奴から貰《もら》ったんだ。差し入れだってさ。皆で呑んでくれ……おっと、お前は未成年だったたな」

釘《くぎ》は刺したから、一応監督としての義務は果たしたわけだ。義務、と考えるのが嫌だったが。実際は、呑む奴は呑む。外で大騒ぎしないで部屋にいる限りは、全裸になろうが酔い潰れようが自己責任だ。その辺は、同部屋の先輩が上手くやるだろう。とかく豪快なイメージで見られがちなラグビー部員も、昔よりずっとスマートである。

「ちょっと話さないか」

「ええ……」斉藤が腕時計にちらりと視線を落とす。

「時間がないならいいけど」

「大丈夫です」

斉藤が長テーブルに着いた。無用に緊張させないようにと、七瀬は正面ではなく斜めの位置に陣取る。部員三十名が一度に食事を取れる寮の食堂にも、今は二人しかいない。醤油《しょうゆ》とソースの匂いが染みつき、テーブルも椅子も傷だらけだ。とにかく体の大きな人間が多いから、普通に動いているつもりでもあちこちをぶつけてしまうのだ。そんな中にあって、百七十五センチの斉藤は、極めて常識的なサイズである。今のように、両手を股の間に挟みこみ、背中を丸めていると、ますます小さく見える。激しいスポーツをやっているイメージと合わない、細い顎のせいもあるだろう。髭は朝剃《そ》ったようだが、失敗したのか、顎の先に小さな赤い傷がついている。

「昨日はお疲れだったな」

「いえ」

「思う存分やれたか?」

「いや、無我夢中で」

「そろそろ、試合全体の流れが見えてきてもいい頃だよな」

「すいません……」ますます背中を丸める。

「謝ることじゃないよ。ところでお前、進藤監督とはよく話をしただろう?」

「話したというか、監督の話を聞いていただけですから」ちらりと目を上げる。「監督は恐れる存在」彼の頭の中には、そういう刷りこみがされているかもしれない。俺なんか大したものじゃないんだが、と七瀬は内心苦笑した。

「そうか、進藤監督は手取り足取り教えるタイプだったな。でもお前、それで楽しかったか?」

「いや、楽しいとかそういう問題じゃないと思いますけど……」

「それが当たり前だと思ってる?」

「それが監督の仕事なんじゃないですか」

「ええと、今から進藤さんの悪口を言うからな」

斉藤が思い切り目を見開いた。次の瞬間には、不安そうに周囲を見回す。

「そんな、緊張しなくていいよ。誰も盗み聞きなんかしてないから」一呼吸置き、続ける。「進藤さんって、自分の考えを全部押しつけるような人だっただろう。選手とはよく話してたみたいだけど、要は全部『指導』だよな。『布教』と言ってもいいかもしれない。『話し合い』じゃなかっただろう」

「でも、それは監督の仕事じゃないんですか。七瀬監督、何も言わないから……」言い過ぎたと思ったのか、はっと口を押さえる。

「話してるじゃないか、今。ちゃんとコミュニケーションを取ってるだろう？　俺は自分の考えを押しつけたいんじゃなくて、お前の考えを聞きたいんだよ。それに関して俺が何か思うことがあれば話す。それが会話ってやつじゃないかな。お前、進藤監督に関しては、一方的に話を聞いてただけだろう」

「いや、そういうわけじゃ……」

「じゃあ、進藤さんに逆らったこと、あるか？　自分の考えをきちんと主張したことがあるか？」

「それは……」口籠《くちご》もり、視線をテーブルに落とした。

　何を言われているのか、分かっているのだろうか。選手は監督の命令に絶対服従。それが当たり前だと考えているのだろう。しかし斉藤よ、それは他人に自分の意思を委ねるということだ。それでは試合はできない。少なくとも、賢い試合はできない。

「関体大との試合だけどな」

「はい」具体的な答えやすい話題だと思ったのだろうか、斉藤が顔を上げる。

「前半、お前で点を取れる場面が三回はあった。もちろんお前がきちんと走り切って、という前提での話だけど」一瞬目を瞑り、すっかり記憶している試合展開を呼び起す「七分と十五分と三十二分。どれもハーフウェイラインから少し敵陣に入ったポイントだった。最初と二度目がスクラム、最後がラックな」

斉藤がわずかに上を向き、記憶を引き出そうとした。ぱっと言われても思いつかないかもしれない。一連の流れを完全に記憶するのは困難なのだ。特にプレイしている本人にとっては。

「どの場面も、球出しが速かった。こっちは完全にアタックラインができあがってたけど、関体大のディフェンスは遅れてたんだぜ。あいつら、少しサボり癖があるよな。本当にゴール前に迫られてる時じゃないと、ディフェンスは手抜きをするんだ」

「はい」ようやく状況が把握できたようで、斉藤の声に力が籠る。

「進藤は三回ともハイパントを選択した。回せば確実にお前までパスが通ったと思わないか？」

「それは……そうかもしれませんけど」

「実際、バックスは開店休業状態だったよな」七瀬はわざと軽い口調で言った。「お前、うずうずしてたんじゃないか」

「そう……そうですね」

「だろう？」七瀬は身を乗り出した。ようやく話がレールに乗ってきたと感じる。

「ああいう時は、自分で声を出してみるのも大事じゃないかな」

「でも、それはちょっと……図々しくないですか。サインは進藤さんが出してるんだし」

「馬鹿だねえ」わざと笑いながら七瀬は言った。「ラグビーは、声がでかい奴が勝つんだよ。『俺に寄越せ』って言えなくてどうするんだ」

「だけど、試合中にそんなこと、言えませんよ」

「遠慮するなって。試合中に言わなくて、いつ言うんだよ」

斉藤の耳が赤くなった。彼にすれば、これまでの半年間、体に叩きこまれた城陽ラグビーを正面から否定されるようなものだろう。

「試合中に言うのが嫌なら、練習で提案でもしてみたらどうだ。もっと俺にボールを回せって」

「無理ですよ、そんなの」

「どうして」

「一年生ですよ、俺は」

「学年とかは関係ないんじゃないかな」七瀬は顎を撫でた。剃り残しの髭が指先を刺激する。失敗したな、と軽く舌打ちした。常に清潔にしておくこと——進藤の教えが耳に蘇る。ただでさえラグビー選手はむさ苦しいんだから、いつでも髪は短く、髭はきちんと剃り、綺麗な服を着てろよ、と。考えてみれば俺も斉藤と同じか。進藤の教えから今でも逃れられない。高校時代から髪を少し長目にしているのは、少しだけ逆らってやろうという気持ちだった。

「無理です」頬を引《ひ》き攣《つ》らせながら斉藤が繰り返した。

「最初から決めつけなくてもいいんじゃないかなあ」七瀬はわざとのんびりした口調で言った。「あのな、一つ、秘密を打ち明けようか。監督としてこういうことを言っちゃいけないかもしれないけど」

「何ですか」警戒心を露《あらわ》にし、斉藤が身を引いた。

「俺はお前のファンなんだ」

「はい？」戸惑いが顔一杯に広がる。

「春先、AとBで試合をやっただろう？　お前がBに入って、初めて先発した試合」

「はい」

七瀬にとってそれは、城陽のラグビーを生で見る最初のチャンスだった。

「あの時のお前は凄かったな。レギュラーのAチーム相手に5トライっていうのは、普通はあり得ない。どこの大学でも、AとBは結構力の差が開いてるからな。シーズン前だからコンディションが良くなかったことを考えても、Aチームのだらしなさというか、お前の凄さは際立ったよ」

「いや、そんな」戸惑いの中に、わずかに照れが顔を見せる。

「特に三本目のトライだ。覚えてるだろう？　ハーフウェイライン付近から綺麗にパスが通ってさ」

斉藤がうなずく。彼の脳裏にもそのシーンがまざまざと浮かんだのは間違いなかった。Aチームが城陽の常で、重いフォワードで密集を押しこむ。Bチームは素早い球出しで対抗し、ぽんぽんと小気味良くパスがウイングの斉藤まで通った。ライン全体が動いていたから、斉藤もトップスピードに乗る直前、加速しながらボールをキャッチし――そこから先は、特撮でも見ているようだった。斉藤一人、スピードが違う。ラグビー選手に要求されるのは人に対する強さ――当たって相手を吹き飛ばしたり、タックルを振り払ったり――だが、斉藤に関してはコンタクト能力は必要ないほどだった。迫るAチームのフルバックをステップ一発で振り切ると、そのままゴールラインへ一直線。フルバックが必死に追い上げたが差は開く一方で、これがオリンピックの百メートルだったら、ぶっちぎりの世界記録達成というところだった。実際、俺はこれより速い選手を見たことがない、と七瀬は確信した。

「お前は、あの部内マッチ一試合でAチーム入りを決めたんだぜ。大したもんだよ。でも、残念ながら今年はまだ、いいところが全然出ないな」

「役に立ってないってことですか」斉藤の顔色が青褪める。

「そんなことはない。ただ、お前の持ち味が出てるかとなったら、素直にイエスとは言えない。お前の魅力は、一発で相手を置き去りにするスピードだ。どうしても点が欲しい時、ピンチの時こそお前のスピードが必要なんだ。でも今年、そういう場面があったか？　この前の試合でも、前半でどうしても点が欲しい場面が何度もあった。その時お前は、銃にこめられた弾みたいなものだったんだぜ。後は誰かが引き金を引けばよかったんだ――誰かが、誰のことかは分かるよな？　進藤だ。だけどあいつは三回とも蹴った。理由は分かってる。それが城陽のスタイルだからな」

「自分もそう思います」

「でも、それが正解か？」

「城陽のラグビーはこういうものだと……」

「お前はこういうラグビーがやりたいのか？」

「勝つためですから」

「勝つためのラグビーをやったにしては、関体大戦は結構危なかったんじゃないかな」

「そういうことは、キャプテンに言っていただかないと」

七瀬は首を振った。斉藤も分かっているはずだ、という確信はある。だがどんなに才能溢れる選手であっても、上級生を押しのけてまで自分をアピールするのは難しい。それが日本の大学スポーツの実態だ。斉藤ほど実力のある選手でも、そんなことをしたら叩き潰されてしまうだろう。城陽がいかに民主的なチームであったとしても、だ。

「俺はお前のファンなんだ」七瀬は繰り返した。「オープン攻撃からの、お前の物凄い走りが見たい。相手を一発で抜き去って、誰も追いつけなくて、そのままゴールポストの真下に余裕で持ちこむようなトライが、さ。お前、走り足りてないんだよ。今のままで満足なのか？　お前だって、もっと楽しくラグビーがやりたいんじゃないか」

斉藤の目がわずかに輝いたように感じた。やはり、な。斉藤クラスの選手になると、ただ城陽のAチームに入って一年生からレギュラーを張っているだけでは満足できないのだ。こいつが目指すのは——自分で意識しているかどうかはともかく——もっと高いものである。そのためには先輩を押しのける必要もあるし、城陽のラグビーをぶち壊してもいい。破壊と再生だ。そして、破壊された後には、必ず今よりタフでしたたかな新しい城陽ラグビー部が生まれているはずである。

その鍵に、新しいラグビー部の卵になるのが斉藤だ。

7

最初、進藤は自分の耳を疑った。

「回せ!」

誰だ、馬鹿なことを言ってるのは。自陣10メートルラインと22メートルラインの中間でのスクラム。ここはキックで押し戻し、一気に相手陣地深く攻め入るところである。だが、どこかの馬鹿が「回せ」と言っている。やはりその声が聞こえたのか、スクラムハーフの末永が、一瞬球出しを躊躇した。

「回せ!」もう一度、怒鳴り声。斉藤か? 斉藤だ。間違いない。何言ってるんだ、あいつは。しかし二回言われて進藤はかえって冷静になった。末永のパスを余裕を持って処理し、タッチへ蹴り出す。そこで一度、ストップをかけた。東西大戦を明日に控え、試合形式の練習なので、一々動きを止めて直前のプレイを確認する。

「ちょっと、一回タイム」

　手を上げて斉藤を呼び寄せる。斉藤は一瞬凍りついたようにその場に立ち止まったが、すぐに全力疾走で近づいて来た。

「斉藤、どうした」進藤は意識して冷静な声で訊ねた。「今のは回す場面じゃないぞ」

「プレッシャーが緩かったんです」

「それは、相手はBチームだからな」本番の試合を控えているので、試合形式とはいってもコンタクトプレイは遠慮がちになる。「ここは蹴ってプレイを切るのが普通だ」

「行けたんです」斉藤は引き下がらなかった。「今のは、回してもらえれば間違いなくゲインできました」

「お前が走りたいのは分かるけど、変に流れを切っちゃ駄目だよ」かすかな怒りを感じながら、進藤は諭《さと》した。「どう考えても蹴る場面だ。全員そういう風に理解してるんだから、余計なことを言ってプレイを乱すな」

「行けたんです」斉藤がやや色をなして繰り返した。

「うちのやり方は、お前には分かってるはずだよな。分かってるからこそ、一年生で一人だけここにいるんだから。いいな？」

すぐに返事があると思っていたが、斉藤は口を開きかけたものの、結局唇を引き結んでしまった。わずかに不満の色を滲ませたまま、頭を下げるだけである。

監督に何か吹きこまれたな、と進藤は読んだ。関体大戦の翌日、七瀬と何やら話し合っているのを目撃した人間がいる。話の内容までは分からなかったが、かなり真剣な様子だったという、あののらりくらりの七瀬が真剣になるとはどういうことなのか。それ以来、進藤の胸に小さな疑念が根づいていたが、やるべきことが多過ぎた。斉藤にも七瀬にも確認しないまま、次の試合を迎えることになってしまった。

ここのところ、練習で斉藤は妙に積極的に声を出し、自分にボールを回すように要求している。力をアピールするのはいいことだが、それも時と場合による。通常の城陽のスタイルなら明らかにキックを選択するような場面で「ボールを寄越せ」と求めるのは、明らかに間違っている。

「斉藤、あまり引っ掻き回すなよ」進藤は辛抱強く説得を続けた。「急に変わったことをやろうとすると失敗するもんだぜ。俺たちは城陽のスタイルを貫く。勝ち続けるためにはそれが必要なんだ」

「……分かりました」

露骨に不満をたたえた表情で斉藤がうなずく。城陽には下級生虐めの伝統はないが、こいつはちょっと……説得して上手くいくならいいが、斉藤はあくまで納得していないようだ。

何のつもりなんだ。監督は何を考えているんだ。


監督からのジャージの手渡し。試合前日の恒例の儀式である。練習が終わった後のグラウンドで一人一人名前を呼んでジャージを渡し、翌日に向けて気合を入れる。どのチームでもやっていることだし、自分も城陽に入ってからずっと経験しているのだが、進藤はいつまで経っても緊張から解放されない。先発メンバーに入るのは当然だと分かっているのに。

「……12番、斉藤」

瞬時にざわめきが湧き上がる。一番衝撃を受けたのは自分かもしれない、と進藤は瞬時に冷静になって判断した。センターに斉藤。つまり、レギュラーの秦を外す。ちらりと秦を見ると、顔面を白くして頬を引き攣らせていた。どうして……彼の気持ちは痛いほど分かる。ここまで大きなミスもなく、献身的なディフェンスでチームを支えてきた。関体大戦で、タックルに入った時に右肩を強打していたが、交代することもなく最後まで出場している。痛みが残っているわけでもないはずだ。

外す理由は何もない。

斉藤の代わりの「14」には、三年生の本木《もとき》が入った。

「以上、今回はちょっとメンバーを代えてみた。それともう一つ。フォワード勝負にこだわり過ぎるなよ」相変わらずさらりとした口調で七瀬が言った。選手たちの輪の中から出て、さっさとクラブハウスに戻ろうとする。

「監督」進藤はとっさに呼びかけた。

「何かな?」七瀬が足を止め、少し芝居がかった仕草で振り向く。

「どうして斉藤をセンターに入れたんですか? 説明をお願いします」

「そうねえ」七瀬が顎を撫でた。「勘?」

「勘って……」進藤は溜息をついた。「どういう勘なんですか」

「勘は、勘以外に説明できないよ」七瀬が肩をすくめる。

他の選手たちの視線が突き刺さるのを感じながら、進藤は一歩前に出た。

「それじゃ納得できません。秦を外す理由が分かりません」

「秦を外したんじゃなくて、斉藤をセンターに入れた、と考えたらどうだろう」

「それはどういう……」

「選手の適性や作戦をいろいろ試してみたいじゃないか。監督の仕事なんて、先発メンバーを選ぶことぐらいなんだから、ここは一つ俺の我儘を聞いてくれよ」

「作戦じゃなく我儘なんですか、これは」

「話しにくい人だね、君も」

七瀬が皮肉な苦笑を浮かべる。進藤は湧き上がる怒りを抑えようと必死で唇を嚙み締めた。七瀬はそれに気づかないか、無視しているのか、さらりと言うだけだった。

「明日は、今までとはちょっと違う城陽を見せて欲しいね」

「それはフォワード戦にこだわるな、という意味ですか」

「そういう解釈でいいよ」

「フォワードで攻めるのがうちのラグビーなんですよ」

「それは、君の親父さんのラグビーだ。それに東西大相手には、今までみたいなフォワード戦は通用しないよ。向こうは強くて速いデブの集まりなんだから」

「監督……」

「じゃ、よろしく。俺は言いたいことは言ったから。後はキャプテンに任せた。試合はキャプテンのものだからな」

淡々と去って行く七瀬の後姿を見ながら、進藤は溜息を漏らした。あの監督は何を考えているのか……さっぱり分からない。一度徹底的に話し合いをしないと駄目だな、と覚悟を決めた。俺には他の選手たちに対する責任もあるんだから。こんな状態じゃ、とても戦えなくなる。キックオフのホイッスルが鳴る前に、監督に対して疑念を抱いてどうするんだ。

重苦しい雰囲気のまま、選手たちによるミーティングは続いた。東西大に対する戦術的な対応については、既に打ち合わせは終わっており、今はそれを確認する程度だったが、やがて斉藤に対する糾弾集会のような様相を呈し始めた。その時点で進藤はミーティングを打ち切った。感情的に悪口を言い合っていても、何の役にも立たない。

斉藤を捕まえて外に出る。他の選手たちに聞かれないよう、グラウンドに足を踏み入れた。照明はとうに落ちているので、足元を照らし出すのは、クラブハウスから漏れ出る灯りのみ。二人の影が、背中から前へ向けて長く伸びた。クラブハウスに近い側の22メートルライン付近まで歩いて来て立ち止まり、踵を返して斉藤に向き合う。

「監督に何か言われたのか」

「いえ……」斉藤が目を逸《そ》らした。それだけで認めてしまったも同然だった。

「今日、随分積極的にボールを回せって言ってたよな。あれも監督の差し金か」

「違います」

「だったら？」

「……アドバイスです」消えそうな声で斉藤が言った。「自分から声を出してみろって言われただけです」

「なるほど」進藤は指先をいじった。しばらく斉藤に沈黙の不安を味あわせておいてから続ける。「声を出すのはいいことだ。だけど、攻撃パターンが決まってる時には、下手に声を出すとかえって混乱することがある。昼間も言ったけど、それは分かるな」

「はい」

「うちにはうちのスタイルがあるんだから。城陽でプレイしている限りは、それを守ってくれよ……ところで、だ」

「はい」斉藤の顔が瞬時に緊張した。

「どうしてお前がセンターに入るんだ？」

「それは俺には分かりません」

「お前と監督で決めたんじゃないのか」

「まさか」斉藤が青褪める。「俺にはそんなことを決める権利はありません。希望もしてません」

「そうか？　お前、監督とはよく話してるみたいだけど」

「俺は……」

「まあ、いい」進藤は首を振った。「こういう状態になると、つまらないことにあれこれ文句をつける奴がいるんだよ。そういう連中は俺が黙らせておくから、お前は余計なことは何も言うな」

「……はい」

「監督と話すよ。俺はあの人が何を考えているのか、分からないんだ」

「監督は……」

「何だ」

何かを決意したように、斉藤が顔を上げる。

「城陽のラグビーをやりたくないんじゃないかと思います」

「意味が分からないな」苦笑しながら顎を撫でた。「やりたくないって、監督の台詞じゃないぜ」

「監督は、そういう風に言ったわけじゃありません」

「じゃあ、どう言ったんだ」

「それは、俺と監督の間の話ですから……」反論を拒絶すると宣するように、一瞬、唇をきつく引き締める。「一つだけ言っていいですか」

「何だ」斉藤の予想外の頑固さに驚きながら進藤は応じた。

「俺は、普通に走るラグビーもやりたいです。勝つために城陽のスタイルは大事だと思うんですけど、いろんなラグビーがあっていいんじゃないですか」

「城陽ラグビーの否定にもなるぞ、そういう言い方は」進藤は顔が赤く染まるのを意識した。

「分かってます。でも、スタイルなんて、変わっていくものじゃないんですか」

「そうかもしれないな」落ち着け、と自分に言い聞かせ、意識的に低い声を出す。ここで斉藤を怒鳴り上げても、何にもならない。「監督も、そういう風にやりたければ、はっきり言えばいいんだ。そのための監督なんだから。いつも回りくどいことばかり言って……お前を使って何か言わせるのは卑怯《ひきょう》だよ」

斉藤がまたうつむく。爪先が芝を蹴っていた。スニーカーのソールが芝を擦る乾いた音が、やけに大きく聞こえる。

「監督のペースに巻きこまれるなよ。あの人は……城陽のOBじゃないんだ。俺たちとは違う種類の人間なんだ」

「八百長？」

「いや、今のは取り消し」

会田が顔の前で手を振った。既にアルコールで顔が赤らんでおり、手つきがおぼつかない。進藤の部屋。二人は七瀬が持ち込んだ一升瓶には見向きもせず、会田が用意した安いウィスキーを呑んでいた。既にボトルは半分ほど空になっている。まずいな……少し酔った頭で進藤は考えた。下戸《げこ》というわけではないが、試合前はできるだけアルコールを控えるようにしているのだ。リーグ戦は明日からが正念場だというのに、二日酔いで試合に出るようなことになったら……しかし今夜は呑まずにはいられなかった。そしてこういう時のパートナーとして、自分のことを知り尽くしている会田ほど相応しい人間はいない。

隣の部屋で、誰かが馬鹿笑いを上げた。壁が薄いわけではないのにここまではっきり聞こえるとは、相当の大声だ。山の中の寮でよかった、とつくづく思う。

「監督は天聖ＯＢだからな」取り消しと言いながら、会田はしつこかった。

「おいおい」

「ちょっと調べてみたんだけどさ、あの人が世田谷第一から天聖に進んだのと同時に、進藤監督がうちの監督に就任してるんだよ。対戦成績は、最初の三年間は天聖の圧勝。四年目で初めてうちが勝ったんだ。その試合には当然七瀬さんも出ていて……インジャリータイム直前にうちが同点トライを決めて、最後のコンバージョンで勝ち越し」

「絵に描いたみたいな逆転劇だな」

「うちが天聖と本当のライバル関係になったのは、あの試合からじゃないかな。そういう意味で、七瀬さんと城陽には浅からぬ因縁があるってわけだ。七瀬さんが四年生の時に、初めてうちに負けたわけだから。その時のことを根に持っていてもおかしくないんじゃないか」

「それで、天聖に勝たせるためにうちの中を引っ掻き回してるっていうのか?」進藤はグラスを口に運んだ。縁が歯に当たり、かつんと乾いた音がする。「確かに、相当混乱してるな。斉藤をセンターで先発させるなんて……あいつ、虐められてないといいんだが」

「上の連中には釘を刺したんだろう?　お前がしっかり言っておけば大丈夫だよ。お前は俺が知ってる中で最高のキャプテンだから」言ってしまって照れたのか、会田がグラスをぐっと干した。

「どっちかって言うと、『最高の選手』の方がいいな」

「それは、俺がわざわざ言わなくても分かってるだろう」

「お前に言われると重みが違う」

乾いた笑みを交換し終えると、会田がグラスにウィスキーを注ぎ足した。氷も水もなくなってしまっている。既にこの男は限界を超えているはずだが、止める気にはなれなかった。

「八百長、か」会田が手の中でグラスを回した。「だとしても、随分手の込んだやり方だよな」

「前言撤回したんじゃなかったのかよ」

「いや、まあ……」会田がグラスを床に直に置き、両手で顔を擦った。「考えてみれば、どうして監督を引き受けたのか、それ以前にコーチになったのかが謎だよな」

「元々教え子だから、そういう引きがあってもおかしくはないぜ」

「だけど、普通は断らないか？　ライバルチームなんだし、七瀬さん、普通に仕事もあるんだろう？」

「不動産屋」

「そうそう、不動産屋」会田の声が少し大きくなっていた。「仕事を削ってまで引き受けるなんて、余程のことじゃないか」

「恩師に頼まれたら、断れないだろう」

「そうかもしれないけど、俺は一枚裏がありそうな気がするんだよなあ。八百長じゃなくて、スパイとか。俺たちの情報が、逐一《ちくいち》天聖に流れてたりしてな。斉藤をセンターに入れたのだって、不慣れな奴が入って弱くなったところを集中的に狙わせるつもりかもしれない」会田が不満そうに頭を掻いた。

「考え過ぎだって」

「そうかな」

「俺も会田に賛成だ」

いきなりドアが開いた。ロックの林田。体の大きな人間にありがちな猫背。一升瓶──やはり七瀬の差し入れではなかった──を音を立てて床に置き、胡坐をかく。昔膝を傷めた後遺症で、少し歪んだ胡坐になった。

「よせよ」進藤は忠告して、自分のグラスを床に置いた。今夜はもう吞まない。この二人を宥《なだ》めて、アルコールから遠ざけておくという仕事が増えてしまった。

「いや、俺は最初からおかしいと思ってたんだ……こういうことじゃないかな。進藤監督は、昔のよしみで七瀬さんをコーチに引っ張ってきた。それはいいよ。ラグビーなんて、学閥の世界だから。先輩後輩の関係を死ぬまで引きずるのが普通だ。問題は、進藤監督が亡くなった後だ。七瀬さんにすれば、千載一遇《せんざいいちぐう》のチャンスだったかもしれない。ここぞとばかりに、天聖に勝たせようとしてるんだよ」林田はひどく饒舌《じょうぜつ》だった。

「それが自然だよな」先ほどまで躊躇していた会田も話に乗ってきた。「これは相当の頭脳犯だぜ」

「だいたい、あまり話をしないのが怪しいじゃないか」林田もさらに興に乗って続けた。「あれは、ボロをださないようにしてるんだよ。何か喋れば、余計なことを言うんじゃないかって用心してるんだよ」

「いい線突いてるよ、林田」会田が大きくうなずく。「お前、体がでかい割には頭が回るんだな」

「馬鹿、お前に言われたくない」

「まあまあ、その辺にしておけよ」進藤は割って入った。この分だと延々と続きそうだ。既に日付が変わっている。いい加減にしないと、明日の試合に本格的に差し障るだろう。「今日はもう解散だ。試合優先。二日酔いじゃ、いい試合はできないぜ」

林田は素直に従った。「試合」という言葉は、この男にとって何よりのブレーキになる。もっとも自分ではプレイしない会田には、この決定的な一言も通用しなかった。部屋の隅に丸めてあった布団に頭を乗せ、腹の上で手を組み合わせる。眠そうに目を細めると、「何かあるぜ」とつぶやいたきり、鼾《いびき》をかき始めた。まったく……何で俺が酒盛りの後片づけをしなくちゃいけないんだ。ぶつぶつ文句を言いながら、進藤はウィスキーのボトルに蓋《ふた》をし、デスクの一番下の引き出しにしまいこんだ。自分の分と会田の分、グラスを両方とも取り上げると、食堂に運ぶために部屋を出る。

廊下を歩いて行くと、あちこちの部屋から囁《ささや》くような声が漏れ出てくる。内容まては聞こえないが、何を話しているのかは容易に想像できた。監督に対する不信感、それに尽きる。

酔いを意識しながら、寒々とした廊下を一人歩く。会田と林田の陰謀説……いや、そんな単純なものじゃないだろう。この話には、もう一枚どころか二枚、裏があるはずだ。それをはっきりさせるには、少なくとも明日の夜までは待たねばならない。

その前に考えなければいけないのは、今日どこでどうやって寝るかだ。会田を布団から追い出すのは気が引ける。どこで布団を調達したものか。大事な試合前だというのに、こんなどうでもいいことで悩まなくてはならないとは。

冷たい雨が降っていた。東西大戦は秩父宮ではなく、八王子の市営グラウンドを舞台に行われる。城陽も東西大も多摩地区にあるので、どちらにとっても「地元」というわけだ。歩いていけるほど近くはないが、移動に要する時間が少ないだけでも気は楽だ。

だいたい今日は、秩父宮までバスで揺られていたら、吐いていたかもしれない。

グラウンドで試合前のアップをしながら、進藤は今日はきつい試合になる、と予想していた。この雨が予想外だった。昨日の天気予報では、曇りだが夕方までは雨は降らないだろうということだったのに……土砂降りではないが、間断なく雨が降り続き、芝も土もじっとりと水分を含んでいる。こうなると、試合が進むにつれ、ボールは扱いにくくなる。監督は展開ラグビーを見たいようだが、今日はそういうわけにはいかない。フォワードが汚くボールを追う、泥まみれのラグビーを覚悟しなくてはならない。

「12」を背負ってセンターに入った斉藤は、見ただけで分かるほど緊張していた。パスを回しながらのランニングでも、普段にはない硬さが見て取れる。もっと気楽に行け。今日はお前の華麗なランニングが出る幕はないんだから。

七瀬は傘を差さず、雨合羽を羽織ってスタンドに陣取っていた。頭からすっぽりフードを被《かぶ》っているせいで、表情は窺えない。秩父宮よりもさらにスタンドが近いのだが、彼の前には薄い不透明な壁があるようにも感じた。

今日は試合前のコイントスに負け、陣地を選択した。微風。一応、風上に立つ。前半でできるだけキックを多用して振り回したい。試合前の確認事項は一つだけ。リーグ最重量を誇る東西大のフォワードを走らせ、前半でスタミナを奪う。重いが故にスクラムや密集では強いが、走力には難があるのだ。雨が降って足場が悪い中、前に後ろに走り回れば、後半には絶対に足に来る。本当の勝負はそこからだ。

「フォワード、走るぞ！」

ホイッスルを待つ間に声をかける。選手たちのかけ声が呼応した瞬間、キックオフのホイッスルが鳴り響いた。東西大が深く蹴り込んでくる。22メートルライン付近で、フルバックの金井がキャッチ。22メートルラインの内側に戻って一度タッチに蹴り出したいところだが……東西大のフォワードが出足鋭く殺到していた。速い。最初のプレイだから主導権を握りたいのだろうが、気合だけでは説明しようがないスピードで金井に襲いかかってくる。あっという間に潰され、ラックになった。早い球出しからサイド攻撃。さすがにここはナンバーエイトの枡田が止めて、ボールが浮いた状態でのモールになったが、東西大はなお主導権を握り続けた。ボールをコントロールし、少し押しこんでから余裕を持って球出しする。綺麗に揃ったバックスのラインを素早くボールが回り、ウイングまでするすると渡った。コーナーフラッグ目指してトップスピードに乗る。クソ、行かせてたまるか……歯を食いしばってフォローに入る。斉藤の代わりにウイングに入った本木が、タッチライン際に追い詰めた。一度体当たりし、バランスを崩したところでもう一度腰にタックルに入る。二人はもつれるように外に転がり出た。

何とか抑えたか……安堵《あんど》の吐息を漏らしながら、マイボールのラインアウトに備える。ここは確実にボールをキープして押し戻さないと。22メートルラインの付近の攻防をいつまでも続けるわけにはいかない。

「フォワード、確実に！」

声をかけてからアタックラインを敷く。スロワーの海老沢《えびさわ》がサインを出し、速いボールを投入する。列の二番目に入った小野田が飛んだが、ボールをキャッチし損ねた。急造コンビであること、さらに雨のせいもあって、やはり息が合わないようだ。林田がフォローして何とかボールを抑えるが、ぐっと押しこまれた。それに連動して、バックスのラインも下がる。末永が無理な姿勢でボールを処理し、パスを寄越した。クソ、プレッシャーが速い。一人かわしてもすぐにもう一人が襲いかかって来る。進藤は覚悟を決めて、隣の斉藤にパスを送った。とにかくタッチに出せ。ここで一度プレイを切るんだ。

走り出した。

ボールをキャッチしてから走り出す格好になったのだが、あっという間にトップスピードに乗り、東西大のタックルを外すと、いきなり猛烈なスピードでディフェンスラインを切り裂いた。直線的な走りはタックルの餌食《えじき》になりがちなのだが、斉藤のスピードは桁違《けたちが》いである。ディフェンスの選手たちをやすやすと置き去りにし、ハーフラインをあっという間に突破する。追いかける進藤から見ると、その背中は生き生きと輝いているようだった。もはや止められる人間はいない——いた。ただ一人、東西大一の快足を誇るフルバックの春日《かすが》が迫って来る。横からタックルに入ると、一発で倒した。数瞬後、両チームのフォワードが殺到し、密集の中にボールが埋もれる。ホイッスル、城陽ボールのスクラム。

一番最後に密集から出てきた斉藤は少し左足をひきずっていたが、その顔にはこれまで進藤が見たことのない表情が浮かんでいた。輝くほどの喜び。釘を刺しておかなければいけないところだが、あまりにも嬉しそうなので口を開けなかった。まあ、思い切り押し戻して敵陣にまで入ったんだから、よしとするか……タッチキックを狙っても、この付近まで挽回できたかどうかは分からない。東西大のプレッシャーは、これまで進藤が経験したことがないほど激しかったのだ。

あいつら、夏から相当鍛え上げてきたな。八月、菅平《すがだいら》の合宿で当たった練習試合では、「重いが走れないフォワード」という印象だった。組めば「リーグ随一」という重さに難儀させられたが、振り回せばすぐに息切れしていたのに……あれからかなり絞りこんで、走力に重点を置いて鍛えたようだ。確かに、リーグ戦が始まってからのビデオを観ただけでも「相当走れるようになっている」という印象だったが、実際に対峙《たいじ》してみると予想以上である。問題は、あのスピードを八十分間維持できるかどうかだ。

前半は捨ててもいい、と進藤は改めて決意した。とにかく相手を振り回し、スタミナを奪うためのプレイに徹しよう。後半に仕留めるための布石だ。走り合いなら、城陽が負けるわけがない。

あらゆるスポーツは、「相手」の存在があって初めて成立する。こちらがいくら優れた戦術を編み出しても、向こうが罠にかからなければ効果は発揮できない。進藤の描いていた「前半に走らせる」というシナリオは崩壊した。

東西大は徹底したフォワード戦を挑んできた。積極的に密集を作り、そこで長時間ボールをキープする。そうすることで、逆に城陽フォワードのスタミナを奪おうという狙いだった。求める結果は同じだが、経緯が違うということか……試合は動かなくなり、両チーム無得点のまま前半を終了。ロッカールームに戻ると、進藤はフォワードの連中の疲労を明確に感じ取った。相撲《すもう》のぶつかり稽古《げいこ》と同じもので、ただ押し合っているだけのように見えても、密集の連続ははっきりと体力を奪うのだ。大男たちの汗で、ロッカールーム全体の湿度が上がっているようだった。

「フォワード、ここから先が踏ん張り所だからな」

「オス！」

「城陽のフォワードはリーグ一だ。いや、日本一だ。東西大の重いだけのフォワードに押されるわけにはいかないんだ」

「オス！」

最初に気合を入れてから、進藤は後半の細かい戦術を話すつもりだった。一呼吸おいて口を開こうとした瞬間、七瀬が割りこむ。

「回していけよ、後半は」

「条件が悪いです」またその話かと思いながら、進藤は瞬時に反論した。「雨ですよ」

「これぐらいでハンドリングに影響は出ないと思うけどね。そんな柔《やわ》なチームじゃないだろう、うちは」

「やり方は変えません」

「まあまあ、そう言わずに。点を取らないと勝てないんだぜ。ここは東西大の裏をかいていったらどうだ」

「裏？」

「向こうは、ばっちり城陽対策をしてる。キックは全部押さえられてるじゃないか。お前も随分窮屈になってる。ここは目先を変えろよ。自陣内からでも回していけ。そういうやり方は、東西大も想定してないはずだ」

「城陽のラグビーでいきます」頬が引き攣るのを感じながら進藤は反発する。一瞬二人の間で緊張が高まるのを感じたが、七瀬の方ではぐらかすようにすっと引いてしまった。

「回すのもオプションの一つだ。俺はアドバイスしたからな。後は自分たちで決めてくれよ」

それを言ったことで、監督として責任を果たしたつもりなのか。進藤は腹の底で苛立ちを抱えこんだ。俺はちゃんと作戦を与えた。それに従わず負けたら、選手の責任だ。いいでしょう、そんなことは分かってます。試合は俺たちのもので、監督が口出しすべき問題じゃない。あなたは親父じゃないんだから。監督としての経験も知識も乏しいんだから。俺たちの方が、よほどまともなラグビーができる。

「進藤、ラグビーにはいろいろな型があるんだよ」

箴言《しんげん》めいた台詞──図らずも、斉藤の台詞にそっくりだった──に対して、進藤は何の反応もしなかった。言い合うつもりはない。俺たちは俺たちのラグビーをやるだけだ。

東西大フォワードの勢いは、後半に入ってもまったく衰えなかった。よく走り、密集を押しこみ、城陽の攻撃にプレッシャーをかけ続ける。密集を支配されることが多いので、ボールが出てもディフェンスラインが乱れ、次の攻撃につなげることができない、という状況が増えてきた。前にボールを投げられないラグビーというスポーツでは、「ボールよりも後ろへ下がっている」のが基本的な動きだ。圧力をかけ続けられれば、下がる一方で前へ出られなくなる。人間は前へ動くのが自然な動きであり、後ろへ下がる動作はかなり無理を強いられる。少しずつであっても、そういうことが続けばエネルギーが削がれてしまう。

後半開始から十分、ずっと自陣内でのプレイが続いていた。ずっとフォワードの押し合い。スクラムでは頭が下がって崩れ、何度もやり直しになってしまう。これが東西大の狙いだ、と進藤には分かっていた。組めば組んだだけ疲れるのがスクラムであり、向こうはフォワードのスタミナを奪う作戦に出たのだ。「わざと崩した」と判断されないぎりぎりのところでスクラムをやり直させる——ある意味高等技術である。しかし、東西大にも決定的な弱点があった。攻め切れないのだ。何度もゴールラインまで迫っているのに、トライは遠い。安定したキッカーがいないのでトライにこだわっているようだが、そのこだわりが致命傷になるかもしれないと、進藤は期待をかけた。一つの戦法に固執すると最後は自滅する。俺たちも同じか？　違う。俺たちの戦法の方がはるかに精度が高い。

チャンスは一瞬。自陣10メートルライン付近のスクラムで、押されながらもフォワードが素早くボールを出した。末永のパスは正確だったが、雨のせいかスピードが乗らない。またも素早いプレッシャーを受けながら、進藤は体を斜めにしてハイパントを蹴り上げた。よし。敵陣22メートルラインの手前に高々と上がった。斉藤が一向に衰えぬスピードで進藤を追い越していく。ほら、走りたいなら走れ。好きなだけ走ってボールを押さえればいい。そのままインゴールに飛びこんでくれれば言うことなしだ。

ボールに勢いがない。やはりプレッシャーのせいで不十分な体勢になってしまったのだろう、最初に想像していたよりもボールが上がらなかったのだ。斉藤のスピードでも追いつけない。東西大のフルバック、春日が余裕を持ってキャッチし、蹴らずにカウンター攻撃に出た。両チーム一の俊足選手同士の一騎打ち。斉藤……死んでも止めろよ。しかし進藤の願い空しく、斉藤はあっさり振り切られた。第二波は俺。詰めていたので、春日も振り切れない。当たる選択肢しかなかった。喉の奥から唸り声を上げながら太腿《ふともも》にタックルし、そのまま二歩、三歩と押しこんでグラウンドに叩きつける。春日の胸から空気が漏れ出る音が聞こえたが、少し図に乗り過ぎたと、進藤はすぐに後悔する羽目になった。一発で倒さなかったので、春日にパスする余裕を与えてしまったのだ。波状攻撃。それまでのフォワード一辺倒の攻めから一転して、バックスがボールを左右に展開する。城陽のディフェンスが振られ、軽いパニックが襲った。クソ、こんなはずじゃない。ワルツのリズムで踊っていたのが、突然相手がBGMをロックンロールに変えたようなものだ。主導権を握っているのは向こうであり、こちらは曲を変えられない。

東西大は密集を作らず、当たったポイントですぐにボールを出してつなぎ続けた。

グラウンドの左右を一杯に使い、城陽のディフェンスを振り回す。尽きることのないスタミナ。やがて城陽のディフェンスラインに小さな穴が開いた。密集に巻きこまれた斉藤が出遅れた分だけ、ディフェンスの人数が減る。そこを一気に突いてきた。左右から突然正面突破へ。手薄になったポイントを最後に突いたのはやはり春日で、スピードに乗ってグラウンドの真ん中をあっさり駆け抜けて行く。それまでの緊張感溢れる展開が冗談のような余裕たっぷりの走りであった。行かせるか——進藤は一人で春日を追った。気づいた春日が、慌てて横に流れ始める。最後は5メートルライン付近まで追い詰めたが、結局トライは阻止できなかった。

東西大、先制。どうしても欲しかった先取点は、予期せぬ攻撃によって東西大の方にもたらされた。あいつらのスタイルからすれば「奇襲」。しかし奇襲だろうが何だろうが、この得点は消えない。コンバージョンは失敗したが、スコアボードに刻まれた5点が進藤に重くのしかかる。大丈夫。試合時間はまだたっぷりある——本当に？

東西大は分厚い波のようなディフェンスを敷いた。一人突破されても、次の波が遅れることなく襲いかかってくる。後半の残り三十分を全てディフェンスに費やそうと覚悟を決めたようだ。イタリアの守備重視のサッカーじゃないんだぞ。常識外の戦法だ、と進藤は歯嚙みしたが、根本的な問題は、攻め切れないこちらにある。穴をこじ開けろ。きつく当たってたじろがせ、ひるんだところへ相手を上回る人数で攻めこめ。そんな基本は分かっている。城陽のパターン、フォワードのラッシュで――しかし東西大は、完全に読み切って対策を立てていた。進藤は半ば意地になり、フォワードに攻めるよう指示を与え続けていたが、東西大が自陣ゴールラインにかけた鍵を壊せぬまま、試合時間は残り五分を切ってしまった。インジャリータイムは三分。しかしいい加減、この辺で何とかしておかないと。得点を挙げさえすれば、東西大のディフェンスにも揺らぎが生じるはずだ。焦りは間違いなくプレイに影響を及ぼす――今の俺たちの状態そのものだ。

敵陣10メートルライン付近での密集。進藤はボールを受けると、一度フェイントをかけて敵スタンドオフを振り切り、正面に突っ込んだ。フォワードの連中がまだ残っている辺り。よしんば捕まっても、分厚くフォローができる。だが、横から襲ったタックルを外すことができなかった。足元をさらわれ――足首を狙う、着実なタックルだった――一発で倒される。地面に叩きつけられて肺が空になり、一瞬意識が遠のく。芝が頰を濡らし、その冷たさで何とか気を持ち直した。ボールを離す間もなく、東西大フォワードの下敷きになっている。誰かが、地面に落ちたボールを引っ張り出そうとしているのが見えた。ジャージの色から、東西大の選手だと分かる。

「手を使うな！」レフリーに聞こえるだろうかと思いながら、大声で叫ぶ。「手を使うなよ！」

ホイッスル。レフリーの手が上がってペナルティを告げるのを見て、進藤は一瞬躊躇した。あくまで城陽スタイルにこだわってフォワードをラッシュさせるか？　場所もいい。トライが取れれば、必ずコンバージョンを成功させる自信はあった。ここは一気に逆転を——無理だ。今日の勢いでは、いつものプレイは成功しない。バックスで回していくのも論外だ。東西大のディフェンスの網にかかって、無駄に時間が過ぎるだろう。

「狙います」立ち上がり、レフリーに告げる。とにかくここで3点を入れないと。点を取らないことには、何にもならないのだから。

ボールをセットした。距離約四十メートル、ほぼ正面。正面から蹴る場合、距離が伸びると案外難しい。芝も雨で滑りやすくなっているし……進藤は四歩下がって、すっかり濡れた髪を両手で後ろへ流した。額を濡らす汗と雨を肩口で何とか拭う。蹴る直前に目に入ったら洒落《しゃれ》にならない。

よし、行け——ボールは低い弾道で真っ直ぐ飛んだ。距離は十分。後は入るかどうか。少し足りないか？　低過ぎるか？　進藤は振り抜いた右足にボールの感触を刻みこんだまま、その場で固まっていた。ボールは……クロスバーをわずかにかすり、上に跳ね上がってインゴールに落ちた。危ない……高跳びだったら、間違いなくバーが落ちていただろう。これでまず3点。もう一回蹴る機会があれば逆転できる。やっと見えてきた光を手繰り寄せようと、進藤は「これからだぞ！」と十四人の仲間を鼓舞した。

8

七瀬は胃の辺りに思い切り拳をねじこんだ。そうやっている間だけは痛みが遠のく。まったく、冷や冷やさせやがって……これで少しでも連中が懲りるなら、俺の胃が痛んだ甲斐もあるというものだが。無理か。勝利は人の心を麻痺させるものだ。

2点差で負けていて、相手陣内に二十メートルほど入りこんだ地点でのスクラム。最後のワンプレイで、進藤は己の全能力を解放した。チームプレイを無視して突っ走っても、十分通用することを証明した一瞬だった。

雨が音を立てて降る中、ワンバウンドになった末永のパスを確実にキャッチ。低い姿勢のまま二、三歩進んだところで捕まりかけたが、ステップ一発でかわした。そのまま前方に空いた小さな穴に向かって突進すると、一人でゲインラインを突破し、三人がかりで囲まれる直前、わずかな隙を突いてドロップゴールを狙った。濡れて重くなったはずのボールが正確にコントロールされ、高々と舞い上がる。雨を切り裂くように飛んで、最後はクロスバーを綺麗に越えた。同時にノーサイドのホイッスル。ぎりぎりの逆転勝利だった。

隣では、主務の会田が大きく溜息を漏らしていた。試合終了から一分近く経っているのに、まだ電源が抜けたような状態である。がっくり肩を落とし、それだけ見たらまるで負け試合のようだ。神経が切れそうな緊張感が一転して歓喜に変わり、直後、エネルギーが切れてしまったのだ。

「痺《しび》れましたね」かすれた声で漏らす。

「そう？　俺は最後は進藤が何とかしてくれると思ってたけど」

「それは、奴は切り札ですけど……切り札を使うチャンスがなかったんだから」激戦の余韻が、普段彼が張り巡らせている防御壁を下げさせたようだ。珍しく普通の会話が成立している。

「チャンスを作るのもキャプテンの仕事じゃないか」

会田の視線が自分を突き刺すのを感じた。不満……だろうな。大事な仲間をくささ
れたと思っている。こいつを落とせれば、俺の思いをチームに浸透させるのに役立つ
のだが、あまりにも進藤と近過ぎるのが問題だ。しかもラグビーを自分の人生の一番
大きな問題として考えている。チームのやり方に首を突っこめば、自分の生き様を非
難されているように感じるだろう。
「さて、今日のミーティングは、お前さんだったらどうする？　何を言う？」
「俺はそういうことを喋る立場じゃないですから」
「何だか肩が凝らないか？」
「はい？」
「こう……」どういうアクションが相応しいのか分からず、七瀬は顔の前で両手をこ
ねくり回した。「決め事が多過ぎてさ。もしかしたらその方が楽かもしれないけど、
こういうの、見てて面白いかね」
「俺たちは誰かに見せるためにラグビーをやってるわけじゃありません」
「そうか。じゃあ、プレイしている本人たちはどうなのかな。楽しいのか、あいつ
ら？」
「勝てば楽しいに決まってるじゃないですか」

この会話はすぐに、結論が決まっているスパイラルに陥る。監督としての進藤の能力の高さを改めて嚙み締めた。言葉を相手の頭に染みこませる方法をよく知っていたのだ。ラグビーの監督でなければ、彼に相応しい仕事は……新興宗教の教祖だ。

「さて、お話しにいきますか」七瀬は腰を上げた。雨合羽から水が滑り落ち、小さな滝になる。それだけ長い間、同じ姿勢で固まっていたというわけか。ぽたぽたと水を垂らしながら、短い階段を下りる。会田が追いかけて来る様子はなかった。

ロッカールームにはぴりぴりした空気が漂っていた。勝つには勝った。しかし最悪の勝ち方だ。さすがに呑気に喜ぶ気にはなれないだろう。

一番苛々していたのは進藤だった。

「最悪だぞ、今日の試合は」低い声で言って、壁に掌を叩きつける。「たかが東西大相手に、このざまはなんだ。だらしないぞ、フォワード！」

返事、なし。ロッカールームにいる人間の中で顔を上げているのは、頭から湯気を立ち上らせている進藤と、七瀬だけだった。進藤が狭い空間を左右に歩きながら続けた。

「今日みたいな試合をやってたら、リーグ四連覇は絶対に無理だ。勝ちたくないのか？　監督の遺志を無駄にするのか？」

「すいません！」

いきなり頭を下げたのは斉藤だった。まずい……七瀬は思わず声を上げようとしたが、何とか思いとどまった。選手に任せたなら、最後まで貫くべきだ。

「何かあったのか」進藤が素っ気無い口調で言った。「お前、今日は何もしてないだろう」

進藤の露骨な侮辱に斉藤が黙りこむ。両腕を脇に垂らし、手を拳に固めて体の震えを抑えようとしたが、あまり上手くいっていなかった。

「いいか、うちらしいラグビーを忘れるな。それが勝つための一番の近道なんだぞ。雨が降ってるとか、相手のフォワードがでかいとか、そういうことは関係ない。うちのフォワードは日本一だ。負けるわけがない。負けるわけにはいかない」

「ちょっといいかな、キャプテン」我慢し切れず、七瀬は壁から背中を引き剝がした。選手たちの目が一斉にこちらを向く。どんどん泥沼にはまるミーティングの救い主と思っているのか、あるいは余計なことを言うなという恫喝《どうかつ》なのか。

「何ですか」挑みかかるように進藤が言った。

「ハーフタイムのミーティングで俺が言ったこと、覚えてるか？　どうだ、安井」

巨漢のプロップが、自分の爪先と会話を始めた。

「末永はどうだ？　お前は聞いてないとまずい話だよな」

俊敏さが売りのスクラムハーフは巧みに七瀬の視線を外し、壁を睨み始めた。

「斉藤、お前は？」

「バックスで回すように」蚊の鳴くような声。しかし、静まり返ったロッカールームの中では、しっかり全員の耳に届いた。

「そう、後半は回していくように言ったよな。命令じゃなくてあくまでアドバイスだけど」

「アドバイスだったら、従う必要はありませんよね」進藤が反発する。

「その通り」わざとらしいだろうかと思いながら大きくうなずいた。「民主的にやりたいからね、俺は。意見は出すけど、君たちがそれに拘束される義務はない」

「どんな場面でどんなプレイを選択するかは、俺たちが決めることです」

「それはまったく正しい。俺もいつもそう言ってるよな。でも実際は、何も選択してないじゃないか」

「どういうことですか」進藤が一歩踏み出した。顔からは血の気が引いている。

「決まってるんだよ、君らの場合は」

「決まってる？」

「状況Aならパターン A。BならB。選択してるわけじゃない。予《あらかじ》め決まったパターンに従って試合してるだけじゃないか」

「それが選択じゃないですか」

「予め決まってるんじゃ、選択とは言えないだろう。状況Aに対して、パターンAからZまで手がある中から選ぶのが、本当の選択だ」七瀬は完全に壁から離れ、円陣の形で集まっていた選手たちの中に入って行く。自然に左右に割れ、生じた空間の端と端で進藤と対峙する。「相手を徹底的に研究するのは、君たちだけじゃない。向こうだって城陽の攻撃パターンを調べつくしている。その結果、試合前に君たちは丸裸になっていたんだ」

「勝ちましたよ、俺たちは」

「東西大の連中には、最後の根性がなかった。疲れ切って足が動かない、それでもお前を潰しに行くという、基本の基本ができなかった。だから勝てたんだよ、今日は。負けていてもおかしくなかった」

ロッカールームの沈黙がさらに冷たくなった。次に静けさを破ったのは進藤だった。

「勝ったんです。反省点はもう分かってます。次は同じことは繰り返しません」

自分では最低の試合だと言っていたのにな……七瀬は進藤を追い詰めてしまったことを意識した。

「次は別のチームだ。だけど君たちは、またパターンで同じ攻撃を繰り返すだろうな。なあ、もっと自由にやれないか？　敵だけじゃなくて、味方も予想できないようなプレイをやってみたらどうなんだ」

「あり得ません」

「パターンは大事だよ。九十パーセントまでは、得意のパターンで勝負できる。それがチームの色を作っていくわけだし、無視はできない。でも、毎回同じプレイを繰り返したら、絶対に防御方法を開発されるぞ。城陽のフォワードは強い。でも、力だけで押すプレイには、必ずそれを上回る相手が現れる。人間の能力には限界がないんだ。だからこそ、陸上や水泳の記録はどんどん伸びる。同じことを繰り返して精度を上げることはできるけど、力ではいずれ負ける」

「監督のやり方が間違っていたとでもいうんですか」

進藤の「監督」が、自分の父親のことを指しているのは明らかだった。つまりこの男は、俺を監督として認めていない。

「まさか。大事な恩師に向かってそんなことは言えないよ」七瀬は笑いながら言った。

胃が痛む状況でそれをやるには、大変な努力が必要だったが。

「だったら俺たちは、監督の教えに従ってやるだけです。このシーズンは監督のために戦ってるんです」

「ゲームはお前たちのものだぞ。監督のものじゃない」

「そんなことを考えていても勝てません」

「力、入り過ぎだよ」七瀬は軽く肩をすくめた。「もっと気楽に楽しく行こう。楽しく、激しくだ。いつもねじを一杯に巻いた状態じゃ、いつ切れるか分からないぞ。遊ぶ余裕がないと……俺からはそれだけだ」

「夜のミーティングはどうするんですか」

「今日は任せる。俺が何を言っても君たちは聞きそうにないしな。俺は、無駄なことはしたくないんだ」

「責任放棄じゃないんですか、監督」進藤の厳しい声が飛ぶ。

「選手がやりやすいような環境を作るのが監督の一番の仕事だよ。俺がいてやりにくくなるんだったら、自分から身を引く」

踵を返し、ロッカールームを出る。廊下に出ても、重苦しい雰囲気が体中にまとわりつくようだった。

ぼうっとしたまま車を走らせる。この辺りは交通量も信号も少ないので、ついスピードが上がってしまう。こんなところで交通違反をしたら馬鹿馬鹿しいぞ、と自分を戒め、アクセルにこめる力を少しだけ抜く。多摩川を越える辺りで短い渋滞に引っかかり、そこで初めて考える余裕ができた。

抜け出してしまって正解だったのか……やはり、ミーティングでしっかり話すのも監督の仕事なのではないか。しかし今日のあの雰囲気では、何を言っても聞き入れてもらえないだろう。だったら選手だけで話し合った方がいい。俺の悪口で終わるかもしれないが。

あいつらはどうして、ここまで同じスタイルに固執するのだろう。自分より力のある相手とぶつかった時、必ず打ち破られるという当たり前のことが分からないのか。もしかしたら進藤は、力が上の相手さえ、気持ちで打ち破れと檄《げき》を飛ばしていたのかもしれない。言葉の力で……それも一つの方法。しかし、フォワード八人とハーフ団の二人だけで試合を進めるテンマンラグビーに進藤が疑問を抱いていたことを、七瀬は知っている。

彼の理想は世田谷第一のラグビーにあった。それも、変身後の。

世田谷第一はそもそも、花園へ行けるだけの実力を持っていなかったと思う。そう、フォワードの重さやバックスのスピードなど、物理的に計測できる面では、決して「強豪」「優勝候補」などとは言えないレベルだった。専門誌などは、大会前に「有力校」と評していたが、それは超高校レベルのスタンドオフ、田原がいたためである。「もしかしたら番狂わせを見せてくれるかもしれない」という期待をこめての「有力校」だったのではないだろうか。天才的なスタンドオフを軸にチームを組み立てる──今の城陽と同じだ。ただし城陽には強力フォワードというベースがあり、それと進藤の能力が相まって、高いレベルのチームに仕上がっている。世田谷第一では、フォワードは田原を十分にもり立ててやれなかった。

それに同じ「天才」といっても、田原と進藤はまったくタイプが違う。田原は奔放なアドリブを得意とするジャズプレイヤー。対する進藤は、一糸乱れぬ演奏を要求するオーケストラの指揮者だ。しかし監督は田原に指揮者の役割を、俺たちにはそれに従う演奏者の役割を期待した。

結局俺たちは、都大会の途中で変身を遂げ、それが対戦チームを惑わせる結果になった。常識に囚《とら》われないプレイの数々は、基本的なプレイを重視する強豪を面食らわせたはずである。バックスの複雑なサインプレイ。思い切ったゴロパントの多用。できるだけ密集を作らない展開。フォワード、バックス一体となったラン攻撃。身体的なマイナス面をカバーするための奇策だったが、それは短い時間に、必然的に自由奔放なラグビーのスタイルに昇華した。それを何より楽しんでいたのは田原だった。そしてあの男は、楽しむことで自分のレベルを一段階上げることができた。

「要するに、勝つためにいろいろ考えた俺のラグビーは間違ってたんだな」試合の主導権を選手たちに譲り渡した後、進藤は寂しそうに零した。決して後悔している様子ではなかったが。だいたい七瀬たちに言わせれば、こういうランニングラグビーの情報を与えてくれたのは進藤本人である。いつも見ていたビデオ。高校生は単純だ。「カッコいい」と思ったプレイを自分でもやってみたいと願うのは当然である。そうしなかったのは、進藤のチーム作り、戦術を疑っていなかったからに他ならない。監督のやることに間違いなどない、と確信していた。

今考えると、進藤自身にも迷いがあったのではないかと思う。スクラムと密集で確実に勝てるフォワード。堅実にボールをつなぐバックス。基本のレベルをどこまでも磨き上げ、いわば正攻法で強いチームを作りたいと願う反面、それとまったく相反するような外国チームの試合を見せていたのは何故だろう。彼自身、理想とするチームの姿と、実際のチーム強化との間に乖離《かいり》を感じていたからではないか。夢を捨てたわけではないが、とにかく目の前の敵を叩かなくてはならないという、強迫観念のような気持ちがあったはずだ。

変身を遂げた後、試合が終わる度に——つまり勝ち上がる度に、進藤はいつも笑っていた。城陽の監督とコーチとして再会した時よりもずっと若々しく、瘦せた顔つきで。七瀬は、勝って進藤に迎えてもらう瞬間が好きだった。あの顔を見るために試合でも頑張れた。

進藤は、城陽大の監督就任に際し、フォワードを中心にしたやり方を押し進めるしかないと判断したのだ。それは分かっている。彼の愚痴は、コーチに就任してからの数か月間に何度も聞かされた。高校・大学レベルでは、確かにフォワードが強ければ勝てる。ただ勝つためだけのラグビー……彼がこの十五年間であれだけ太ったのも、ストレスのためではないだろうか。

勝利よりも大事なものがあるのもラグビーなのに。

家に帰って、食事もそこそこに自室に引っこんだ。床に寝転がってごろごろしているうちに、まだ降り続く雨の音が、ふいに気になり始める。ラグビーは、他のスポーツよりも偶然性——特に天気に左右される場面が多い。滅多なことでは中止にならないので、雪の中での試合も珍しくはない。雪や雨での試合運びの常道……キックを多用し、密集戦で勝負する。それはまさに城陽のラグビーなのだが、今日は通用しなかった。東西大のフォワードは、夏合宿とリーグ戦前半を経て、完全に生まれ変わっていた。スピードでは劣るかもしれないが、重さでは城陽をはるかに上回り、タフさでは互角。連中は面食らっただろう。自分より強い相手と滅多にぶつからないのが、城陽の悲劇とも言える。敗北は時に最大の教訓になるのだが、彼らはそれをほとんど味わうことなく、この四年間を過ごしてきた。大学選手権では優勝できなかったが、それはさほどの痛手になっていなかったのではないだろうか。とにかくリーグで勝ち続けていたのは間違いないのだから。

携帯電話が鳴り出した。また武井か。今日の試合も、雨に濡れながら七瀬から少し離れた場所で観ていた。その辺りに固まっていたOBたちから、時折厳しい視線が飛んでくるのは十分意識していた。どうやって逃れるか……「勝ったんですよ」と進藤のような台詞で誤魔化せるだろうか。

「谷内《たにうち》です」今日の先発メンバーを外れた秦と去年からコンビを組んでいるセンターの選手だ。

「どうした？　ミーティングは終わったのか」

「ええ」

「で？」

七瀬は身構えた。気の合うコンビを無理矢理引き剝がされ、斉藤と組まされた文句でも言うつもりなのだろう。あるいはフィフティーンを代表して、抗議でもするつもりなのか。

「今日の話なんですけど……」

「何だっけ」七瀬は腹筋を使って上体を起こし、胡坐をかいた。「珍しくいろいろ話したから、どの話か分からないな」

「ハーフタイムの時の……もっとバックスに回せっていう話ですよ」

「君も俺の言い分が気に食わないのか」

「いや」一瞬言葉を切ったのは、決意を固める時間が必要だったからかもしれない。

「俺もその方がいいと思います」

「ほう」鼓動が高鳴るのを感じながら、七瀬はわざと冷静な声を出した。「だったらどうしてずっと黙ってたんだ？　言いたいことがあるなら言えばいいじゃないか。城陽は昔のソ連じゃないんだから。自由に意見を言っても粛清《しゅくせい》はされないよ」

「俺は勝つために城陽に入ったんです。進藤監督の下でラグビーをやるのも夢でしいきなり身の上話か。これは長くなるぞと覚悟しながら、七瀬は傍らのペットボトた」

ルを引き寄せた。生温くなったミネラルウォーターを一口含み、ゆっくりと飲み下す。

「進藤監督は人望があったし、勝たせてくれる監督だったからな」

「ええ。でも、外から試合を観てるのと、自分がやるのとでは全然違いました」

「あまりにもボールを回してもらえなくて、困ったと」

「……そういうことです」

七瀬はふっと気が緩むのを感じた。ああ、俺の読みは間違っていなかった。ああいうラグビーに不満を持つ人間は当然いるだろう。勝つためにそれを表に出さないだけで、心の底ではまったく別のことを考えているはずだ。もっとボールを回せ、俺に寄越せ、と。才能の大きさとエゴは比例する。高校のトップレベルの選手が集まっている城陽だから、エゴの高さもトップレベルであるはずだ。「勝つため」という唯一の目的のために、進藤の教えを守って自分を押し殺していただけではないか。

可哀想《かわいそう》に。

城陽での進藤の教えを否定するわけではないが、つくづく同情する。ラグビーはもっと自由なスポーツなのだ。そして進藤自身のジレンマを思い出して、自分が迷宮の中に迷いこんでしまったような気分になった。進藤の呆れた顔を思い出す。そしてその後に続いた名台詞——「迷台詞」かもしれないが——「好きにやれよ」を。

「バックスとすれば、そういう気持ちは自然なんだろうな。フォワード一筋の俺にはイマイチ分からないけど」

「だけど監督も、回せと仰いましたよね」

「俺はランニングラグビーが好きだから、それが見たかっただけだよ。別に強制したわけじゃないから、進藤があくまでフォワード戦にこだわったのも自由だ……でもお前は、それに納得してないわけだ」

「はい」

「ミーティングでそのことは言ったのか」

「まさか」谷内が即座に否定した。「あの雰囲気で、そんなことは絶対言えませんよ。下手をしたら戦犯探しになるところだったんですから」

「誰が犠牲者になりそうだったんだ」

「……小野田」

怪我をした石立に代わって今日先発したロック。確かに、あまり試合に貢献していたとはいえない。石立が主役を張っていた空中戦ではとても彼の代わりにはならず、ラインアウトの支配率では東西大を大幅に下回ってしまった。フォワードが勝てなかった大きな理由の一つがそれである。

「そうか。それよりお前は、どうしたいんだ」

「俺は……」谷内が口ごもった。「俺はもっと普通に、バックスでいろいろなことをやってみたいだけです。監督からも言っていただけると助かるんですが」

「試合中のことは、自分たちで決めないと駄目だぜ」言いながら七瀬は、一抹《いちまつ》の寂しさを感じていた。進藤なら、何を言っても選手たちは黙って従っただろう。だが今、ごく一部を除いて、自分の言葉に耳を傾ける選手はいない。試合は選手のもの――そう自分に言い聞かせても、それだけで納得できるものではなかった。「自分たちで話し合ってみろよ。ミーティングでは好きなことを言っていいんだから。俺も何かの形でバックアップする。頭ごなしに命令するのはスタイルじゃないから、別の方法を考えるさ」

「監督、どうしてもっとガツンと言ってくれないんですか？　皆困ってますよ」

「ああ、それは進藤監督との約束だから」

「約束？　まさか、遺言とかですか」

「そんな大袈裟なものじゃない。あの人といろいろ話して、こういうことなんだろうなって俺が想像していることだ——でも、間違ってはいないと思う。その約束を守りたい」

「それと、監督がちゃんと話をしないことは関係が……」

「関係あるんだよ。ただし、その理由を俺が話しちゃ駄目なんだ」かなり際どいところまで話が進んだな、と意識する。もっともこんなことなど、実際の社会生活では話そうが話すまいがどうでもいい話である。大学ラグビーという、四年間に凝縮された特殊な世界でのみ通用する話に過ぎない。

「よく分からないんですが」

「俺は言葉の端々にヒントを滲ませてるつもりだけどね。君たちも、もっと小説を読まなくちゃ駄目だ。人間心理の細かい襞《ひだ》に詳しくならないと」

「監督——」

「とりあえず、話してくれてありがとう」七瀬は素直に礼を言った。「お前が何を考えているか分かっただけで、大きな収穫だよ。そのうちまた、時間を作ってゆっくり話そうや」

電話を切って、顔を両手で擦る。不満分子……そうかもしれない。斉藤の場合、俺は自分の言葉で心の底に眠る思いを叩き起こしてやった。しかし谷内の場合、自発的な発言である。もしかしたら、バックス陣にはこういう人間がかなり多いのかもしれない。多数派工作をしていけば……いや、駄目だ。こんなことでチームがまとまるわけがない。しかしこのままでは、一段高いチームは作れないままで空中分解するだろう。

時間がない……どうしたものか。リーグ戦は残り二試合。その後には大学選手権が控えているが、それまでの短い時間で選手たちの意識を変え、チームを変身させるのは容易ではないだろう。だがそうしないと、勝ち進めない。進藤の思いを叶えられない。選手たちは相変わらず、俺が何を考えているのか分からないだろう。あいつらにも理解できそうなのは、俺も進藤監督の教え子であり、彼のためにこのチームでラグビーをしているということだ。しかし、あいつらを納得させるための上手い言葉が見つからない。

谷内を味方に引き入れ、突破口を探すか。いや、もしかしたら今の話は、俺を混乱させるための罠かもしれない。そう考えた次の瞬間には、そんなことを考えている自分に嫌気が差してきた。

また電話が鳴った。今度こそ武井か。まったく、あのオッサンを黙らせる方法はないものだろうか——大学選手権で勝つしかないだろうな。最高の結果を出して沈黙させるぐらいしか、方法は思いつかない。

見知らぬ電話番号がディスプレイに浮かんでいた。誰だろう——訝りながら電話に出ると、予想もしない人物の声が耳に飛びこんできた。

「田村《たむら》です。天聖の田村です」

「監督」

状況を把握した瞬間、七瀬の頭は激しい混乱に陥った。ライバルチーム——母校でもある——の監督が、リーグ戦最中のこのタイミングで電話をかけてくるとは。

田村とはあまり面識がなかった。七瀬の現役時代には、仰ぎ見るような存在でしかなかったから。当時、ばりばりの日本代表スタンドオフで、キャップ数は既に三十を超えていた。母校の試合を観に来たり、パーティで顔を合わせることはあったが、親しく言葉を交わした記憶はない。当時は、どんな集まりでも彼がいる場所が上座であり、七瀬のような現役選手が気安く近づいて言葉を交わせる雰囲気ではなかったから。

五年前からは母校の監督を引き受け、城陽にとっては高く厚い壁になっている。戦績は城陽の二勝三敗。過去三年でリーグ戦は三連覇しているが、全勝優勝は一回だけだった。残る二回は天聖に苦杯を喫し、トライ数の差で何とか優勝している。

何事かと訝ったが、田村は当たり触りのない話題を持ち出すだけだった。城陽の好調ぶりを褒め、進藤の思い出話を一つ二つ披露し——自分を緊張させないためにこんな話をしているのだろう、と見当はついた。ということは、本題は重い話なのだ。

「城陽のOBで橋田《はしだ》って奴がいるだろう」唐突に田村が切り出す。

「ええ」反射的に答えたが、顔と名前が一致しない。城陽では、やはり自分は新参者なのだと強く意識した。

「会社で俺と一緒だったんだ」

「ああ、そうですね」あの橋田か。日本代表には選出されなかったが、トップリーグの一角を担う強豪チームで、長年プロップとして活躍してきた。

「その橋田が、昨日いきなり俺を訪ねて来たんだ。あいつは今、ラグビーとは直接縁が切れて普通に仕事をしてるから驚いたんだが……何の話をしたと思う?」

「想像もつきませんね」

電話の向こうで田村が息を呑む気配が伝わった。

「お前さんが、うちと接触してるんじゃないかって聞いてきた」

「それはどういう——」

「分からないかな」怒りとも苛立ちともつかない調子が田村の口調に滲む。「あいつは——あいつらは、お前さんが城陽を引っ掻き回してチームを混乱させているんじゃないかと疑ってる」

「まさか。どうして俺がそんなことをしなくちゃいけないんですか」七瀬は顔から血の気が引くのを感じた。

「母校の天聖を勝たせるために」

「馬鹿な」胃の底に重く苦い物が沈みこむのを感じた。

「いや、これは俺の想像も入ってるけどね」田村が慌てて否定した。「ただ、向こうの口ぶりを聞いてると、そうとしか思えなかったんだ」

「そうですか」七瀬は長く息を吐いた。胃の痛みが消えたわけではないが、緊張感はわずかに解れている。「田村さん、わざわざそれを俺に知らせるために電話してくれたんですか」

「何となく、釈然としなくてね」

田村は既に平静を取り戻していた。七瀬は現役時代の彼の様子——いつでも冷静沈着、相手のプレッシャーを感じさせないプレイ振り——を思い出した。この男の試合はずいぶん観戦しているが、慌てた場面を見た記憶がない。

「釈然としない、ですか」返す言葉が見つからず、七瀬は相手の台詞を繰り返した。

「何というか……あり得ない話だろう?」一転して田村の口調には笑いが混じってい

た。「だいたいお前さんは、最近うちに顔を出したか?」

「いえ」思い出してみる。最後に母校に行ったのは何年前だったか……思い出せないほど昔だ。OB会には顔を出すことがあるが、それも毎年というわけではない。現役を引退してからはあまり接触がない、という結論に達した。もうプレイしない人間は、後輩たちのプレイに関してあれこれ論評したりからかったりする権利がないと、個人的に考えていたのを思い出す。スタンドで応援し、できる範囲で金を出す。それがOBというものではないだろうか……武井と違って。

「俺に隠れて、うちのスタッフや選手と接触してたか?」

「まさか。だいたい、そんな暇もありませんよ」

「だろうな」田村が一瞬口を閉ざす。「こういうことは、シーズン中に言うべきじゃないんだろうが、今年の城陽はどこかおかしいね」

「そうですか?」

「監督が代わればチームも変わるってことなんだろうが……それを疎ましく思う人間もいるんだよ。何事にも口出ししてくる人間がね。毎日練習したり、それを指導する人間以外には、チームの事情に首を突っこむ権利はないと思うけど」

「OBのことですか」

「まあ……そういうことだ」

田村も大分悩まされているのだろう、と七瀬は同情を覚えた。生え抜きの「超」がつくエリートで、毎年結果を出しているにもかかわらず、OBからあれこれ突《つつ》かれているであろうことは容易に想像できる。

「とにかくだ、俺は裏で愚図愚図言ったり、変に気を回して調べたりする連中は好きじゃない。お互いいい状態で試合するためには、君も身辺に気をつけた方がいいぞ」

「どういうことですか」

「何だかんだと理屈をつけて、君を外したがっている人間もいるみたいだよ……余計な忠告かもしれないけど」

余計ではない。相手が誰かも分かっている。

しかし、そういうことにどう対処していいのか、七瀬にはさっぱり分からなかった。ラグビー選手としてはともかく、社会人としての経験の浅さを呪《のろ》った。

9

進藤は、気配を読むのが苦手ではない。

空気が微妙に変わったのは分かっていた。東西大戦以降、チーム内の緊張感が高まっている。それも、下手な試合で負けた責任を押しつけ合うようなレベルの低いものではなく、もっと根源的な問題だ。練習の最中や食事の後、バックスの連中が二人、三人と集まって小声で会話を交わしている姿が目につく。プレイの手順を確認している様子でもなく、誰かの噂話に花を咲かせている感じでもなく、ましてや大学の講義の話題でもない。時折自分の方にちらちらと視線が向くのが気になっていた。

言いたいことがあるなら言え——そう告げるのは簡単なのだが、そんなことをすれば、チーム内がますますぎくしゃくしてしまうのは目に見えている。どうしたものか……次の試合まで十日。打開策を見出せないまま、進藤はひとまず自分のプレイの精度を上げることに専念した。フォワードは、石立が抜けて一気に弱体化した空中戦を補強するために、ラインアウトの練習を集中的に行っている。バックスはディフェンス中心だ。対戦相手のバックスを一撃必殺で倒してこそ、フォワードの力が生きてくる。

今日もいつも通りの練習だな、と思いながら進藤は学食に入った。昼間はできるだけ、ラグビー部の連中とつるまないようにしている。四六時中顔を突き合わせていては、疲れてしまうのだ。それに最近は、何かと身辺が忙しない。就職——来年の四月から所属するチーム——は決まっていたが、とにかく卒業しないと全てが無駄になる。四年生になってからは、残っている単位の取得と卒論の準備に本腰を入れていた。ラグビー以外の時間は、全て勉強に費やしているといってもいいだろう。図書館にこもる時間も、自然に長くなっている。勉強するには、学食も格好の場所だった。時分時《じぶんどき》を外せば、部室代わりに使っているサークルの連中がいるぐらいで、大抵は静かなのだ。その気になれば、そういう連中の雑音ぐらい、意識してシャットアウトできる。

しかし今日は一人の時間を邪魔された。決して不快な邪魔ではなかったが。

「いいか？」

「ああ」顔を上げ、小さな笑みを浮かべる。高校時代のチームメイト、花田《はなだ》。ひょろりとした体型、長い手足は、ラグビー選手には見えない。三年間、ずっとリザーブ暮らし。それでも腐ることなく、花園の最後の試合までずっと、チームに献身的に尽くしてくれた。理由は一つ——この男は選手である前に筋金入りのラグビーファンなのだ。もちろん、城陽に進んでラグビー部に入ろうとするほど無謀ではなかったが。レギュラーを狙うどころか、大学レベルでは接触プレイで大怪我を負いかねない。しかしラグビー好きには変わりなく、城陽の試合はほとんど追いかけていた。夏の合宿を見学することさえある。

「この前の試合は危なかったな」

「よせよ」進藤は肩をすくめた。「忘れかけてたのに」

「忘れたら、同じことを繰り返すぜ」

「それほど馬鹿じゃないよ」

「そうか」花田が紙コップのコーヒーを一口飲んだ。「耳の痛い話、いいかな」

「ああ」

元チームメイト。大学レベルではプレイできなかった男。しかしこの男の「観戦眼」は確かで、進藤も全幅の信頼を置いていた。大学に入って最初の年、進藤が右足を負傷していることを――誰にも言っていなかったのに――見抜いたほどなのだ。もちろん、試合の度に感想を聞くほどではないが、話す機会があれば素直に耳を傾けることにしている。

「何で意固地になってるんだ」

「何が」

「この前の試合。いつもよりもフォワードにこだわり過ぎてた」

「普通だよ。あれがうちのスタイルだから」どうしてこいつは七瀬と同じようなことを言ってるのだろう、と進藤は訝った。

「それは分からないでもないけど」花田が頭の後ろで手を組み、背中を思い切り反らした。トレーナーの胸に描かれた大学のロゴが不自然に歪む。「ああいう膠着状態だったら、他の手を試してもよかったんじゃないかな」

「東西大は叩き潰さなくちゃいけない相手だから。あの試合で、うちのフォワードがリーグで一番強いことを証明する必要があった。力には力だよ」

「それは大事なことだよな。他のチームに与える印象も違ってくるから。でも、負けたら何にもならないじゃないか」

「勝ったんだぜ」

「結果的にはな。お前一人におんぶに抱っこだった。それでいいのか？」

「何が言いたいんだよ」今日の花田はいつにも増して遠慮がない、と進藤は思った。

「それが、自分でも分からないんだ」花田が器用に肩をすくめた。「ただ、何となくお前が窮屈そうに見えるんだよな。ちょっとお前らしくなくなってるというか」

「俺は俺だぜ……それより、何か気づいてるならはっきり言ってくれよ」

「上手く言葉にできないんだ。悪いけど。違和感みたいなものって言ったらいいのかな。チームの一体感みたいなものも感じられないし」

例によってスタンドで観ていたであろうこいつの目からでも分かったのか？　逆に

俺は、試合中は気づかなかった。それだけ勝つために必死だったということかもしれないが……花田の一言は、進藤がまとう強気のマントに裂け目を入れた。

「ばらばらだった?」自分の発した言葉が自分を傷つける。

「皆別々のことを考えてるみたいでさ。城陽らしい鉄の意思と結束は、どこへ行ったのかね」

鉄の意思——親父の口癖だった。一つの目標に対して、何を犠牲にしても達成するという強固な想い。それを全員が共有することで、チームは強くなる。

「何かあったのか?」花田が心配そうに目を細める。

「お前の目から見てどうだった? 抽象的な話じゃなくて」

「フォワードの状態はベストじゃないよな。石立が怪我してるから仕方ないけど、東西大には、あのメンバーじゃ辛かっただろう」

「小野田は、あの時点ではベストの選択だった」

「それがまた、一つの問題点かもしれない」

「どういう意味だ?」

進藤は身を乗り出した。気づかぬうちに怖い顔になってしまったのか、花田が椅子に背を押しつける。人差し指で顎を掻きながら、言葉を探した。

「……城陽のメンバーって、基本的にずっと代わらないよな。怪我でもない限り、レギュラーメンバーを代えない。この四年間は、特にそういう傾向が強いんだ。まず、お前」花田が進藤を指差した。「お前は一年からずっと出てる。ロックのコンビの林田と石立も、二年生からずっと一緒だ。フッカーの海老沢もそうだよな。センターのコンビも去年から固定されてる」

「だから?」少し苛立ちを覚え、進藤は拳をテーブルに軽く打ちつけた。

「レギュラーと控えの差が大き過ぎる。実力もそうだけど、試合に出てないんじゃ、経験の差は開くばかりだ」

「レギュラーを固定するメリットは大きいんだぜ。一々詳しく説明しなくても、意思の疎通ができる。試合中は一々話し合いをしている暇はないから、一言だけで作戦を理解してもらえるのは大きい」

「でも、今回みたいに怪我人が出ると、途端にチーム全体の力が落ちる」

「そこは皆でカバーするしかないんだよ。他には?」

「おいおい、これじゃコンサルタント料をもらわないと」花田が苦笑した。「監督もやりにくいだろうな、こういう状況じゃ」

「関係ないだろう」

「いや、俺は七瀬さんに同情するね。今年コーチに就任したばかりで、シーズンが始まった途端に監督が亡くなって、指揮を執らざるを得なくなった。何かとやりにくいはずだぜ。自分のカラーとか、出せないんじゃないか」

「監督は関係ない。プレイするのは俺たちなんだから。それに、あの人にはカラーらしいカラーなんかないよ」

「確かに、ラグビーの監督は他のスポーツの監督とは違うけどさ」花田が頬を掻いた。

「監督の考えがチームの方針を決めるのは同じじゃないか」

「試合は俺たちのものだ」

「お前、親父さんに対してもそういう気持ちでいたのか」

一瞬、二人の間に冷たい空気が流れた。どこからか流れてくる煙草の煙が煩わしい。

進藤は無意識のうちに、顔の前で手を振った。臭いは消えず、苛立ちだけが募る。

「何か、話がずれてないか」

「そうかな」邪気のない表情のまま、花田が首を振る。「監督は監督。誰でも同じだろう。それとも、お前の親父さんは特別なのか」

「そういうわけじゃないけど……それよりお前こそ、七瀬さんに何か特別な気持ちでも持ってるのか」

「新人監督にはいつでも注目してるからね。ま、俺みたいな素人が何を言っても意味はないんだけど……あと二試合、頑張ってくれよ。必ず応援に行くから」

「ああ」

うなずくと、花田がさほど未練を見せずに立ち上がった。遠慮なく近づいてくるが、引く時はあっさり引く——つき合いやすい相手だった。今回もそれで助かった。もう少し七瀬の話が続いていたら、本気で頭に血が昇っていたかもしれない。

急に静かになった。いつの間にか煙草の臭いは消えており、いつものソースと醬油の匂いが取って代わっている。卒論の参考文献にしようと持ってきた本を広げ、マーカーを手にする。マーカーで塗ったからといって頭に入るわけでもないのだが、これは高校時代からの癖だ。

今日は特に、本の内容が頭を素通りしてしまう。卒論を書くことに何の意味があるのか。しかしこれを仕上げないと「大卒」でなくなってしまう。そこにこだわる意味があるのかどうか……余計なことを考えず、事務的に取り組もう。俺には他に、本気で考えなくてはいけないことがたくさんあるのだから。

体に覚えこませる、ということもある。疲労が極限に達するまで練習を反復することで、いつの間にか、考えずとも体が反応するようになる、というやつだ。それが科学的に正しいかどうか分からないが、そういう練習方法を好む選手は多い。やりたいという選手には自由にやらせていた。ただし進藤本人は、単調な反復練習を好まない。ぎりぎりまで体を追いこむことなく、一つ一つのプレイに意識を集中させる方が身につくはずだ、と確信している。

進藤の場合、ゴールキックの練習がその象徴だった。気をつけているのは、常に同じフォーム、力で蹴ることだけ。22メートルライン上の正面からでも、タッチライン際からでも、五十メートルの距離があるハーフウェイラインからでも、必ず同じように蹴ることを心がける。近いから軽く、遠いから思い切りというように、簡単に調整が利くものではないのだ。とにかくクロスバーの上を越えればいいのだから、正確さだけを心がける。一番狙いやすい左右四十五度の位置、左右のタッチライン際、ハーフウェイライン付近、最後に22メートルライン上の正面。ゴールキックの練習はそれだけだ。その後、22メートルライン付近からドロップゴールを何回か蹴って終わりにする。プレッシャーがない状態では、外すことはほとんどなかった。

グラウンドには既に照明が入っている。午後七時。十一月も終わりに近く、吐く息はかすかに白くなっている。体が解れているので内側から熱が湧き出ているが、このままでいるとすぐに冷えてしまうだろう。とりあえずシャワーを浴びて、汗を流さないと。進藤はボールを投げ上げながら、クラブハウスに向かって歩き始めた。指先を使ってボールを押し出し、頭の高さまで上げる。肘を軽く曲げた状態でキャッチし、またすぐ投げ上げる。歩くスピードとリズムを合わせ、頭の中から余計なものを押し流した。

フォワードの連中は、まだラインアウトを合わせている。スロワーの海老沢の指先がボールを切るかすかな音。列の四番目に並んだ小野田が必死にジャンプする。手につかない。両脇をサポートする選手に流される格好になり、ボールは前へ転がった。短い叱責。引き攣る小野田の顔。次の試合でもかなり苦労するな、と進藤は覚悟した。

壮学館《そうがくかん》は、城陽を鏡に映したようなチームである。得意のパターンはキックを多用したカウンター攻撃。重くはないが上背のあるフォワードが密集を支配する。そして「魂のタックル」と恐れられる、強烈なディフェンス。相手を潰してやろうという明確な意図を持ったタックルは、怪我人を続出させる。

「ちょっといいか」

ふいに声をかけられ、歩みを止める。谷内だった。上半身を徹底的に鍛え上げているので、ジャージははちきれそうである。九十キロという実際の体重よりも、随分重そうな印象を受ける。

「何だ」

「次の試合、秦が出るんだろうか」

「分からない」

「聞いてないのか」

「ああ」

立ち止まり、体を九十度回して谷内と向き合った。彼は疑わしげに眉をひそめている。リズムを取るように足を動かし、スパイクで芝を削っていた。

「秦を出すように、お前から監督に頼んでくれないか」

「どうして」

「俺とあいつはコンビだから」

「分かってる」花田の言葉を思い出す。レギュラーと控えの力の差があり過ぎる――ずっと同じ人間とコンビを組んでいるのがいいのか悪いのか。この前は、斉藤をセンターに入れても何の効果もなかった。あいつは無理な、無駄な突っこみを何度も試みてチャンスを潰しただけではないか。斉藤に代わってウイングに入った本木の動きも、特筆すべきようなものではなかった――それが七瀬の狙いだったのか？　斉藤が早くボールを手にできるように、スタンドオフに近いセンターに入れた？　それで攻撃がちぐはぐになってしまったのだから、馬鹿馬鹿しい限りだ。あの男には、監督のセンスがないのかもしれない。

「どうも、斉藤とはリズムが合わないんだ」谷内がぼやく。

「そうか」

「頼んでくれないか」少し懇願するような口調で繰り返す。

「自分で言うっていうのは？」

「まあ、いいけど……お前はキャプテンなんだし」

「分かったよ」一つ溜息をつき、要請を受け入れる。面倒な……というより、最近は自分から七瀬に話しかけたことはない。練習が終わったばかりでまだクラブハウスにいるはずだから、捕まえて、面倒なことはさっさと済ませてしまおう。

「他に何か理由はあるか」

「ああ……秦と試してみたいことがあるんだ、壮学館戦で」

「何を」

「いや、それは俺とあいつの問題だから」

「おいおい」進藤は目を細めた。「俺とあいつって……チームの中でチームを作るつもりかよ」

「そういうわけじゃない」やけに力をこめて谷内が言った。「リーグ戦もあと二試合だからさ、やるべきことをやって、後悔しないようにしたいんだ」

「それはまあ……いいけど、試合の時にはちゃんと話してくれよ。いきなり勝手に暴走されたら困る」

「分かってるよ。キャプテンに納得してもらわないと、何もできないからな。とにかくそのためには、秦とコンビを組まなくちゃいけなんだ。よろしく頼むよ」谷内が気軽な調子で進藤の肩を叩き、ジョギングのスピードでクラブハウスに去って行った。

あいつ、いつの間にあんなに積極的に話すようになったんだろう。

谷内に対する進藤の印象を一言で言えば、「地味」だ。悪い意味ではない。自分の役割──主にディフェンスの要《かなめ》として──を知り、それを果たすために全力を尽くせる男。派手な活躍を見せるわけではないが、城陽にはなくてはならないタイプの選手だ。口数は少ない。地味な選手だからそうなのか、あまり喋らないから地味なプレイをするようになったのかは分からない。一つ言えるのは、その人間の性格はプレイスタイルに如実に現れる、ということだ。

進藤はクラブハウスの隣にある駐車場に足を運んだ。七瀬の車は……まだある。なかった方がよかったのだが、まあ、いい。面倒なことは早めに済ませてしまおう。ふと気づいて、首を傾げて肩の辺りの臭いを嗅《か》ぐ。本当はシャワーを浴びて汗の臭いを消してから会うのが礼儀だが、今日はそのまま行くことにした。少しぐらい汗の臭いを振りまいて、嫌がらせをしてもいいだろう。


「失礼します」

ノックすると同時にドアを開ける。久しぶりに入る監督室。雰囲気は……変わっている。七瀬は什器類《じゅうきるい》をそのまま残していたが、主が変われば部屋の雰囲気は微妙に変化もするのだ。この部屋を訪れる度に、妙にくすぐったい気持ちを味わったのを思い出す。父親であり、監督。いや、ここにいる限りは監督と選手という関係なのだと自分に言い聞かせていたのだが、血を否定することはできない。自分の三十年後の顔をした男と、テーブルを挟んで向き合い、練習日程や試合の問題点を話し合う時間は、何とも奇妙なものだった。

「お疲れ」ノートパソコンから視線を外さずに七瀬が言った。進藤がデスクの前まで来ると、ようやく顔を上げる。眉根を親指と人差し指で押さえ、ぎゅっと押しこむと、頬が奇妙に歪んだ。「パソコンは目が疲れるな」

「今時パソコンを使わない人はいませんよ」

「俺は使ってなかった」

「今の仕事でも？」

「こっちに来てから、あまり仕事してないからね」苦笑して大きく伸びをした。現役時代とあまり変わらない筋肉質な体のあちこちから、ばきばきという音が漏れる。巨大な両手をデスクの上に置くと、表情を消し去った。「用件は？」

「壮学館戦なんですが」

「ああ」

「斉藤はどう使うんですか」

「まだ決めてないよ」

七瀬が首を振った。話せないというわけではなく、本当に決めていないようだ、と進藤は判断した。

「あいつをウイングに戻してもらえませんか」

「そう？」

「この前先発した本木はあまり出来がよくなかったですし、谷内と秦のコンビの方が、バックスラインは有効に動きます」

「谷内か……」

秦ではないのか？　進藤は心の中で首を捻った。今俺は、斉藤の話から始めて、秦の方に話を持っていった。谷内を問題にしているわけではないのに。

「秦をセンターに戻して下さい」七瀬の意図が読めぬまま、進藤は話を引き戻した。

「あいつと谷内のコンビなら、安心して任せられます」

「検討する……ところでそれは、君個人の思いつきか？」

「いや、そういうわけじゃありませんけど」

「誰かに頼まれた？」

「まあ……そういうことです」

「分かった。じゃあ、そうしよう」

「はい？」進藤は右目だけを細くした。あまりにもあっさりし過ぎている。これまでの経緯から、話し合いは平行線を辿ると思っていたのに。

「いや、だから、君の提案通りにしよう。秦を12番に戻して、14番は斉藤。これで決まりだ。うちの本来のメンバーだな。それで次の試合は、どういう作戦でいくんだ」

「それはまだ検討中です」

「フォワードの力は、ベストの時の八割に落ちてるぞ。それでも壮学館とフォワード戦をやるつもりか」

「あそことは、いつも力勝負ですから」

「殴り合いになったら、最後にどっちが立ってるかは誰にも分からないよな。俺はそういう賭《か》けはしたくない」七瀬が肩をすくめた。

「じゃあ、どうしろって言うんですか」

「作戦は自分で考えるんだろう？　試合は君たちのものなんだろう？」

皮肉なのか？　そうとは思えない。声色、顔つき、いずれも邪気がなく、ごく自然だった。

「ええ」

「俺から言えるのは一つだけだ。もっとバックスを使ってオープン攻撃を仕かけろよ」

「それはうちのスタイルじゃないですから」

「斉藤の足を生かすには、オープン攻撃が一番効果的だぞ。うちのフォワードは日本一だけど、今年は斉藤という最高のウイングがいるんだ。一対一になったら、誰が相手でも勝てる。そのためには、バックスで振り回さないと」

「随分斉藤を買ってるんですね」

「俺は城陽の選手全員を買ってるよ。でも今は、チームとして百の力のうち八十しか出ていないと思う。もったいないよな」

「今まで通りで勝ちます」

「なあ、進藤」七瀬が背中を丸め、身を乗り出した。「俺がここに座っているのが不満か？」

「選手の立場では、そういうことは何も言えません」声を押し殺して進藤は答えた。

「俺は不安だな。監督なんてやったことがないのに、いきなり城陽みたいに強いチームを任されたら、不安になるのは当然だろう？　でも引き受けた以上、やるべきことはやりたい。進藤さんの夢も実現したい」

「七瀬さんのやるべきことって何なんですか」

「リーグ戦で勝つこと。大学選手権で優勝すること。そのためにチームの力を百パーセント——百二十パーセント引き出すこと」

そのためにあんたは何をしてるんだ——考えると腹が立つ。だが、それを口にして全面戦争を勃発《ぼっぱつ》させてしまうほど、進藤は愚かではなかった。

「とにかく、今の話は了解した。怪我人が出ない限り、センターは秦と谷内のコンビ。斉藤はウイングに戻す」

と考えながら。

「ありがとうございます」ことさら丁寧に頭を下げた。皮肉が通じているだろうか、

「いやいや、話してくれてよかったよ」七瀬が軽くうなずく。

「それでは失礼します」

「ああ――そうそう」

わざとらしく軽い声で七瀬が呼びかける。進藤はドアノブに手をかけたまま振り返った。

「谷内によろしく言ってくれ」

「それはどういう――」

「言ってくれれば分かる。俺はあいつの勇気を無条件で賞賛するよ」

何言ってるんだ。進藤は七瀬の顔を凝視した。小さな笑みが広がっているその顔からは、本音がうかがえない。まさか、この件は七瀬と谷内が組んで仕かけたとか？冗談じゃない。七瀬は、チーム内の切り崩しにかかっているのだろうか。一枚岩、鉄の意思で統一された十五人の関係に亀裂を入れ、戦力を削ごうとしているのではないか。しかし、何のために？

母校のためか。それにしてもどうして、こんなにややこしい方法をとる必要があ

る？

混乱したまま、進藤は頭を下げた。目上の人間の下を辞去する時はきちんと頭を下げる——身に染みついた習性が、今は疎ましく思える。顔を上げた時、七瀬の肘の脇にあるノートに気づいた。黒い表紙の、これは……日記だ。一年綴《つづ》りの、ビジネス用のやつ。本当にパソコンが嫌いで、手書きで日記をつけているのだろうか。しかし進藤の目は——両目とも視力は二・〇だ——表紙に銀色の文字で書かれた名前を目ざとく発見していた。

「進藤元」。親父？

監督室に置いてあるということは、プライベートなものではなく、ラグビー部に係わる公的な内容に違いない。練習の指導や試合の参考にと、七瀬が父の日記を読みこんでいても不思議はないのだが……何故か不快だった。

七瀬は進藤の気持ちの揺れにはまったく気づかない様子で、素早く頭を下げた。挨拶というわけではなく、早く出て行って欲しいという意思表示であるのはすぐに分かった。唇を引き結び、できるだけ音を立てないように気をつけながらドアを閉める。

別に日記ぐらい……そう思いながら、どうしても微妙な不快感が消せなかった。

「珍しいな、こんな時間に」

「すいません」進藤は頭を下げた。武井の車の助手席に座っているので、あまり礼儀正しいやり方とは言えないが……進藤にすれば、武井は雲の上の存在である。まだ弱かった時代の城陽で、たった一人煌《きらめ》く存在だった男であり、自分のポジションの大先輩でもある。自分がこれから目指す日本代表で輝いた男。しっかり仕事に打ちこみ、一部上場企業の役員にまで上り詰めたのも、ラガーマンの理想だ。そして何より、OB会の実質的な最高権力者である。狭い車の中に二人きりでいて、緊張しないわけがない。しかも今日は、わざわざ呼び出して来てもらったのだ――いや、呼び出したわけではない。電話をかけると、「帰るついでだから近くまで行く」と向こうが言ってくれたのだ。進藤としては、明日の昼間にでも、会社を訪ねるつもりでいたのだが。

武井の車はベンツだった。そもそも会社から帰宅するのにどうして車なのだろう。車通勤が許されているのか――いきなり本題に入る気にもなれず、進藤はその話題から切り出した。

「ああ」朗々とした武井の声が少し緩む。「実は、駅まで車で行ってるんだ。遠くてね……歩くと三十分ぐらいかかるし、バスの便も悪い。自転車っていうのも何だか格好つかなくて、駅の近くに駐車場を借りてるんだよ。何であんな山の中に家を買ったのか、今考えてもよく分からない」

「城陽のグラウンドに近かったからじゃないですか」

「さすがに家を買う時は、そういう理由では決めないさ。まあ、子どものためかな」

少子化の現代では珍しく、武井には子どもが四人もいた。都心の狭いマンションで育てるよりは、郊外の広い一軒家を選んだということだろう。それにしても、子どもが四人いて、広い家を買い、なおかつベンツに乗っている……そんなに稼ぎがいいのだろうかと進藤は思った。

寮の近くで進藤を拾った武井は、制限速度を守りながら車を走らせている。特に行き先はない。その辺のファミリーレストランでお茶でも飲んで、というつもりもないようだった。進藤としてはそれでもよかった。ベンツの乗り心地は穏やかで、地面からの突き上げもほとんど感じられない。

「七瀬さんのことがよく分からないんです」

「それは俺も同じだ」

慌てて横を向く。少し銀が混じった豊かな髪が揺れている。ハンドルをリズミカルに叩く指先に、苛立ちが現れていた。

「チームの運営、先発メンバーの選び方、試合中に何も言わないこと……今までとあまりにも違い過ぎます。それに、バックスの攻めにこだわってるのに、それをはっきり指示しないんです」進藤は無意識のうちにぶちまけていた。

「城陽のラグビーをぶち壊したいのかもしれないな、彼は」

いきなり衝撃的な言葉を聞かされ、進藤は唾《つば》を呑んだ。ぶち壊す……今まで積み重ねてきたことの廃棄。そんなことをして何になるのか。

「功名心かな」

「手柄が欲しいということですか」

「そう。監督就任は青天《せいてん》の霹靂《へきれき》だったかもしれないけど、なってしまえば勝ちたいと思うだろう。勝って自分の名声を高めたい、それは自然な気持ちだ」

「でも、勝つためにやっているように見えないんです」

「ああ。彼は危険だ」

さらりと、とんでもないことを言う。それで進藤は、ОＢ会の中での七瀬の評価がほぼ分かった。

「いろいろやりにくいのも確かだろう。何しろ進藤監督——君の親父さんは、七瀬君にとっても恩師だから」

「それに逆らって、逆の方向性に行こうとしているみたいです」

「そこが俺にもよく分からないんだ。七瀬君が知っている進藤ラグビーと、城陽の進藤ラグビーは別物なんだろうが」

「そう……なんですか」

「君の年じゃ知らなくて当然だけど、世田谷第一が花園に出た時は、ある意味衝撃だった」

「確か、準々決勝で負けてますよね」

「そもそも花園で優勝を狙えるようなレベルのチームじゃなかったからな。でも、それまでの試合は、間違いなく衝撃だった——でたらめ過ぎて」

「でたらめ？」

「相手キックオフで、自陣22メートルライン付近から平気で回してくる。ペナルティでは一切蹴らない。22メートルラインの正面であっても、ゴールを狙わない。バックスのラインにフォワードが混じっているのもしばしばだった。一つだけ評価できるのは、球出しが異常に速かったことだな。密集ができる前にボールを出してつないでいく、そういうやり方は徹底していた。今の主流の戦術に近い感じだった。それにしても、彼らの試合は滅茶苦茶だったよ。一試合辺りのスクラムが十回しかない、なんてことも珍しくなかった。とにかくよく走るチームだったから、相手も振り回されてスタミナを奪われたんだろうな。それとあまりにも常識外の動きをするから面食らって、知らぬ間に失点を重ねていた――世田谷第一はそういうチームだったよ。でたらめだ。今の城陽とは正反対と言ってもいいだろうな」

「どうしてそんなでたらめができたんですかね」七瀬が言っていた「フィジアン・マジック」を進藤は思い出した。

「一つは、あのチームには天才がいたからだ。田原。知ってるか」

「ええ」元高校日本代表スタンドオフ。「試合はビデオで観たことがありますけど、何ていうか、物凄く不自然な動きをする人でしたよね。糸の切れた凧《たこ》みたいっていうか、予測がつかない」

「世田谷第一の強さの源泉は彼だったんだよ。田原が予測もつかない動きをして、それでも他の十四人がしっかりついていく。だから相手は戸惑うばかりなんだ。ああいうのは、練習では身につかないのかもしれないな。田原のプレイを全部サインで決めていたとしたら、間違いなく頭がこんがらがる。あれは全部アドリブだったと思う。はっきり言えば、あのチームには田原以外にタレントはいなかった。七瀬君もそうだぜ。ただ、試合全体の流れを見て、グラウンド全部を視野に入れていたのは間違いない。だからこそ、田原の変則的な動きを生かせたんだ」

「田原さん、高校でやめちゃったんですよね」

「日本には、あいつを生かし切れるチームがなかったんだと思う。それに田原自身、ラグビーが全てというタイプじゃなかったからな。大学では勉強に打ちこんで、司法試験に合格して、今や裁判官だよ」

「あまりにも極端ですね」

「まあ……そうだろうな」武井が苦笑した。「ただ、これもイギリス流と言えないこともない。大学まではラグビー一筋で、それが終わったら今度は社会的な義務を果たすというのかね。そういうやり方が嘘臭いっていう人もいるかもしれないけど、間違ってはいないと思う。いずれにせよ、俺は田原の悪口は言いたくないな。いつ彼のお世話になるか、分からないんだから」

「ええ」

「話がずれたな。とにかく七瀬君の頭には、世田谷第一でやっていた頃の自由なラグビーが理想としてあるのかもしれない。それを城陽でも実現したいと思ってるんじゃないかな。ただ、ああいうのはあくまで変則的だ。強さを長く保つチームは、あくまで正攻法でいくもんだ――今年の城陽みたいに。七瀬君は、いずれこのチームを自分好みの色に変身させるために、今から種を撒いてるのかもしれない」

「それが、我々には迷惑なんですよ」

「どうして」

「これまでの戦術の否定が多いんです。押しつけてくるわけじゃないけど……こっちに考えさせようとしてるようなんですけど、考えないのが馬鹿、みたいな言い方をするんですよね」実際は進藤がそう感じていただけで、七瀬の言い方はあくまで控え目な「提案」に過ぎなかった。しかし武井を前にすると、つい言葉が大袈裟になってしまう。

「そういう話は聞いてるよ」

武井が一瞬窓を開けた。寒風が吹きこみ、長袖のTシャツの上にグラウンドコートを羽織っただけの進藤は軽く身震いをした。空気を入れ替えたつもりなのか、武井はすぐに窓を閉める。

「今年の様子を見て……だけど、来年は別の人を持ってこようという意見もある」

「来年じゃなくてもいいんじゃないですか。今すぐ監督が代わっても、俺たちは別に困りませんよ。俺たちには進藤監督のラグビーがあるんだから。それを守れば、必ず勝てます」言ってから、「しまった」と思った。言い過ぎだ。選手の分際で監督の人事に口を出すなど——。

「君の言う通りだと思う。うちには君がいるからな。俺も四十年ラグビーに係わってきたけど、君ほどのキャプテンシーを持った人間はいなかった。これからトップリーグでも日本代表でも、君のキャプテンシーは大事な武器になるよ……実はOB会の中には、シーズン途中でも七瀬君に辞めてもらおうかという声も出ているんだ」

まさか、自分が言ったことが本当に検討されているとは。OB会が人事などにおいて非常に強い力を持っているのは進藤も知っている。これまでは父が「抑え」になっていたのだが、今は止める人間がいない。反七瀬の急進派が多数になれば、本当に追い出されてしまうかもしれない。

「七瀬さんが何を考えてるのか、本当に分からないんです。もしかしたら、本当は勝ちたくないのかもしれない。城陽OBじゃないですからね。むしろ天聖の方に思い入れが強いんじゃないでしょうか」

「そのことなんだけどな」車が赤信号で停まった。遅い時間のせいか、他には車は見当たらない。武井が顎に拳を当て、考えこむ姿勢を取った。信号が青に変わってアクセルを踏みこみ、同時に拳を顔から離す。「俺たちも同じことを考えてたんだ。それでちょっと、天聖に探りを入れてみたんだけどな」

「どういうことですか」

「七瀬君が不自然な形で天聖に接触してきていないか、情報のやり取りをしていないか……結果はシロだったけどね」

刑事のような口ぶりに、進藤はわずかに緊張を覚えた。自分も疑っていたのだが、そこまでやるか、という思いも強い。進藤の心に芽生えた不快感には気づかぬまま、武井が続ける。

「ただし、あくまで暫定的にシロ、だ。こっちも警察じゃないんだから、調べるにしても限界はある。あくまで天聖の関係者に話を聞いた限りでは、ということだからね。向こうだって、簡単に本音を言うとは思えない。リーグ戦の最中だし、もしも本当に敗退行為があったとして、それを素直に認めるわけがないだろう。敗退行為という意識もないかもしれないが」

「敗退行為、ですか」

「ああ。チームの中を引っ掻き回して、選手の気持ちを不安定にさせて、チーム全体の力を削ぐ……結果として天聖が勝てば、それは八百長の一種と言っていいとも思う。仮に七瀬君が天聖の関係者と接触していなくても、自分の中で天聖を勝たせたいという気持ちがあって、そのためにいろいろ手を使ったとすれば……」

「どうしますか」

「証拠は掴めないだろうな」武井が小さく溜息をついた。「だけど俺は、彼の中にそういう気持ちがないとは、どうしても否定できないんだ」

10

寒さと、かすかに目を刺激する白い光で目が覚めた。くしゃみ一発。慌てて布団を引き寄せる。丸まるように意識しないと、いつでも足がはみ出して寒い思いをしてしまうのだ。しかし眩《まぶ》しい……ああ、カーテンが薄く開いているのか。街灯の灯りが、床に細長い三角形を作っている。弱々しい光のはずなのに、やけに明るく感じられた。布団を跳《は》ね除《の》け、カーテンをきっちり閉める。閉めた瞬間に何かが気になり、再び細く開けた。誰かいる……わけがない。午前四時の路上は閑散として、冷たい風がアスファルトの上を渡っていくだけだった。顔を思い切り擦る。寒さで目が覚めたはずだったのに、かすかに汗ばんでいた。神経質になっているのだろうか。それも仕方ないと思う。明日――いや、もう今日か――は大一番だ。秩父宮での壮学館との一戦は、間違いなく今年のリーグ戦の行方を占う試合になる。

壮学館はここまで、天聖に負けただけで一敗をキープしている。城陽と天聖は全勝。

ここからは、三チームによる星の潰し合いだ。壮学館の最終戦の相手は東西大で、十分勝ち星を計算できる。一敗のままリーグ戦を終えるためにも、城陽にはどうしても勝っておきたいだろう。仮に三チームが一敗で並ぶと、最終的な順位を決めるのはトライ数である。まだ全日程を終えていないので何とも言えないが、壮学館はリーグ戦の前半でトライを荒稼ぎしているので、今のところは有利な立場にある。城陽にすればば、壮学館を倒せば今後の展開がぐっと楽になるのだが……簡単には勝たせてくれないはずだ。同じようなスタイルを持った二つのチーム同士の戦いは、間違いなく力と力――あるいは魂と魂のぶつかり合いになる。一瞬でも気を抜いた方の負けだ。

こんな時間に起きても仕方がない。とにかくもう少し寝ておかないと。目がしょぼしょぼした状態でスタンドには行きたくなかった。せめてしっかり目を開き、プレイを見届けたい。

布団に潜りこんだが、やはり目が冴えてしまった。俺は疑われている――その思いが膨れ上がり、不安が心を浸していく。もちろん天聖の関係者と話をすることなどないし、城陽の優勝を心から願っているのだが、色眼鏡で俺を見る人間がいるのも理解できる。基本的にスポーツ選手は嫉妬《しっと》深く、疑り深いのだ。一度思いこんでしまうと、間違った方向に一直線、ということにもなりかねない。それで俺はどうなるか……解任、という線はあるだろうな。そしてコーチ陣の中から誰かを——条件は第一に城陽OB——昇格させて、チームを再始動させる。

要するに俺は、今シーズンだけのつなぎの存在なのだ。チームを把握する間もなく、進藤の夢を叶えることもできず、将来の城陽ラグビー部史の中では、半ページも割り当てられないだろう。

そういう状況は分かっているのに、今後もこのチームでやってみたいという気持ちが次第に大きくなってきていた。監督を引き受けた時には、進藤の後を継いでやれるのか、という不安の方が大きかったが、今は違う。来年以降も任せられるなら、自分の思うように城陽を作り変えられる自信もあった。

だが、駄目なら仕方がない。

諦めの良さは、自分の長所でもあり短所でもあると分かっていた。無駄だと決断すればすぐに引き、次の一手を考える柔軟性があるとも言えるのだが、単に粘りがないだけかもしれない。この粘りのなさが、選手として大成できなかった理由だと分かっていた。監督としてはどうなのか……粘着質の方が成功しそうな気がするのだが。

そう思いながら、自分もいつの間にか、少しずつ粘着質な人間に変わりつつある、と意識する。本来の自分の気質なら、考えていることをさっさと選手たちに告げ、それが受け入れられないと分かったらあっさり別の方法に移行するはずだ。それなのに回りくどい言い方をして、選手たちに自分の頭で考えさせようとしている。わずか数か月しかないリーグ戦の最中に、こんなことをしている暇はないのだが……押しつけられた考えやプレイでは、本質的な部分は何も変わらないのだ。

それでは楽しくない。

監督、どうなんでしょうね。

七瀬は頭の下で両手を組んだ。しっかり目を見開き、天井に進藤の顔を浮き上がらせようとする。何故かいつも思い出されるのは、彼の苦笑だった。そしてあの台詞。

「好きにやってみろよ」

ヘッドコーチに招かれて間もなく、二人だけの酒の席で、十五年前に聞いたあの言葉の意味を問うてみたことがある。進藤は苦笑しながら答えたものだった。

「だって、打つ手がなくなったんだから。それに、お前たちを俺の考えで縛りつけるのは逆効果だって気づいた。お前たち、あの試合ではがちがちになってたよな。俺の機嫌を窺って、持ち味であるのびのびした雰囲気がなくなってた。それはプレイにも現れてたよ」

だったらどうして進藤は、城陽で同じ台詞を言わなかったのだろう。大学の試合は、基本的に負けたら即敗退のトーナメントではないから？　より厳しく勝つことを要求されていたから？　実際、進藤を城陽の監督に迎えるためには、相当の金が動いたはずだ。あの人の性格から考えて、貰った金の分だけの——いや、それ以上の働きをしないと、自分で納得できなかっただろう。

でも監督、それで楽しかったんですか？　強くなること、勝つことだけが全てだったんですか？　そんなこと、ないでしょう。あなたはいつも気持ちを押し殺していたはずだ。

俺はやっぱり、あなたの気持ちを解放したい。城陽に抱いていた夢を叶えたい。亡くなってからこんなことをしても、恩返しにも何もならないけど。

気温、九度。気紛れなビル風が一瞬強く渦巻いてスタンドに叩きつける。七瀬はいつものブレザーの上に、城陽のベンチコートを羽織っていた。それでも寒さは、容赦なく足元から這い上がってくる。

「壮学館、動きがいいですね」他人事のように会田が言った。

「確かに張り切ってるな」

「うちとの試合は、いつも気合が入るんでしょうね。試合も盛り上がるし……」少し伸び上がって、会田がスタンド全体を見回した。ほぼ満員。空席は両方のゴールポスト裏だけである。会田はグラウンドに近い、低い場所を確保していた。本当はもう少し高い位置の方が、全体の動きが見えるのだが……会田の気合の表れかもしれない。仲間たちのプレイを、少しでも近くで応援しようというわけか。

実際、グラウンドは近い。秩父宮のスタンド最前列の高さは、グラウンドレベルから二メートルほどしかなく、選手が手を伸ばせば最前列の人間と握手を交わすことすらできる。しかもタッチラインまでは五メートル程度しか離れていない。ボールがスタンドに飛びこむのはしょっちゅうだし、選手同士がぶつかり合う音もはっきり聞こえてくる。

だが今日は、そういう試合の息遣いを感じ取ることはできないだろう。伝統の一戦ということで、両大学の応援団が陣取り、観客の声援が早くも満ちている。歓声が試合を支配するはずだ。

「それにしてもよく入りましたね」会田がゆっくりと尻を落ち着ける。

「ここで観てるのは寂しいな」

「そうですか？　こんなにグランドが近いのに？」

「近くても壁があるんだよ」七瀬は目の前で両手の指先を合わせ、上から下へとさっと下ろした。「見えない壁がね。サッカーの監督の方がよほどいいと思うよ。少なくともベンチで選手と一緒に戦える」

「ここから先の時間は、選手のものですからね」会田がグラウンドに向けて顎をしゃくった。

こいつを最初から味方につけておかなかったのは失敗だったな、とつくづく思う。少なくとも会話は成立する相手だし、頭の回転も速い。上手く巻きこめば、俺の意図を理解して動いてくれたかもしれない。

グラウンド上では、両チームの選手たちがキックオフのホイッスルを待ちながら、ウォームアップを続けていた。真紅のジャージ、城陽。対照的に漆黒のジャージ、壮学館。壮学館のスタンドオフ、今井《いまい》が高いパントを蹴り上げる度に、七瀬は無意識にボールを追った。キック力では、このリーグで進藤に唯一比肩できる選手。それにも増して怖いのは、タックルの名手ということだ。壮学館のタックルはボールを殺すというよりも相手を痛めつけるのが目的である。怪我させようという狙いではないのだが、体に刻みこまれた痛みは恐怖を生み出す。

トランシーバーを握り締めた。イヤフォンを耳に突っこみ、静かなノイズを感じ取る。

「芦田《あしだ》、聞こえるか？」

「OKです」ベンチに控えるマネージャーの芦田の声が、明瞭に飛びこんできた。

「今日は、控えの選手に入念にアップさせておくれ。前半から」

「前半からですか？」

「そういうこと」

「……分かりました」

指示を終え、隣に座る会田の顔を見る。今の話を聞いていたはずだが、顔色一つ変えるわけでもなかった。さらりとした口調で確認してくる。

「怪我を予想してるんですか」

「壮学館のタックルは凶器だからな」

「確かにそうですね」

会田の勘は鋭い。今俺が何を考えているかを、あっさり読み取った。だったら、普段から俺が何を考えているのか、察してくれてもいいのに。

選手たちがそれぞれの持ち場に散る。キックオフを告げるホイッスルが、地の底から湧き上がるような歓声に消された。

壮学館ボールのキックオフ。スタンドオフの今井は浅く蹴ってきた。プロップの安井がキャッチしたが、その時には既に壮学館のフォワードが間近に迫ってきていた。低い姿勢でのタックルを確実に膝に突き刺すと、安井の巨体が揺れる。何とか踏ん張ろうとしたが、耐え切れずに仰向《あおむ》けに倒された。百キロを超える大男をこうも簡単に倒すとは……すぐにはボールが出ず、密集になった。ボールはどこだ。メインスタンドの反対側なので、さすがに中の様子は詳しくは分からない。

ホイッスル。倒されながらも、安井は何とか城陽側にボールを押さえておくことに成功したようだ。マイボールのスクラム。重さではこちらがわずかに勝っているから、ファーストスクラムで一気に押しこみ、向こうの気勢を削ぎたい。

しかし安井が立ち上がらなかった。右膝を抱えこんだまま、仰向けになっている。やられたか……七瀬は一瞬腰を浮かしかけたが、安井はプロップの相棒である池上の手を借りて何とか立ち上がった。屈伸運動を繰り返し、足を引きずりながらもスクラムに入る。無事だったか。ほっとして、硬い椅子に尻を落ち着かせる。

スクラムは一発で綺麗に組まれた。だが……安井の側が押されている。スクラムが回ってしまい、レフリーは組み直しを命じた。また安井が押される。もう一度組み直し。バランスを取るために城陽のスクラム全体が下がる中、末永が素早くボールを投入した。ナンバーエイトの枡田の足元からボールが転がり出る。飛び出して来た壮学館フランカーのタックルを食らう寸前、末永は身を投げ出すようにしてボールを摑み、進藤にパスした。この男にしかできない、流れるような動き。

ボールの回転が乱れ、低い軌跡を描いた。進藤は上体を折り曲げる不自然な姿勢で何とかボールをキャッチし、襲いかかる壮学館のディフェンスを軽い身のこなしでかわした。そこから深いキックを狙う——即座に襲いくるディフェンスの第二波。進藤がキックの姿勢に入るのと、壮学館のロックがタックルに入るのが同時になった。蹴ろうとする瞬間は、どうしても軸足だけに体重がかかるから、体が不安定になる。進藤は弾き飛ばされたように倒れ、手からボールが零れた。クソ、あいつ、怪我してないだろうな。七瀬は思い切り左手を握り締めた。トランシーバー本体がぎしぎしと嫌な音を立てる。

フォローしていた今井がボールを拾い上げたが、今度は城陽のセンターコンビが二人がかりで潰しに行った。タックルを受けて押し戻され、フォワード同士の揉み合いに移行する。ボールは出ないまま、レフリーが壮学館ボールのスクラムを告げた。先ほどのプレイで、進藤が前にボールを零した、と判断したのだ。

進藤は立ち上がったが、その顔が苦痛に歪んでいるのを七瀬は素早く見て取った。

怪我してないか？　膝は大丈夫なのか？　かすかに引きずるようだったが、二、三歩歩いたところで普通の脚運びに戻る。安堵の息を吐き、椅子に背中を預けようとして、ここには背もたれがないことに気づいた。慌てて踏ん張り、転がり落ちないようにする。壮学館応援団の歓声が、風に乗って七瀬の体を包みこんだ。

「連中、今日は特に激しいですね」拳に顎を乗せた恰好で会田が言った。視線は進藤を追っている。

「そうだな。気合、入ってる」

「気合だけじゃ、あんなに鋭いタックルはできませんよ。かなり対策を練ってますね……小野田が狙われないといいんだけど」

心配はもっともだった。先発二試合目の小野田は、まだチームにしっくりと馴染んでいるとは言えない。ウィークポイントを突くのは常道だから、壮学館は当然そこを狙ってくるだろう。小野田は耐えられるか。周りがきちんとフォローしてやれるか。

七瀬は再びトランシーバーを握り締めた。自分が何もできずにここにいるだけなのが悔しい。それでも指示を飛ばすつもりはなかった。これからの八十分間はお前たちのものだ。俺には邪魔する権利はない——その意識だけは、今グラウンドで戦っている進藤と共通しているな、と皮肉に思う。

小野田が狙われる――会田の心配は現実になったが、彼の想像力には限界があった。壮学館のターゲットは小野田一人ではなかった。フォワード全体を潰そうという勢いで、激しいタックルを繰り出してくる。前半二十二分、フランカーの永川が強烈なタックルをくらって膝を傷めた。三十五分にはロックの林田が二人がかりで突進を阻まれる。横から一人が膝にタックルに入り、その直後にもう一人が正面から腰に入る。まずい――林田の体が不自然に捩れるのが、スタンドからもはっきり見えた。さすがに林田も無理に耐えようとはせず、すぐに倒れて難を逃れる。怪我は負わなかったようだが、その後からはっきりと動きが鈍くなった。空中戦では完全に競り負け、当たりも弱くなる。

フォワードが負ければ城陽は負ける。それまで7対7の同点だったのが、林田の動きが鈍った前半残り五分で、勝負どころと見たのか、壮学館がラッシュをかけてきた。ハーフウェイライン付近からのハイパント。まさに城陽が得意とするパターンで、一気に22メートルラインまで雪崩れこむ。ボールが零れたところに殺到し、数的優位でその場を支配した。モールを一気に押しこみ、サイドを突いてゲインし、ゴールライン五メートル手前まで一気に迫る。城陽のフォワードが必死に戻って防御した。

隣の会田が立ち上がって手を振っていた。

「戻れ！　戻れ！」

その声は大歓声にかき消され、選手たちに届くはずもない。七瀬はちらりとスコアボードの時計を見た。既に四十分が経過している。プレイが切れたらそこで前半終了のホイッスルが鳴るだろう。ここは何とかこらえろ。この時間帯に失点すると、後半までショックを持ち越す。耐え切れば、「何とか守り切った」とプライドを保ったまま、残り四十分を戦える。

「会田、座れ」

聞こえるわけもない。七瀬は会田の袖を引き、無理矢理座らせた。会田が不満そうに唇を尖らせる。

「いいから座って見てろ」七瀬は膝に両手をついて、ぐっと身を乗り出した。前の方の特等席に陣取った観客が立ち上がっているので、人の隙間を縫うように体を捩りながら。

ゴールライン付近での攻防になっていた。壮学館のフォワードは全員が密集に参加し、ほとんどスクラムのような陣形になって押しこんでいる。じりじりと、それこそ一センチずつ前進しながらゴールラインを目指す。誰がボールを持っているかは見えない。既にインゴールに入っているのか……耐えろ。潰されたら、そこでトライを奪われる。

密集の脇でサイドアタックを警戒していた進藤が、自ら参加して押し返そうとする。ほとんど影響がない。逆に壮学館のバックスが二人、後ろから助走をつけて密集に突入し、押しこんだ。それでさらに密集が前進する。密集に参加しているほとんどの選手が、既に城陽のインゴールに入っていた。

壮学館は密集を潰さず、最後はボールを出した。スクラムハーフが脇を抜けてゴールラインを割ろうとする。密集から抜け出した進藤が下から突き上げるようにタックルして、スクラムハーフの体が浮いた。押し戻すか——だが壮学館のフォワードが二人、後ろから強引に押しこんだ。四人が同時に地面に倒れこんだが、スクラムハーフの左手が伸びてボールをしっかりインゴールにつけているのが、七瀬にも見えた。

長いホイッスル。レフリーの右手が天を指すように上がる。壮学館の応援団が陣取る一角が急に揺れた。そこだけが盛り上がり、勝鬨《かちどき》の声が風に乗ってメインスタンドにまで押し寄せてくる。

クソ。痛い。力負けした時、衝撃は計り知れないのだ。立ち直れるのか？　あと四十分戦えるか？

いつの間にか、トランシーバーは汗でぐっしょり濡れていた。

「当たり負けるな！」進藤が檄を飛ばす。狭いロッカールームの中は、熱気と汗で湿度が上がっている。今日はそれに消炎剤の臭いが混じって、これこそ戦いの空気という雰囲気が充満していた。

「いいか」進藤が拳で壁を殴りつけた。「やられっぱなしでいいのか？　力負けして、それで終わるつもりなのか。城陽のラグビーを見せてやれ。フォワード、今までの練習を無駄にするな！」

「オウ！」

一斉に声が上がったが、いつもの力強さはない。七瀬は壁に背中をつけたまま、腕組みをした。焦り。敗北感。しかし炎は消えていない。灰の中でかすかに赤い火が見えている。それを高々と燃やすことはできるのか。進藤、ここは腕の見せ所だよ。親父さん譲りの名演説で、選手たちを立ち直らせることができるかどうか。

進藤監督の檄か……いろいろ言われたが、思い出すのはやはりあの無責任な一言、「好きにやってみろよ」だ。あれは果たして「檄」と言えるのだろうか。それでもあの一言は、世田谷第一の選手たちには、どんな激しい言葉よりも効いた。縛られていたロープが自然に解け、足かせが消えてなくなり、俺たちは翼を手に入れたのだ。

お前たちも飛べ。

しかし進藤は、この状況になってもなお、自分たちのラグビーを突き進めようとしていた。七瀬から見れば、自ら手足を縛るようなものなのに。

「壮学館ごときに負けるわけにはいかない。ここで負けたら、俺たちの今シーズンは終わりだ。まだ十分巻き返せる。後半一発目のコンタクトプレイが勝負だ。いいな！」

「オウ！」声は大きいが、熱のない反応。

「進藤」沈黙を守っていた谷内が声を上げた。

「何だ」息が整わない進藤が、肩を上下させながら答える。

「こっちにも回してくれ」

「フォワードで勝つ。全てはそれからだ」

「試合に勝ちたいんなら、こっちに回せ。目先が変わるだけで全然違うぞ」

「俺たちは俺たちのラグビーをやるだけだ」

「勝ちたくないのか、お前」

「フォワードで勝てる」

「冷静になれよ。勝つために何をすればいいか、本当は分かってるんだろう？　進藤監督のスタイルを貫くのもいいけど、負けたら監督も泣くぞ」

「スタイルを守って勝つんだ。それで初めて供養になる」

「いい加減にしろ、進藤」

谷内が一歩詰め寄った。互いに手が届くような距離ではないが、ロッカールームを瞬時に冷たい緊張感が支配した。すかさず末永が二人の間に割って入る。余計なことを……殴り合いでもして感情をぶつけ合った方が、その後でよほどすっきりするのだが。ハーフタイムの間に関係を修復するのは不可能か。ここは激突を止めた末永の判断を褒めよう、と七瀬は思った。しかし、どうやって巻き直させたものか。

巻き直させる？　それは俺の仕事じゃない。チームにはっきり亀裂が入った今の状態でも、進藤に全てを任せるべきなのだ。お前らは子どもじゃない。大人のラガーマンだ。だから自分たちでこの状況を打破し、勝ちに行くしかない。12対7。残り四十分。十分逆転のチャンスはある――本当に？

「いいか、城陽のラグビーを見せるぞ！」

「オウ！」

進藤は谷内を無視し、再度気合を入れた。当の谷内はぶすっとした表情を崩そうともせず、無言で進藤を睨みつけている。こいつには一声かけておくか……しかし、関の声を上げてロッカールームを出て行く選手たちの渦に巻きこまれ、七瀬は結局一言も発せないままだった。谷内と一瞬目が合う。不満そうに睨みつけてきた。どうして何も言ってくれないのか、とでも言いたそうに。

九度という気温は、ラグビーの試合にはちょうどいい。これ以上寒いとプレイが途切れた時に体が硬くなるし、もっと暑いと試合途中でスタミナが切れてしまう。この好条件を生かしているのは、壮学館の方だった。城陽のフィフティーンは全体に動きが鈍い。チームを前へ進める原動力たるフォワードのスピードが落ちているのだから、それも当然である。

会田はすっかり黙りこみ、後半が始まるとすぐに爪を噛み始めた。目つきはまだ鋭いが、明らかに弱気が全身を支配し、体が萎んでいた。このまま押し切られてしまうのでは、と恐れ始めている。

試合は、揉み合いの展開が続いていた。壮学館はほぼ城陽陣内で試合を進めているのだが、攻め切れない。城陽は本来攻めに使うべきエネルギーを全てディフェンスに回している状態だった。時折進藤がピンポイントでキックを放つが、他の選手たちがついていけない。壮学館からすれば、ひやりとする状況にすらならなかった。

後半十五分、自陣10メートルライン付近から、進藤が壮学館ディフェンスの裏にキックを蹴りこんだ。最高の位置。誰もいない場所にボールが落ち、芝の上を転々とする。追いつけば、そのままトライに持ちこめそうな状況だ。

だが、それを追うべきバックスの動きが鈍い。俊足の斉藤は追いついたが、フォローがいなかった。ボールを拾い上げた途端に相手フルバックのタックルを食らい、横向きになぎ倒される。ボールは戻っていた壮学館のウイングが楽に処理し、綺麗にタッチに蹴り出した。気紛れな風に乗ってボールは途中でぐんと伸び、城陽陣営の10メートルラインを超えてしまう。一気に攻めこむつもりが、逆に押し戻される格好になった。

進藤のプレイに焦りが見え始めた。明らかに蹴るべきではないタイミングで蹴り、壮学館に余計なチャンスを与えてしまう。プレッシャーに負けて何度かタッチキックに逃げたが、ラインアウトは壮学館が一方的に支配するばかりだ。そこを基点にさらに攻撃をしかけられ、ゲインを許してしまう。何とかタックルで断ち切っても、後から後から湧いて出てくるような連続攻撃に、防戦一方の展開になった。

両チームとも得点がないまま、後半も二十五分を過ぎた。ハーフウェイライン付近でのスクラム。小野田、林田の踏ん張りが弱く、押しこまれてしまう。末永が捨て身のダイビングパスで何とか攻撃をつないだ。進藤、ここは回すところだ。ここで回さないでどうする。しかし進藤は自らステップを切り、スクラムの脇に切りこんだ。ここからフォワードを使い、攻めていく——いつもならそれでいい。だが今日は、この手がまったく通用しないのだ。

それでも城陽フォワードは頑張り続けた。進藤が巻きこまれてできた密集を辛うじて支配し、ボールをキープする。進藤が抜け出せないままボールが出され、末永は代わってスタンドオフのポジションに入った秦にボールを送った。

回してきた。たぶん、進藤が予想していない動き。

秦が斜めに流れ、谷内とクロスした瞬間にボールを手渡す。城陽にしては珍しい、シザース——この二人、狙っていたのだな、と七瀬は想像した。事前に打ち合わせていないとできない動きだ。一瞬、壮学館のディフェンスが止まる。谷内はハンドオフでタックルを外し、——真っ直ぐ突進してきたフルバックの金井の胸にすっぽり収まる正確なパスを送る。スピードに乗った金井は壮学館のセンターに一対一の勝負を挑み、低い姿勢で当たって弾き飛ばした。一瞬足が止まったためか、再度突っこもうとはせず、するすると上がって来た斉藤にボールを渡す。

これぞ斉藤の走りだ。グラウンドに一陣の風が巻き起こるような速さ。ステップを切る必要すらなく、壮学館の二人の選手を振り切る。そのままコーナーフラッグ目指してトップスピードに乗った。スパイクがしっかり芝を噛み、足の動きがぶれて見えるような鮮烈な走り。誰にも止められない。久々の見せ場に、城陽の応援団が悲鳴のような歓声を上げる。いけるぞ――七瀬も拳を固めた。

しかし五十メートル近い独走は、壮学館の二人がかりのタックルで断ち切られた。タッチラインの外、人工芝が敷いてあるところまで弾き出された斉藤が、背中から叩きつけられる。あそこは硬いんだよな……七瀬の心配通り、斉藤はしばらく立ち上がれなかった。しかし背中を強打して息が止まっているだけのようだった。程なく立ち上がり、大きく背中を伸ばすと戦列に復帰する。それより心配なのは、グラウンドの中央付近でうずくまってしまった小野田だった。

七瀬はトランシーバーに向かって、小野田の代役を用意するよう指示した。ベンチの前を軽く走っていた二年生の外川《とがわ》が、即座にベンチコートを脱ぎ捨てる。他の選手と組んで、二度、三度と肩をぶつけ合ってからグラウンドに飛び出して行った。

壮学館ボールのラインアウト。ここは何とか頑張ってくれ――七瀬は両手をきつく握り合わせた。外川は線は細いが身長が百九十センチあり、ジャンプ力も小野田よりは上だ。ラインアウトに目を向けているうちに、七瀬は、進藤と谷内が何か言い合っているのに気づいた。今のプレイを進藤が非難しているのだろう。あそこは回すところじゃない、蹴らなくちゃ駄目だ、と。

進藤、どうしてそこまでむきになる……七瀬は溜息をついた。フルバックが参加して、斉藤のスピードを存分に生かせる最高のプレイだったじゃないか。

ラインアウトでは外川が頑張ってくれた。投げ入れられたボールを何とか指先に引っかけ、壮学館のキャッチを妨害する。ボールは宙に浮き、二度、小さく跳ね上がった。最後は何とか林田が押さえ、胸に抱き抱える。末永はすぐにボールを出させた。ゴールライン間近。進藤、回すんだ。無意識のうちに、七瀬は立ち上がって手を振っていた。

進藤は左にパスを送る振りをしてステップを切り、そのまま直進した。あの馬鹿……ディフェンスからオフェンスに一瞬で切り替わったとはいえ、こちらのバックスラインは準備ができていたのだ。回して、横幅一杯を使えば振り切れる。ここで直進的な攻撃にこだわってどうする。

いや、フォワードを使おうとしているわけではない。進藤の作戦は、自分の能力を最大限に生かすものだった。左四十五度、距離は三十メートルほど……ドロップゴールを狙ってくる。攻撃のオプションとして壮学館の頭には入っていたはずだが、一人タックルに失敗していたので微妙な間ができた。眼前でジャンプしてボールのコースを邪魔しようとする妨害をものともせず、進藤が右足を振り抜くと、ボールは低い弾道でクロスバーを超えていく。

12対10。２点差。残り時間を考えれば、十分逆転できる点差だ。それを信じて城陽応援団が盛り上がる。それと裏腹に七瀬の心は冷えていた。進藤……お前のこだわりは、いつかチームを殺すぞ。

負けても学ぶことがあった、と納得できる試合もある。その逆に、勝っても何も得るものがない試合もある。

今日は典型的な、学ぶところのない試合だった。

七瀬はノーサイドのホイッスルをスタンドで聞き、全身の力を抜いた。途端に、ベンチコートの中が蒸し風呂状態になっているのに気づく。急に暑さを感じ、どっと汗が噴き出してくる。隣では会田が脱力して、だらしなく両足を投げ出していた。

「勝ちましたね」どこか投げやりに言う。

「何とかな……だけど天聖に勝つには、こんな試合じゃ駄目だ」

「勝てますかね」

「俺は負けるとは思っていない。ただ、このままじゃ苦しいな」

「だったらどうするんですか」

「進藤が俺の言うことを聞いてくれれば、な。俺の言葉も足りないかもしれないけど」

会田が不思議そうな表情を浮かべた。会田、お前はこのチームに対する俺の思いを分かってくれるか……。

壮学館の激しいタックルで、倒れる選手が続出した。治療の時間が増え、インジャリータイムは三分。四十分が経過した後も、城陽はまだ2点のリードを許していた。ここまでか……七瀬が諦め始めた途端に、城陽が最後の力を振り絞って猛ラッシュをかけ始めた。きっかけはやはり、進藤のハイパント。敵陣22メートルライン付近に上がったパントを外川が意地でキャッチし、密集を一気に押しこんでゴールラインに迫る。壮学館も必死のディフェンスで耐えたが、城陽がひたすらフォワードで押し続けた。サイドを突き、体が浮き上がるようなタックルを受け、それでもボールを生かし続ける。ホイッスルが鳴ったらそこで試合が終わる可能性もある中、城陽は何とかプレイを切らずにボールを支配し続けた。

枡田がボールを持ち出し、密集の横を突く。フランカーの上野がフォローした。枡田は無理に当たらず、上野に柔らかいパスを通す。上野が頭から突っこみ、引きずりこまれるようなタックルで地面に脳天から落ちる。それでもボールを落とさず、浮かし続けた。密集を作らず、フォワードが細かくパスをつなぐ。

ゴールライン上でようやく動きが止まった。まずい。このまま動かないとプレイを止められる可能性がある。七瀬はトランシーバーをきつく握り締め、ひたすらボールの行方を凝視し続けた。密集の中心にいる海老沢が、自陣の方を向いてボールを保持している。いつでも出せるし、このまま押しこんでもいい。人数は五人対五人。密集の左右で、壮学館のフォワードが二人、城陽のサイド攻撃に備えていた。

バックスのラインに混じっていた安井が、密集に参加する。百キロを超える大男が突き刺さったせいで、密集が再び動き始めた。ただし、前へではなく横へ。重い塊は、一度勢いがつくと止まらない。危ない、と思った瞬間にはゴールポストに衝突し、密集が崩壊した。ボールはどこに——海老沢が抱えこんだまま、その場に座りこむ格好で地面に押さえている。ホイッスル。爆発する歓声。周囲の人間が全員同時に立ち上がり、七瀬の視界は完全に塞がれた。

ようやく視界が開けた時、進藤は既にコンバージョンのためにボールをセットし終えていた。ゴールポスト正面。あいつなら目を瞑っていても決められる。しかし進藤はあくまで慎重に、普段通りのフォームで蹴った。ボールが高々と上がって、ほぼ無人のスタンドまで飛びこむ。同時にノーサイドのホイッスル。結果的には——両チームの得点だけを見れば、ナイスゲームだった。17対12。

八十二分まで試合を支配していた壮学館は、最後の一分で死んだ。これもラグビー。一つのプレイによる得点が大きいが故に、こういう逆転劇も起きる。

さて、こんな日は何を話したらいいのか。ロッカールームが遠く感じられる。

仮にも勝ったのだから意気軒昂《いきけんこう》と盛り上がっているだろうという七瀬の想像は、ロッカールームに入った途端に打ち砕かれた。

進藤と谷内が互いの胸ぐらを摑み合い、額をぶつけんばかりに顔を近づけて怒鳴り合っている。

「——だから勝手なことをするな！　お前が試したかったのはあれなのか？」

「あそこはあれで正解だろうが。馬鹿の一つ覚えみたいに蹴るだけじゃ、勝てないんだよ」谷内が真っ直ぐ進藤の目を覗きこむ。

「何だと？」進藤の顔から血の気が引いた。

「いつもいつも同じことばかりしてるから、相手にも読み切られるんだよ。このレベルになったら、力だけで押したってどうにもならない時があるんだぜ。いい加減、気づけって」

「お前、監督に何か吹きこまれたのか」

「関係ないだろう。俺の考えだ。バックス全員の考えでもある」

「監督だな？」

「俺は何も言ってないよ」

七瀬の一言で、ロッカールームに沈黙の幕が下りた。入って来たことには誰も気づかなかったわけか……何とも存在感が薄いものだ。苦笑しながら、七瀬は部屋の奥に足を踏み入れた。

「それだけ元気があるんだったら、試合で出してくれよな」

二人がようやく離れた。谷内が捩れた襟を直し、進藤に一瞥《いちべつ》をくれる。選手たちの目は、一斉に七瀬に集まった。

「ナイスゲーム」

複数の溜息が漏れた。他に言うことがあるでしょうという、無言の非難。

「とはいえ、今日は反省点は多いな。それはもう分かってるんだろう？　戻ってビデオを観ながら確認しよう」

「監督、ここは締めてもらわないと困ります」進藤がすかさず詰め寄った。

「どうして」

「後半のバックスのプレイ。あそこから蹴らずに回したのは、うちのスタイルじゃありません」

「ええと、それは誰が決めたんだ？」

「監督です」

「進藤監督、な」七瀬は言葉を一音ずつ切るように言った。「進藤監督はもういない」

「何が言いたいんですか」

「これは君たちのチームだろうが」七瀬はさっと両手を広げた。「どうして人の言葉にこだわる？　勝てばいいんじゃないのか。そのために一番必要な手を打てばいいんじゃないのか。あの展開は見事だったと俺は思うよ」

「話になりませんね。勝ちたくないんですか、監督」

「まさか」

「天聖に勝たせたいんですか？　次は負けるかもしれませんよね。これじゃ、チームがばらばらだ。こんな風にしたのは監督なんですよ」

「進藤、キャプテンが負けるなんて言ったら、本当に負けるぞ」

七瀬は踵を返した。ドアに手をかけた時、震えているのに気づき、思わず引っこめる。天聖——俺の母校。関係を疑う声が、選手の間にまで広がっているということか。言い訳すれば、また疑いの輪が広がるだけ。自分が不可思議な泥沼にはまってしまったことを、七瀬は強く意識した。

11

クソ、気に食わない。チームは空中分解寸前だ。原因は七瀬ただ一人にある。本当に天聖に勝たせるために、俺たちに嫌がらせをしているのではないか。進藤は、一度は退けた可能性を無意識のうちにまた考え始めていることに気づいた。指示しないことで選手を不安に陥れる、そういう手もあるだろう。実際、チームの団結力は確実に失われてしまった。

自室で寝転がっていると、会田が遠慮がちに入って来た。今日は酒なしだ。

「いいかな?」

「もう入ってるじゃないか」

進藤は腹筋を使って体を起こした。頬が引き攣るように痛む。今日の試合で怪我をしたのだろうが、いつ、どんな状況でだったかさえ覚えていない。それほど強烈なぶつかり合いが続いたということだろう。足も痛い。何とか胡座をかいたが、体が横に流れてしまった。

会田が進藤の正面で胡座をかき、傍らのクッションを引き寄せた。クッション？そういえばこれは、会田が持ちこんだのだった。あまりにも殺風景で何もない部屋だというので。もっとも、使っているのは会田本人だけである。

「かなりやばいな」会田が切り出した。

「分かってる」

「締め直さないと駄目だぜ」

「とりあえず、天聖戦まで禁酒にするか」

「それは賛成だ」

重要な試合を控えた時には、全員で何かに取り組むことで気合が入る。一番簡単なのは酒断ちだ。

「それと、最終戦の前の日にあれをやるよ」

「あれか」会田が表情を引き締めてうなずいた。「二年ぶりかな」

「この前やったのは二年生の時か……」城陽伝統の儀式だが、よほどの時ではないとやらない。やってはいけない。今年はやってもおかしくない状況だ。全勝の二強による最終戦。城陽には四年連続優勝がかかっている。

「キャプテン判断でいいのか？」

「ああ。七瀬さんは、あの儀式のことは知らないと思うし」

「一応、一言言っておいた方がいいんじゃないかな」

「お前、頼むよ。何だかあの人と話すの、面倒になってきた」

「それはまずいだろう、キャプテンとして」

「正直言って、キャプテンなんか下りたくなったよ」深い溜息。

「おいおい」会田の顔に影が差す。「そんな弱気でどうするんだ」

「この状況だぜ？　やる気がなくなるのも分かってくれよ。まさか谷内が、あんなことを言い出すとは思わなかった」拳を固め、床に軽く打ちつける。

「もしかしたらずっと、不満が溜《た》まっていたのかもしれないな」谷内に同情するように、会田が言った。「バックスなら誰だって、自分が主役になりたいだろうから。自分で走ってトライを取りたい。そう考えるのは自然じゃないか？」

「そうかな」進藤は首を傾げた。トライは一連のつながりの結果でしかない。重視されるべきはプロセスだ。プロセスを守れば、結果として得点がついてくる。

「ハーフ団は、バックスとは感覚が違うのかもな」会田が首を振った。

「当たり前だ。俺の仕事はフォワードを動かすことだぜ」

「分かるけどさ、もう少し柔軟にやったらどうなんだ」今度は会田が溜息をつく。

「バックスをリードするのもスタンドオフの役目だろうが」

「お前まで、七瀬さんみたいなことを言うのかよ」進藤は目を細めて会田を睨んだ。

「そういうわけじゃないけど……一度、バックスの連中と徹底して話し合った方がいいんじゃないか。このまま連中が不満を抱えてたら、本当に試合にならないぜ。バックスだけで緊急ミーティングでも開けよ」

「そこで揉めたらどうする？　押さえ切れるかどうか……」

「それでも、やった方がいいって。最後の最後で禍根を残したくないだろう」

「禍根って……大袈裟だよ」緊張が破れ、進藤は苦笑を漏らした。

「リーグ戦最後の試合の記憶は永遠に残るぜ」会田が立ち上がった。埃《ほこり》などついているはずもないのに、手を後ろに回して両腿の裏を叩く。「ま、次の試合まではまだ間があるんだから。考えてくれよ。な？」

「分かった……なあ」

「ああ？」ドアの方を向いた会田が振り返る。

「監督、天聖のことをどう思ってるんだろうな。本当は向こうに勝たせたいんじゃないか？　お前もそう言ってただろう」

「違うと思う」

「あの人は地雷だよ。チームをがたがたにしたんだから」

「そうかな」会田が首を傾げる。「お前、話し足りないんじゃないか？　俺はスタンドで一緒の時間が多いから分かってきたよ。少なくとも七瀬さんは、城陽が負けていいなんて絶対に思ってないぜ。試合中の様子を見れば分かる。あの人には、お前が知らないことも多いんだ。俺も全部分かっているとは思わないけど、ろくに話もしないでイメージだけで決めつけていたのは失敗だったよ」


会田が帰った後、進藤は寮を出て、グラウンドに向かって歩き出した。既に真夜中近く、当然人気《ひとけ》はない。時折車が通り過ぎるだけだった。空気は肌を刺すほど冷たく、足許から寒さが這い上がって下半身を苦しめる。無意識のうちに背中が丸まってしまった。ダウンジャケットのフードをすっぽり被り、両手をポケットに突っこんで暖を取る。知らぬ間に早足になっていた。

グラウンドに隣接するクラブハウス……この時間、当然灯りは灯っていない。ポケットに突っこんだ指先に鍵が触れた。別に用事があるわけではないが……気づくと玄関の鍵を開け、中に入っていた。十畳ほどもある広い玄関。両側に並んだ靴箱には、スパイクが整然と並んでいる。バックス用のスパイクはカットが浅く、サッカーなどと同じようなスタイル。一方、フォワードの前五人が使うものは、足首までを覆う深いカットが特徴だ。この方が踏ん張りが利くし、格闘戦でも足首を守れる。汗と泥の臭い。名札がついているわけでもないのに、いつの間にか下駄箱ではスパイクの置き場所が決まっている。上級生のスパイクは、取りやすい上段の方。下級生を差別する悪しき伝統を持たない城陽としては、ここが唯一、不平等を感じさせる場所とも言える。

土足で人が出入りする場所なのに、廊下は磨き上げたように綺麗になっている。特に何を探すでもなく、更衣室、ミーティングルームと見て回った。最後に、玄関の脇にある監督室の前で足が止まる。ドアノブに手を伸ばした。当然ロックされていたが、進藤はここの鍵も持っている。勝手に入りこんでいいのか——一瞬迷ったが、次の瞬間には鍵を開けていた。

中では冷たい空気が淀《よど》んでいた。窓から街灯の灯りがかすかに射しこみ、部屋全体が薄ぼんやりと白くなっている。灯りを点けるわけにもいかず、進藤は立ったまま部屋の中を見回した。没個性的な部屋である。賞状やトロフィーの類があるわけでもなく、中小企業の社長室といった雰囲気だ。デスクやロッカー、ファイルキャビネットは地味な灰色。ソファは茶色い合皮で、腰かけると嫌な音を立てることを進藤は知っている。唯一贅沢品《ぜいたくひん》とも言えるのが四十二インチの液晶テレビで、これは一昨年「最近目が悪くなった」とぼやいた父のために導入されたものだ。デスクの正面にあり、父は試合のビデオをチェックしながら、ここで長い時間を過ごしたものである。

デスクの上の一冊のノートに気づいた。父の日記。あの人は……進藤は七瀬に対してかすかな怒りを感じた。こういうものは、きちんと保管しておかないと駄目じゃないか。誰が見るか分からないのだから。

いや、この部屋に勝手に忍びこむのは俺ぐらいか。

デスクの背後に回りこんで日記を手に取った。開いていいものかどうか……読もうとしても、この薄灯りでは字を追えないかもしれない。内容はだいたい想像がついた。記録魔の親父のことだ、練習や試合の内容について、こと細かに小さな字で書きこんでいるのだろう。明るい場所でも解読は無理かもしれない。解読——父の字を読むためには、失われた古代文字を読み解くのと同等の努力が必要だから。あまりにも悪筆なため、中学生ぐらいまで、年賀状の代筆をさせられていたことを思い出す。そんなもの、パソコンで印刷すればいいのにと愚痴を零したが、父は取り合わなかった。進藤自身は、小学生の頃からペン習字をやらされていたので、達筆ではないが非常に読みやすい字を書く。もしかしたら父は、自分の代理にしようとして習わせたのかもしれない。

ひどい話だ。それでも何となく憎めない男だったが。

だからこそ俺はこのチームを、城陽を選んだのかもしれない。あの父親なら、自然に「親子」ではなく「監督と選手」という関係を築けると思ったから。そして何より、城陽のラグビーは自分のスタイルに合っていると確信していた。スタンドオフとしての自分の才能を育てるのと同時に、怪我で苦しむ兄の手助けができるのではないか、という思いもあった。今でも進藤の中では、敬一郎の方が上である。あれほど才能に溢れた選手はいない。四年間頑張れたのは、父と程よい距離感を取れたこと、それに結局プレイを捨てた兄の分まで頑張ろうという気持ちがあったからに他ならない。

日記……こんな暗闇の中で読む必要はないか。目が疲れるだけだ。

日記をデスクに戻す。何気なく視線をファイルキャビネットに向けた途端、同じ背表紙の日記がずらりと並んでいるのが見えた。十四冊……今デスクに乗っている分を入れて十五冊。一年一冊ということは、まさに城陽における親父の全記録だ。

これをまとめて本にしたら、売れるのではないだろうか。二部に沈んでいた城陽を、短い間にリーグ戦のトップ争いができるまでに引き上げた手腕は、指導者として常に注目されてきた。こういう人物がいると、出版社がすぐに目をつけて、ビジネス書として本を書かせようとするのだが、父はそういう依頼を全て断っていた。指導に専念したいから、という単純明快な理由で。

俺がこの日記を読むことは……ないだろうな。読むまでもなく、親父の考えは完全に頭に入っているのだから。ラグビーはフォワードだ。フォワードで勝負しろ。それをコントロールするのが俺の役目。

進藤ラグビーの体現者、それが俺だ。勝つために親父の教えを信じ、今までずっと戦ってきた。それが間違いだとはどうしても思えない。なのに、今さらひっくり返そうとする奴がいる。七瀬のやり方にも納得できないし、斉藤や谷内は親父に反旗を翻《ひるがえ》した存在と言ってもいい。死んだからといって、そそくさと裏切るのはあまりにもひどいのではないか。自分が今まで、どうして栄冠を手に入れられたと思ってる。全て親父のお蔭ではないか。その恩を忘れるような奴に、このチームにいる権利はない。

壮学館戦の翌日の月曜日、練習は休みだった。週に一度の貴重な休日、しっかり休むのも選手の義務だ。昨日の試合は、城陽の選手たちに骨まで響く痛みを与え続けた。怪我人もいる。次の試合まで二週間、チーム全体を立て直すためには、どうしてもこの休みが必要だった。

進藤自身は、試合や練習に差し障るような怪我は負っていなかった。顔の傷が少しひりひりするのと、右太腿の軽い打撲程度であり、一晩経ったらプレイに支障が出るほどの痛みは残らなかった。しかしフォワード陣はひどい。小野田と林田は特にダメージが大きく、二人とも朝から病院に行っている。骨折などの大きな怪我がないことだけが救いだったが、二週間後の試合に万全の体調で臨める保証はなかった。

進藤は、今日は大学生としての一日を過ごそう、と決めていた。リーグ戦の最中だといっても、気分転換はあっていい。心地好い孤独な一日。スポーツ推薦《すいせん》で入った他の部員たちは、同じ学部に押しこめられているから、講義でも顔を合わせることが多い。そうやってノートを融通し合っているのだが……ラグビー部の中では数少ない、推薦組でない進藤は、グラウンドと寮を離れた瞬間、ラグビーと完全に離れてしまうことも多い。スポーツ推薦で入学できるだけの実績は高校時代に積み重ねてきたのだが、どうしても推薦枠のない法学部に進みたかったのだ。現役生活はいつかは終わる。

その後は一社会人として社会に貢献すべし——形骸化しているラグビースピリッツを体現する人間として、進藤は武井の背中を追いたかった。

もちろん、トップリーグに入ってプロ契約する手もあるだろうが、進藤の好みには合わなかった。もう少し頭がよければ、司法試験にでも挑戦したいぐらいである。ラグビー以外でも、自分がこの世界に生きた証《あかし》を残したかった。そう言えば、七瀬の同期の田原は裁判官になっている……。

いろいろ考えたが、卒業を控えて選択肢はおのずと一つに絞られた。父親が亡くなったのも大きい。とにかく来年の四月からは完全に自活しなければならない。いつまでも家族に面倒をかけるわけにはいかないのだ。

というわけで、とにかくまずは卒業。夕方からは、自主トレで体を解す程度の筋トレをするのが試合翌日の日課だが、その時間までは、あくまで大学生として過ごすつもりだった。相変わらずの学食。目の前に広げた参考文献。人が多く、雑音が常に耳に入ってくる。しかし進藤は、ここが嫌いではなかった。静かな図書館もいいが、こういう少し煩い場所の方が集中しやすいのだ。人目に晒されながら何かするのも、試合で緊張しないための練習になる、という考えもある。

参考書に視線を落としたまま、手探りで紙コップを掴んだ。予想していたよりも軽い。もう空か……喉は渇いたが、あまりコーヒーばかり飲んでも飽きる。今度はお茶にしようと思い、カップを握り潰して立ち上がった。学食では水とお茶はタダなのだ。

「進藤君」後ろから声をかけられ、振り向く。同じ法学部の綾瀬麻衣《あやせまい》が立っていた。何故か花田も一緒である。ああ、そういえばこの二人、サークルが一緒だったな。だけど何のサークルだったか……それすら思い出せないことに苦笑した。他の部員たちよりは学生らしい生活を送っていると自負しているのに。

「昨日の試合、凄かったね」

「観てたんだ」

「皆で応援、行ったのよ」

「ああ、どうも」

下手な挨拶をして、紙コップにお茶を注ぐ。麻衣は、参考書が広がるテーブルに目をやった。

「卒論、進んでる？」

「何とか」

「間に合いそう？」

「たぶんね。卒業できなかったらみっともないから、死ぬ気でやらないと」

「いざとなったら、麻衣に助けてもらえばいいじゃないか」花田が口を挟んだ。からかうような笑みが浮かんでいる。

「卒論の手伝いなんかしてもらうわけにはいかないよ」

「麻衣は優秀だから、大した手間じゃないよ。なあ？」

同意を求められたが、麻衣は苦笑するだけだった。「そういう意味じゃないでしょう」と花田に忠告を与える。

立ち話を続けるのも気が引けて、進藤は二人に「座ったら」と勧めた。花田が進藤の正面に陣取る。ダウンベストにデニム地のロングスカートというラフな格好の麻衣は、スカートを丁寧に腿の下にたくしこんで、花田の横に座った。重そうなトートバッグを傍らに置く。

「四月から大学院か」

「そうね。ちょっと自分に猶予を与えた感じ？」麻衣が小さく笑う。おかっぱより少し長くした髪がふわりと揺れた。

「でも、目的があって行くんだから、猶予じゃないよな」

「そうかもしれない。でも、何だかね……」

「憂鬱《ゆううつ》そうだな」

「麻衣は家庭問題で悩んでるんだよ」花田が割って入る。

「花田君」

麻衣が厳しい表情を作ったが、花田は飄々《ひょうひょう》とした調子で続けた。

「親が弁護士で、自分も弁護士になる……世襲みたいなもんだね」

「それは、自分で決めたことなのか？」進藤は訊ねた。

「どうなのかな」麻衣が髪を触った。「ここまできちゃうと、自分でもよく分からないのよ。どこで決断したのか、はっきり覚えてないし。いつの間にか既定路線になっちゃった感じだけど、嫌だったらそもそも法学部なんかに入らなければよかったんだもんね。だから、大学を受験する時には、もう弁護士になるって決めてたんだと思う」

他人事のような麻衣の態度がどことなくおかしかった。進藤の微笑に気づいたのか、麻衣が少し顔を強張らせる。

「笑うような話じゃないでしょう」

「ああ、ごめん……でも、自分のことって意外と自分で分からないんだよな」

「そうね」溜息、一つ。「法学部に入って、法科大学院に行くことになって、どう考えても、これで司法試験を受けなかったら勿体無《もったいな》いわよね。でも最近、これでいいのかなってふっと思う時があって」

「どうして」

「それこそ、自分でもよく分からないんだけど。親と同じ仕事はしたくないとか、そういうレベルの低いことを考えてるわけじゃないのよ。弁護士って、社会には必要な仕事だし、意味があると思うし。でも、もしかしたら、親が辿ったのとは別の可能性もあるんじゃないかな、なんて」麻衣が細く長い指を絡み合わせた。「順調に進んできて、今ってちょっと時間が空いてる時期でしょう？　大学院の合格発表から三か月近く経って、卒論も目処《めど》がついて、やることがないっていうか」

「贅沢な悩みだな」

「そう、人間って、時間が余ると余計なことばかり考えるのよね」麻衣がどことなく寂しげな笑みを見せた。「このまま親と同じ仕事をしていいのか、自分にはもっと合う仕事があるんじゃないかって……今さら考えても意味ないわよね」

「でも、このご時勢だぜ、仕事があるだけよしとしなくちゃ」

「あのね」麻衣が苦笑しながら訂正した。「司法試験はまだ先の話だし、受かるかどうかも分からないのよ？　それに合格しても、実際に仕事をするようになるのはもっと先でしょう。仕事があるっていう言い方は変よ。今はただの大学生なんだから」

「そうか」進藤は無意識のうちに頭を掻いた。「先の長い話だな。俺なんか、毎日追われててゆっくり考える暇もないよ」

「それが普通じゃない？　法科大学院の試験も、もっと遅かったらよかったのに。そうしたら、余計なことを考えないで、今も受験勉強していたかもしれない。その方が楽だったと思う。きっと、余計なことを考えないで済んだから」

「勉強してる方が楽っていうのも、変わってるね」

「そうかも。でも、これは本音だから」

「麻衣は俺たちとは頭の出来が違うからな。自分の一番得意なことをやってる時が一番楽なんだよ。お前にとってのラグビーみたいに」と花田。

「楽じゃないさ」

進藤は傷ついた頰を触った。まだ引き攣るようにひりひりする。それを見て、麻衣が顔をしかめた。

「怪我も大変よね」

「俺なんか、怪我してない方だけどね。それだったら、花田の方がよほど痛い目に遭ってる」

「左《ひだり》鎖骨《さこつ》骨折、右肩脱臼《だっきゅう》、膝の靭帯《じんたい》は二回やってる」

花田が指折り数え始めると、麻衣の顔が蒼くなった。ラグビー選手にとって、怪我の話は天気の話題と同じほど無難で一般的なものだが、普通の人にとっては聞かされるだけで恐怖だろう。花田は麻衣の様子に気づかないようで、平然と続けた。

「あんなに怪我しなければ、俺も今頃城陽のレギュラーで活躍してたかもしれないよなあ」

「よせよ」進藤は鼻で笑った。「まあ……そういうことにしておいてもいいけど」

「ひどいな。黙ってれば麻衣は分からないのに」

やっとその場の空気が和んだ。進藤は珍しく気が緩んだのを意識して、参考書をまとめた。

「飯でも行かないか？」

「ここで食えばいいじゃないか」花田が怪訝そうな表情を浮かべる。

「いつも学食ばかりってのも、味気ないだろう。たまには何か、外で美味いものを食べようよ」

「私はいいわよ」笑みを浮かべた麻衣が、トートバッグを引き寄せた。「暇だしね」

「仕方ない、つき合いますか」言って花田が立ち上がる。「駅まで出るか？　それとも街道の方にするか？」

「それは時間がどれだけあるかによるけど」

城陽のキャンパスはまさに山の中にあり、最寄りの駅まで坂道を上り下りして二十分はかかる。駅まで行けばそこそこ飲食店があるので、そちらなら選択肢は増える。一方駅と逆側、街道沿いにはファミリーレストランとファストフード店が何件かある程度だが、そこへは五分で辿り着ける。どこへ行っても変わらない、郊外の風景が広がっているのだが、一つだけ他の街と違うのは、やたらと古本屋が多いことだ。チェーンの店もあるが、神田辺りで店開きしていてもおかしくない、専門書を扱う個人営業の店も多い。それだけが唯一、この辺りが大学街だという証明だった。

「そんなに時間はないな」花田が腕時計をちらりと見た。

「じゃあ、街道の方にしようか。蕎麦《そば》でもどうかな」

進藤は提案した。どこか田舎から建物を移築してきたらしい古民家を使った蕎麦屋がある。いわゆる「名店」と呼ばれる店なのだが、値段が高いせいか、ここを利用する城陽の学生はほとんどいなかった。進藤も、四年間で一、二回しか行ったことがない。だが何となく今日は、あそこの古びた木の床、梁《はり》の通る高い天井、鄙《ひな》びた蕎麦の味が懐かしく思い出された。

「あそこ、高くて少ないぜ」花田が顔をしかめる。この男はバイトに追いまくられているのだが、それは贅沢をするためではなく、生活費を稼ぐためだった。食費に関しては、どうしても気を遣う。

「俺が奢ってもいいよ。今日は蕎麦を食べたい気分なんだ」

「お前の体格で蕎麦じゃ、持たないだろう」花田が鼻を鳴らした。

「今日は練習がないから、それぐらいでいいんだ。麻衣は？」

「私は構わないけど」

「それじゃ、仕方ないな」花田が盛大に溜息をついた。「おつき合いするとしますか」

三人は並んで学食を出た。城陽のキャンパスは穏やかな斜面をそのまま利用する形で作られており、やたらと階段が多い。そのシンボルとも言えるのが、正面入り口から学食のある建物や本部棟、図書館へ向かう階段だ。急峻《きゅうしゅん》ではないのだが、とにかく幅が広い。一番広いところでは五十メートルほどもあり、階段というよりは野外ステージを囲む客席のようにも見える。朝は、そこを大量の学生が同時に上って行くので少し異様な光景になるが、午後早いこの時間には人気は少ない。

今日は風も穏やかで、ダウンジャケットでは少し暑いぐらいだった。横を歩く二人の話に耳を傾けながら、進藤は先ほどの会話を突然思い出していた。「親が辿ったのとは別の可能性もあるんじゃないかな」麻衣の言葉は、やけにはっきりと耳に残っている。

それは仕事の話だろう。俺の場合はラグビーだ。全然違う。そう思っても、麻衣の言葉は箴言のように頭の中で繰り返されるのだった。

迷うことができる彼女が幸せなのか。迷わず進む——進んでいると信じているはずの俺の方が幸せなのか。


体に刻まれる痛みに偽りはない。怪我は妄想ではないのだ。進藤は、予想外に長引いている脚の痛みに苦しめられた。走れないわけではない。ただ、全力を出すのが怖かった。少しでも負荷がかかると、鈍い痛みが襲ってくる。思い切って医者にかかって、少し休養すべきなのか……しかし最終戦まであと一週間しかなく、今さら治療している時間はない。騙《だま》し騙しいくしかないだろうな、と決める。リーグ戦の終わりが近い今は、まったく健康で怪我なくプレイしている選手などほとんどいないのだから、これぐらいは我慢しないと。

「集合!」

全体練習の終わりに、進藤は声を張り上げた。このよく通る声が、自分の最大の武器ではないかとも思う。練習中だろうが、満員の秩父宮だろうが、グラウンドにいる全員の耳に必ず届く。

　六十人を超える選手が、ぞろぞろとグラウンドの中央に集まってきた。遠くに散っていた連中は全力でダッシュ。輪ができると、体から立ち上がる湯気で空気が白く揺らめいた。

　輪の外にいる七瀬に視線を向ける。七瀬は軽くうなずいて、輪の中には入ろうとしないまま声をかけた。

「怪我している人間は、あまり無理しないように。以上」

　それだけか。まあ、こういう人だから……仕方ないと思って自分が話し始めようとした瞬間、七瀬が再び口を開く。

「分かってると思うけど、次がリーグ戦最後の試合だ。体のケアをして、後悔しないように十分準備をしてくれ」

　そんなこと、言われなくても分かっている。他に言うことはないのか。呆れて、進藤は周囲を見回した。フォワードの連中は無関心にうなずくだけだったが、目の色が変わっている人間が何人かいる。斉藤。それにセンターコンビの秦と谷内。照明を浴びて目が輝いているが、それが期待なのか怒りなのかは分からなかった。この三人は最近、明らかに俺を避けている。フルバックの金井も同調しているようだ。今日辺り、ちゃんと話しておかないと。変な遺恨を残したままでは、一番大事な試合に臨めない。ミーティングを終え、早足でクラブハウスに戻ろうとする谷内を捕まえた。他の選手から引き離すために、二人でゴールポストの下まで歩いて行ったが、秦が遠巻きに様子を見ているのに気づいた。まあ、いいか。話が聞こえる距離ではない。もっとも秦は、後で谷内から事情を聴くだろうが。

進藤はゴールポストに寄りかかった。ウレタンカバーの柔らかい感触が背中に伝わる。この前の試合は、ゴールポストの存在が俺たちを助けてくれたな。あそこでポストにぶつかって密集が崩れなければ、壮学館は最後の時間帯を耐え切っていたかもしれない。

「何か?」谷内は目を合わせようとしなかった。

「お前の方こそ、俺に言いたいことがあるんじゃないか」

「言っても無駄だから」

「何だよ、それ」

湧き上がる怒りと不快感を抑えるために、腿の高さで両手を拳に握る。谷内の目がじっとそれを見下ろした。

「殴り合いならいつでも受けるぜ」谷内が皮肉っぽく唇を歪めた。

「そんなつもりじゃない」両手を開いた。掌は汗でじっとりと濡れている。

「そりゃそうだ。キャプテンが殴り合いをしたらまずいよな」

「お前、いったい何が不満なんだ？」

「普通にボールを回してもらえないこと、それだけだ。お前が蹴ったボールを追っかけてるだけじゃ、能がないだろう」

「うちのラグビーのスタイルは分かってるはずだぜ」

「お前、本当に頭が硬いな」谷内が鼻で笑った。「天聖は何でもありのチームだぜ。こっちが何をしても柔軟に対応してくるはずだ。そこを馬鹿の一つ覚えみたいに蹴ってるだけじゃ、絶対勝てないぜ」

「パワーで圧倒すればいいんだよ」

「そういうの……何か、楽しくないんだよ」

「楽しいとか楽しくないとか、そういう問題じゃないだろう。まず勝つことを考えないと」

「そうかね。勝つためだけにやってるのって、お前の好きなアマチュア精神に反するんじゃないか」

「訳が分からない」進藤は首を振った。

「分からないんじゃなくて、思考停止してるだけだろう」

「だったらお前は何を考えてるんだ」

「いろいろ」谷内が指を折り始めた。目に薄い笑みが浮かんでいる。「勝つこと、自分が目立つこと、将来につなげること、ついでに女の子にもてたい」

「邪念の塊だな」

「そういう風に考えてない奴の方がおかしいんだよ。皆、いろいろ考えて、迷いながらラグビーを続けてるんだぜ。一つの考えだけに凝り固まってたら、ファシズムじゃないか。そうじゃなけりゃ新興宗教とか」

「親父を侮辱するのか」頭が熱くなり、目の前に赤い火花が散った。

「監督のことなんか、何も言ってないだろう」谷内が目を逸らした。「お前だけなんだよ、何も見えなくなってるのは。目を開けろ」

「七瀬さんに何か言われたのか」

「言われたといえば言われたかな。自分で考えろって」

「それで考えて、目覚めたってわけか。洗脳されたんだな」

「関係ない。俺は、ただ勝つだけじゃなくて、いい勝ち方をしたいんだ」谷内が指先をいじった。「そのために何をやればいいか、ずっと考えてるよ。お前は考えてない。

お前は、進藤監督のシナリオをそのままなぞろうとしているだけで、自分の頭で考えて勝とうとしてない。進藤監督の言っていた通りにやれば勝てると思ってる」

「それじゃ、俺が馬鹿みたいじゃないか」

「馬鹿じゃないよ。考えるのを放棄してるだけだ。お前も少し考えろ……話はそれだけか？」

何か言いたい。言わなくてはならない。この男はチームにとって地雷原になりかねない——既になっているかもしれないが。しかしどうしても言葉が出てこなかった。叱責も説得も泣き落としも、この場には相応しくない気がする。

「じゃあ、な。バックスはこれから独自にミーティングするんだ。勝つためにな。いろいろ考えなくちゃいけない」

軽く手を挙げて谷内が去って行く。ずっと待っていた秦が途中で合流し、肩を並べてクラブハウスに戻って行く。何千回、何万回のパスを通したコンビ。言葉を交わさずとも、互いの頭の中が読めるのかもしれない。俺にとっては、末永がそういう相手だろうか。少し違う……機械的な関係とでも言おうか、パスに心が通っているのかどうか。

揺れているんだ。

チームも、俺も。

クラブハウスを出るのは進藤が最後になった。何をしていたわけではない。ただぼうっと自分のロッカーの前で時間を潰し、人気がなくなるのを待っていただけ。寮生活の問題点がこれだ。一人になりたくても、その機会がなかなかない。いや、部屋へ帰れば問題ないか……最近、進藤の部屋を尋ねてくる人間が妙に少なくなっている。不自然なほどに。

俺は孤立しているのか。

「お先です」

誰かが声をかけた。反射的に手を挙げ、ひらひらと振り、背中を伸ばしてしばらくそのままにしておく。凝りが解れたと思ったところで膝を叩いて立ち上がった。ゆっくりシャワーを浴び、戻って来て着替えたところで、ロッカールームのドアが開いた。

「まだいたのか」

七瀬。何でこんなところに？　とっくに帰ったと思っていたのに。

「もう帰ります」

「遅くなるなよ。疲れを残さないようにな」

「分かってます」ガキじゃないんだから。そんなこと、言われるまでもない。どうせなら、監督としてもうちょっとましなことを言ってくれ。「何かご用ですか」

「ああ」

七瀬がロッカールームに足を踏み入れた。二人の距離はまだ五メートルほどあったが、彼の存在が進藤にはやけに近くに感じられた。

「渡すものがあるんだ」

「何ですか」

七瀬が脇に挟んでいたノートを取り出す。〝黒い手帳〟……親父の日記。

「読みたいなら読めばいいじゃないか」

「何ですか、それ」惚《とぼ》けながら、進藤は一気に鼓動が跳ね上がるのを感じた。ばれている？　おそらく。しかし何故だ？

「君も素人だな。盗みに入る時は、証拠を残さないようにしないと」

「人聞きが悪いですよ」

「ああ、喩《たと》えが悪かった」七瀬が頭を掻いた。「これ……君の親父さんの日記だけど、置き位置が変わってたんだ。そうは見えないかもしれないけど、俺は意外と神経質でね。どんなものでもちゃんと置く場所が決まってる。そしてあの部屋の鍵を持っている人間は限られているからな。推理するのに、シャーロック・ホームズの手を借りる必要はなかったね」

自分の喩えが面白いと思ったのか、七瀬がわずかに顔を綻ばせた。腕を伸ばし、日記を差し出す。進藤は一歩も動けなかった。読む気は……ないではない。あの滅茶苦茶な字を解読する努力を厭《いと》わなければ。

「読まないのか」

「人の日記ですから」

「いいんじゃないか？　親子なんだから」

「今は七瀬さんが管理してるんでしょう」

「俺はもう、内容を完全に頭に入れてるよ。これだけじゃない、十五年間分、全部だ。まあ、俺にとって知る必要がある内容は、それほど多くないんだけどな。話はだいたい進藤監督から聞いていたから。だけど、君には知って欲しい内容がある」

「言いたいことがあるなら、はっきり言えばいいじゃないですか」

「言っても聞かないからね、君たちは——君は。察してくれない、とも言えるけど。だから君の親父さんの手を借りることにしたんだ。読んでくれ。読めば全部わかる。君が読むと思って、あそこに置いておいたんだけどな」

七瀬が一歩踏み出し、もう一度日記を突きつけた。進藤の足はなおも動かない。七瀬が寂しげな表情を浮かべ、傍らの椅子に日記を置いた。脚の塗装がはがれかけた安っぽい折り畳み椅子の上に、どちらかといえば重厚な黒い表紙の日記。場違いな雰囲気が、進藤を躊躇《ためら》わせた。

「じゃ、用事はそれだけだから。体を冷やさないようにしろよ」

軽く手を振って七瀬が出て行った。進藤と日記だけがロッカールームに取り残される。見る必要はない——まして七瀬が読ませたいと思っているものなら。一度は無視してロッカールームを出た。だが鍵をかけた瞬間、父親が一人、冷たく寂しい部屋に残されているように感じ、鍵を開けてしまった。

日記はやけに重かった。

12

これでよかったのだろうか。

車を走らせながら、七瀬は後悔の念に襲われていた。進藤には自分で考えて悩んで解決して欲しかったのに、結局俺はヒントを投げてしまった。やっぱりこれじゃ駄目だ。本当の強さは手に入れられない。しかしこのままでは、チームが完全に空中分解してしまうのも目に見えている。大学選手権への出場権は既に確保できているが、天聖に勝ってリーグ戦で全勝優勝するかどうかは、その後の展開に重要な意味を持つ。もしも負ければ、嫌な記憶を引きずったまま選手権に臨むことになり、恩師・進藤の悲願だった優勝は遠のく一方だろう。

煙草でも吸いたいところだな、と思う。スポーツ選手は煙草と縁遠いイメージがあるが、現役を引退した途端にヘヴィスモーカーになってしまう人間もいる。七瀬は喫煙の習慣を馬鹿にしてそういう道は辿らなかったが、今は体に毒を入れたい気分だった。

窓を全開にし、冷たい風を車内に導き入れる。思わず身震いしたが、そのままにしておいた。風がダウンジャケットのフードを叩き、ファーが頬をくすぐる。

冷たい風はいつでも、ラグビーの記憶と結びついている。うだるような暑さの中、体を絞り上げる夏合宿の記憶も強烈だが、大事なことは全て秋から冬にかけて起きていた。

あの時も。

進藤が本音を垣間見せた瞬間も、冷たい風が体を叩いていた。あの時の記憶が、七瀬の頭にどっと入ってくる。

　叩かれ、打ちのめされ、気持ちは完全に折れていた。前半を終えて15点差。ベストエイトまで進んだのに、ここで力尽きるのか。やっぱり俺たちには、花園なんて無理だったんだ――七瀬は半ば諦めていた。ハーフタイム。高校のグラウンドを借りての試合なのでロッカールームなどはなく、グラウンドの脇にあるベンチでミーティングせざるを得なかった。相手は意気軒昂として、ベンチからは笑い声さえ聞こえてくる。優勝候補相手の一戦は、俺たちには荷が重かったのか。レベルが違い過ぎる。こちらの攻撃は易々と阻まれ、カウンターで得点を許していた。

「この後、どうしたい?」いきなり進藤から声をかけられ、七瀬は混乱の中に叩き落とされた。進藤がこんな台詞を言ったことはない。いつも自分の言葉でぐいぐい引っ張ってきた男が、選手に意見を求めるとは。監督も試合を投げてしまったのだろうか。

「どうしたいって……」七瀬は、傷めた左足首にテーピングをしていた。動けるが、後半に満足なプレイができる保証はない。

「おい、聞いてくれ」進藤が両手を叩き合わせる。地面に腰を下ろしていた選手も一斉に立ち上がり、進藤を囲んだ。

「今日の試合、最低だぞ」追い打ちをかけられ、選手たちがうなだれる。「点差以上に内容が悪い。試合の途中でこんなことは言いたくないけど、自分たちの力を出し切れてないぞ、お前たちは」

こんなことを言われて、どうしろというのだ。監督自ら試合を投げてどうする。だが次の一言が、チームを生き返らせた。

「好きにやれよ。座して死を待つのは馬鹿馬鹿しいぞ」

選手たちが顔を上げる。何を言われているか分からず、戸惑いながら互いに顔を見合わせた。

「俺は、お前たちを縛り過ぎたのかもしれない。組織的にやるのがラグビーだと信じてたけど、それが全てじゃないのかもしれない。お前たちの本当の力は、こういうやり方じゃ引き出せないんだろう。もう、いいよ。自分たちがやりたいようにやれ。今から世田谷第一のキャッチフレーズを変える。『突進』から『想像力』だ。あと『自由』。自分たちで考えて、自分たちで決めてやってみろ。お前ら、向こうのチームよりは偏差値が高いんだから、頭を使って掻き回してやれ」

ジョークなのか？　誰も笑わない。しかし、その場の重苦しい空気が解け、全員の顔に自信溢れる笑みが浮かんでいた。

「よし、後半、行くぞ！」誰かが鬨の声を上げる。それに唱和して、怒声が秋の空に突き抜けた。

進藤が苦笑しながら七瀬に近づいて来た。

「足首はどうだ？」

「大丈夫です。それよりいいんですか、監督？」

「いいんだよ。決めた手順で試合をするのは無意味だ。力の差がある相手に、力で対抗しても負けるだけだから。勝つことが一番大事なんだから、勝つための方法を考えればいい。それは、プレイしている人間にしか分からないことだろう……つまり監督じゃなくて選手が考えるんだ。こんな簡単なことを忘れてたとは、俺もまだまだだな。後は任せたぞ」

後半開始一分、自陣内に攻めこまれた世田谷第一は、運よくペナルティを得た。普通ならタッチに逃れて陣地の回復を狙う。しかし七瀬は、迷わずフォワードによる突進を選んだ。手に持ったボールを軽く蹴って、ディフェンスが手薄なところに突っこんでいく。予想していなかったのか、相手の対応が一瞬遅れた。その後はフォワード、バックスが一体になってボールを運ぶ。

それはもはや、ラグビーとは言えなかったかもしれない。密集、なし。キック、なし。バックスの華麗なオープン攻撃、なし。しかしその変則的な攻撃は、はっきりと相手を戸惑わせた。自由――試合の熱狂の中に身を置きながら、七瀬は気持ちが湧き立ち、今までにない高揚感を抱くようになった。こういうラグビーもある。否定はできない。

勝った。その後も勝ち進んだ。花園でも勝った。進藤の顔にはずっと苦笑が張りついたままだったが、その意味を七瀬が知ることはついぞなかった。

結局、あの苦笑の意味が分かるまで、十五年もかかったわけだ。

車の窓を閉め、エアコンの温度設定を上げる。ようやく体が温まったところで、七瀬は一人納得していた。進藤も迷ったのだ。彼には彼の信念があり、選手たちに勝たせてやりたいという気持ちも強かったのだろう。様々な思いが交錯する中で出た、「好きにやれよ」という台詞。

息子である直哉の顔を思い浮かべる。お前は、日記から父親の意図を正確に読み取れるか？　それとも……余計な心配をしても仕方がない。襷《たすき》は渡したのだ。そこから先、どう走っていくかは、進藤本人が判断するしかない。

試合を三日後に控え、仕事が手につく状況ではなくなっていたが、母親の監視が厳しく、七瀬はいつも通りに事務所でひたすら書類仕事をこなしていた。午後三時。そろそろ仕事を片づけてグラウンドに向かわないと。書類をまとめ始めた途端に携帯電話が鳴った。ややこしい仕事の話だと困るのだが……と思って電話に出ると、松本だった。酒を差し入れてもらってから会っていないから、結構久しぶりになる。

「今、電話してて大丈夫ですか」

「ああ、仕事が終わるところだ」

「そうですか……東京に出てきてるんですけど、会えないですかね」

「いいけど、これから練習なんだ。終わってからでもいいかな」

「今も七時までですか」

「ああ」

「じゃあ、俺もグラウンドの方に顔を出していいですかね？　練習が終わってから七瀬さんが都心に出て来たら、遅くなるでしょう。あの辺でも、お茶を飲む場所ぐらいはありますよね、街道沿いのファミリーレストランとか」

「俺はいいけど、お前、大丈夫なのか？　仕事なんだろう」

「ええ。何とか切り上げて、練習が終わるぐらいにはグラウンドに行きますから」

「場所、分かるか？」

一瞬松本が沈黙した。やがて電話の向こうから、くすくす笑う声が聞こえてくる。

「七瀬さん、相変わらず冗談が下手ですね」

「ジョークに関しては、いいコーチに恵まれなかったんだ」

「じゃ、七時ちょっと前にグラウンドに伺います」

「ああ」

電話を切ってから、肝心の用件を聞くのを忘れていた、と気づく。まあ、いいか。電話で言う必要がなかったということは、さほど重要な用事ではないのだろう。リーグ戦最後の一戦が近づいたので、後輩たちの練習を見ておきたいと思ったのかもしれない。

七瀬の安直な予想は、数時間後にあっさり裏切られた。

ステーキの皿を前に、七瀬は固まっていた。松本……何で今、そんなことを言うんだ。あまりにもタイミングが悪い。何も、料理が運ばれてきたのを見計らったように、話を切り出さなくてもいいのに。松本の前には特大サイズのハンバーグ。二人の間にはいい匂いの湯気が立ちあがっていたが、七瀬は食欲を失ってしまった。

負けたら解任。ありうる話だと想像はしていた。ある程度は覚悟もしていたが、実際に他人の口から聞かされると衝撃の度合いが違う。

「どういうことだよ」

「俺もはっきりとは知らないんですが」松本がナイフとフォークを取り上げたが、ハンバーグには手をつけなかった。自分でもまずいタイミングで話を持ち出してしまったと気づいたようだ。「とにかく、そういう噂が出ているのは間違いないんです」

「こういう時は、まったく根拠のないただの噂話じゃないはずだよ。少なくとも、誰かがそういうことを画策しているのは間違いないだろう」七瀬もナイフとフォークを持ち、ステーキの端の脂身を切り分けた。せめてもの肥満対策。

「何か嫌な感じがするんですよ。俺も城陽ＯＢだけど、ここのＯＢ会がやたらと煩いのは知ってますからね。ＯＢ同士の連絡も密ですし、密談はお手の物ですよ」

「発信源は武井さん辺りかな」

「そうかもしれません。あの人、特に影響力が大きいですから」

「それは分かってる。だけど本当は、ＯＢ会が監督人事に首を突っこむのは筋が違うよな」自分の監督就任を決めたのも実質的にはＯＢ会なのだと思い出しながら、七瀬は言った。

「そう思うなら、弁明してみたらどうですか？　俺は七瀬さんが、天聖と通じてるわけがないと思ってる。七瀬さんはそういう人じゃないですからね」松本が一瞬目を逸らした。社交辞令？ 営業の仕事をしていると、相手を喜ばせるような喋り方が自然と身につくのだろうか。

「そりゃどうも。どうやら城陽ＯＢの中では、お前さんだけが俺の味方みたいだな」

「俺は、いきなり背中からばっさり、なんていうのが許せないだけですよ」

「これで少なくとも、何も知らないで死ぬことだけはなくなったな」

軽い口調で応じながら、七瀬は気持ちが沈みこむのを感じた。まさか、こんなタイミングで——残り一試合となった時点で解任話が出ているとは……勝っているだけでは駄目なのか。まあ、監督として勝利に貢献していると言いがたい状況なのは間違いないわけで……身震いし、肉を切り分けて口に運ぶ。硬く分厚いゴムを噛んでいるようだった。

「ひどい話ですよ」松本がつけ合わせのフライドポテトをナイフで突いた。次第に声が激してくる。「七瀬さんは不利な立場からのスタートだったんだから、その辺は事情を勘案しないと。何の話もなくていきなり解任っていうのは、卑怯ですよ」

「武井さんとは結構話をしたんだけどね。彼がそういうつもりで言ったことを、俺が聞き逃したとか勘違いしたのかもしれない。俺が鈍かったのかな」

「そうだとしても、黙って馘になったら駄目ですよ。何だったら俺が他のＯＢに話をして、潰しましょうか。人事って、事前に情報が漏れると流れるでしょう」

「駄目だ」七瀬はナイフとフォークを置いた。「それじゃ、武井さん――武井さんかどうか知らないけど――がやってることと変わらないじゃないか。俺は、城陽ＯＢ会の権力争いに巻きこまれた哀れな部外者ってことになるのか？」

「そういうつもりじゃありませんよ」耳を赤くして、松本がかすかにうつむいた。

「悪い……お前には感謝してる。わざわざ教えてくれてありがとう。でも俺には、抵抗する手段はないだろうな。言い訳するのも卑怯というか、面倒臭い感じがするし。いいんじゃないかな、そこは何も言わないでばっさり切られるのも。残念だけど、所《しょ》詮《せん》つなぎの監督だったということだよ」

「欲がないですね、七瀬さん」松本が溜息をついた。

「元々降って湧いたような話だからね。でも俺にも欲がないわけじゃない。進藤さんのためにも勝ちたいと思ってるよ」

「弔い合戦ですか」

「そうかもしれない……ところでお前は、本当に進藤さんのことを知ってるか？」

「それは、四年間たっぷり鍛えてくれた人ですからね」怪訝そうな表情を浮かべ、松本が七瀬の顔を凝視した。

「ああいうテンマンラグビーが、本当に進藤さんの望みだったと思うか？」

「当たり前じゃないですか。大学レベルまでなら、重くて走れるフォワードと優秀なハーフ団がいれば勝てるっていうのが口癖でしたからね。それは説得力があったと思います」

「ある意味、低い望みだよな」

「どういうことですか」

松本の目つきが鋭くなった。この男は、進藤が城陽を率いていた初期に薫陶を受けた世代である。進藤が死の直前よりもずっと強引に、世界の流れに逆行するテンマンラグビーを推し進めていたのは間違いない。そして十五年も同じことを言い続ければ、欺瞞《ぎまん》でも真実になる。信じる者だけが集まってくる。

「それが進藤さんの本音じゃなかったとしたら？」

「すいません。意味が分からないんですけど」

「だろうな。進藤さん、誰にも話したことがないはずだから」

「だったらどうして七瀬さんは知ってるんですか？　それだけ信用されていたって言いたいんですか」

「信用してたというよりも、隙を見せたって感じじゃないかな。俺がコーチで来てから、何度か一緒に酒を呑んで、そういう時に……後は、進藤さんが亡くなってから、監督日記を見た。資料を整理していて、読まざるを得なくなったんだけどね。それでやっと、彼の本音が分かったんだ」

こんなことを直哉以外の人間に話してしまっていいのか……人に話すことに何の意味があるか分からない。仮にこの件が松本の口から他のOBたちに伝わっても、俺に対する風当たりが弱まることはないだろう。OBたちが求めているのは現役チームが勝つことだけである。なのに俺は、そのために全力を尽くしていない、と見られても仕方がない。彼らが欲しがったのは、進藤のコピーなのだろう。言葉を尽くし、強いリーダーシップで若い選手たちを引っ張る監督。

本当の意味で選手のためにチームを構築し、彼らの手に全てを委ねようとする監督など、「弱気」と見られかねない。

「今さらそんなことを言われても」説明を終えると、松本は困惑の度合いを増した。

「そうだよな」

「最初に言えばよかったんですよ。そうすれば、上手く誘導できたかもしれないのに」

「それじゃ、進藤さんの教えに反することになるんだ。自分で考えてプレイすることの大事さに自分で気づけ——ややこしい話だよな。矛盾だらけだ。だけど、やっぱり失敗したかな。今更だけど、もっと上手い手があったかもしれない。これじゃ、解任されても仕方ないな」

「だけど俺は、そういうのは許しませんからね」松本がフォークを握り締めた。「一つ、手があるかもしれないな」

「どんな？」

「OB会の人たちじゃなくて、選手の間に噂を流して危機感を煽ればいいんです。負けたら監督が解任されると知ったら、選手は必死になるんじゃないですか」

「俺にはそんな人望はないよ」七瀬は苦笑した。「かえって逆効果になるんじゃないかな。嫌われ者を追い出そうとして、手抜きプレイをするかもしれない」

「現役の選手には、そんな奴はいませんよ。何があっても負けたくないはずです。何もやらないよりは、何でもやってみる方がいいと思いますけどね。座して死を待つのは馬鹿らしい」

「松本……」

「はい？」

七瀬が穏やかな笑みを浮かべているのに気づいたのか、松本が不審げな表情になる。

「お前が今言ったこと、俺が進藤さんから高校時代に言われた台詞に近いよ」

「そうなんですか」

「ああ。俺からやってくれとは言えないけどな。お前が動いてくれる分には、俺には止められない」

「やりますよ。それで勝って、来年も堂々と監督をやればいいじゃないですか。来年こそ、七瀬さん好みのチームが作れますよ」

「お前、俺の話を聞いてなかったのか？　チームのカラーを決めるのは監督じゃなくて選手だぜ……さ、飯を食えよ。冷めたら不味《まず》くなるぞ」

「いただきましょう」

松本が巨大なハンバーグを攻略し始めた。高さが三センチほどもあるのでまだ冷めておらず、中から湯気がもわっと湧き上がる。七瀬のステーキは既に冷め始めていた。

にわかに周辺が騒がしくなってきたわけか。馘になったらどうなるだろう。しばらくラグビーには係われないだろうな。城陽の監督をやった人間が、母校とはいえ天聖の指導者に転じるのは筋が違う。ということは、仕事に集中するしかないか。いずれ、ちゃんと向き合わなければならないわけだし、それが遅くなるか早くなるかの違いだけだ。

もしかしたら全ての糸を引いているのは母親かもしれない。早く仕事に専念させるために、俺が馘になるように仕向けていたとか――。

馬鹿馬鹿しい。こんなことを考えてしまうのは、俺が本当に追いこまれている証拠なのかもしれない。


「六番、上野、天聖を潰します！」

上野が右手を挙げ、天聖のジャージを着せたタックルバッグに突進した。右肩から当たり、きっちり両手をパックして持ち上げると、足を運んで三メートルほど押しこんだ。そのまま思い切り倒していく。タックルバッグは高さ百五十センチほどの円筒形だが、相手の頭にあたる場所が地面に激突した。

「ナイスタックル！」「オーケイ！」両脇に並ぶ選手たちの間から思い思いに声が上がる。

「七番、永川、天聖を潰します！」

上野より一回り小さい永川だが、タックルの強烈さは勝るとも劣らない。永川のタックルは、相手に嫌われる「痛い」タックルなのだ。肩の硬い部分を使って、相手の急所に的確に突っこむ。彼に倒された選手は、しばらく立ちあがれずに悶絶《もんぜつ》するのが常だったし、永川自身、それを楽しみにしている節がある。

なるほど、これが城陽伝統の試合前の儀式か。会田が「本当に大事な試合の前にしかやらない」と教えてくれた。七瀬も見るのは初めてである。噂には聞いていたが……選手たちが左右に並んで細い通路を作り、その中で敵チームのジャージを着せたタックルバッグを倒していく。タックルバッグは四十キロほどもあるのだが、それが次々と、宙を飛ぶように地面に叩きつけられる様は迫力十分だった。

この儀式は、恒例によって明日の先発メンバーが発表された後で始まった。自分が口を出すものではないと思い、七瀬は黙って見守っていた。選手にとっては花道なのだな、と思う。明日の大舞台に向かっての最後の道。考えてみれば、天聖にも似たようなセレモニーがあった。今頃連中も、同じように試合前の儀式を行っているだろうか。あるいは彼らにとっては、城陽戦は今年の山場ではないかもしれないが。

シーズン前の下馬評では、今年の城陽はこの四年間で最高の仕上がり、リーグ全勝優勝は間違いないとされていた。しかし実際には怪我人も出ているし、七瀬と選手たちの軋轢《あつれき》もあって、実力を発揮できているわけではない。何かとぎくしゃくしている城陽の最大のライバルと目されていたのが、天聖である。城陽にとっては昔から苦手な相手で、過去、公式戦の対戦は天聖が勝ち星で大きく引き離していた。城陽が三連覇した過去三年の戦績を見ても、城陽の一勝二敗。昨年は敗れているが、一敗同士で並び、トライ数で城陽の優勝が決まった。

今シーズン、天聖は絶好調だった。城陽が苦戦した東西大、壮学館を大差で撃破しており、とにかく安定感では群を抜いている。重く力のあるフォワード。状況に応じて自在な動きを見せるバックス。そして両者をつなぐハーフ団の判断力とアドリブ的な動きは、対戦相手を惑わせる。それに加えて強固なディフェンス。リーグ戦が進むにつれて評価はうなぎのぼりになり、今では「今年社会人を倒すとしたら天聖だろう」とまで囁かれるようになった。

「十五番、金井、天聖を潰します！」

最後の金井が一際強烈なタックルを決めて、儀式は終わりになった。先に終えていたフォワードの連中が「天聖、潰すぞ！」と雄叫《おたけ》びを上げ、控えの選手たちも呼応して夜空に大声が舞い上がった。

とりあえず、今組めるベストメンバーか。石立が復帰してくれれば、明日の試合に対する不安も少しは軽減するのだが、これは仕方がない。松葉杖は取れたが、まだ歩く時にはっきりと脚を引きずっている。小野田はまだ動きがぎくしゃくしているが、とりあえずはこの男で妥協するしかない。シーズンを通して怪我人が一人しか出なかったのは奇跡と言っていいだろう。ただし、先日の壮学館戦の傷は多くの選手たちに刻まれており、全体に何となく動きが鈍い。まあ、これはキックオフのホイッスルが鳴った瞬間になんとかなるだろう。あの甲高い音は、アドレナリンを噴出させ、痛みを忘れさせるための最高の妙薬なのだ。

静かにゆっくりと熱が引き、最終戦に向けた最後の練習は終了した。明日の試合の後も大学選手権、さらには勝ち抜けば日本選手権も控えているが、次の試合が一つの節目になるのは間違いない。

一人グラウンドに残った七瀬は、ハーフウェイライン付近に立って夜空を見上げた。照明が一つずつ消え、都心部より少しだけクリアな星空が現れる。結局俺は何もできなかったな、と後悔の念が募ってきた。異常な状態でチームを引き継ぎ、自分の考えを押しつけないように気を配りながら何とか試合を重ねてきた。だが思いは届かず、チームはぎくしゃくした状態のまま天聖戦を迎えようとしている。

結局俺は、指導者には向いていないのかもしれない。特に、勝つことを周りから期待される強豪校の監督には。もっと若いチーム——真っ白な選手たちが揃い、育成を主眼とした場合なら、何とかできるかもしれないが。進藤が「次の道」として夢想していたようなチームの監督なら。

完全な闇《やみ》がグラウンドに下りた。クラブハウスの前を歩く選手たちの姿がぼんやりと霞み、幻のように見える。

「監督」

いつの間に現れたのか、進藤がすぐ側に立っていた。

「日記、読んだか」一瞬だけ進藤の顔を見て、七瀬は地面に視線を落とした。芝は枯れ、土が一部剝き出しになっている。

「ええ」

「どう思った」

「偽造じゃないんですか」

予期せぬ答えに、七瀬は言葉を失った。あの特徴的な癖字を見れば明らかだろうに、この期に及んでまだ父親の「言葉」に、それも口から出た言葉にしがみついている。

「正真正銘、進藤監督の日記だ。もちろん俺は手を加えていない。字を見れば分かるだろう?」

「ええ」

「認めたくないわけだ、親父さんがああいう考え方をしていたことを」

「普段言っていたことと、あまりにも違いますからね」進藤が芝を蹴った。ざらりと乾いた小さな音が七瀬の耳に届く。

「読んでどう思った？　あの日記が偽造じゃないとしてだけど」

「分かりません」

「そうか」

「一つだけ、はっきりしてます。人間は、そう簡単には変われませんよ。もしかしたら親父は、ラグビーに関しては本音と建前があったのかもしれない。本当にやりたいことと、実際にやるべきことの間に大きな開きがあって、日記に書くことでストレスを解消していたのかもしれないでしょう。それは親父の自由です。何を考えようが、何をしようが。監督は全権を任されているんですから」

「それは違う。監督には監督の限定された権限があるだけで、基本的には選手と対等の存在なんだ」

「それじゃ、監督なんか必要ないじゃないですか」進藤の顔に皮肉な笑みが浮かぶ。壮学館で負った頰の傷はようやく「傷」と言えない程度に治っていたが、まだ他の部分とは違う濃い赤みが残っていた。

「そうかもしれない。監督は試合に口出しできないしな」

「無線があるでしょう」

「あれは抜け道みたいなものだ」

「七瀬さん、時代が違うんですよ。七瀬さんが高校生や大学生だった頃は、まだ監督がトランシーバーで指示を飛ばすようなやり方は定着していなかったかもしれない。でも今は、どのチームもやってることじゃないですか。うちなんか、特に導入したのは早かったはずです」

親父さんの気持ちを察してやれよ、と七瀬は内心で手を合わせた。あの人は、本当はそんなことをしたくなかったのだ。ただ笑って試合を観ていたかったのだ。

「人間はそう簡単に変われないって言ったよな」

「ええ。俺は今まで四年近く、このスタイルのラグビーをやってきました。今さら変えろと言われても、どうしようもない。人間はそんなに器用じゃないでしょう」

「俺は変えろとは一言も言ってないけど」

進藤が眉根を寄せた。短い、刺々《とげとげ》しい会話の数々を思い出しているのだろう。その中で俺が本当に「変えろ」と言わなかったかどうか、確認しているに違いない。

「それは言葉遊びみたいなものじゃないですか」

「自分の頭で判断して変えるのと、人から命令されて変えるのとでは全然違う。俺は君たちに、自分の頭で考えるように言っただけだ。ああしろ、こうしろとは一言も言っていない。バックスを使うように進言したのも、単なる希望であって命令じゃない。もしも本当に自分で考えて、今までみたいなテンマンラグビーを続けるのがベストだと決めたなら、それはそれでいい。他のオプションを全て封印しても、チーム全体の意思がそれで統一されているなら問題はないよ。だけど君は、そういうことについてチームで話し合いをしたか？　他の選手と徹底的に討論したか？」

「バックスの連中をけしかけたのは監督ですか」進藤の声が低くなる。

「別に煽動《せんどう》したわけじゃない。ただ、あいつらの本能を読んだだけだ」

「本能？」

「ハーフバックスってのは、何だ？　バックスか？　独立した役目を持つ別のポジションなのか？」

　突然の質問に、進藤が口を閉ざした。下手なことを言って立場が悪くなるのを恐れているのだろう。構わず七瀬は続けた。

「俺は、君たち二人は独立した特別なポジションだと考えてる。フォワードとバックスの接着剤みたいなものだよな。だからこそ、バックスの本当の気持ちが分からないんじゃないか？　あいつらは基本的に目立ちたがり屋だ。フォワードは、縁の下の力持ちという立場を我慢できる人間がやる。バックスの連中は、華麗なオープン攻撃で、相手にまったく触らせずにトライするのが理想だと思ってる。もちろん、そんなことばかり考えてたら試合には勝てないから、いろいろなことをするんだろうけど、基本はそれだ。パスが綺麗に通って、観客席がわっと沸くのが嬉しくてしょうがない」

「それは、七瀬さんの——フォワード出身者の目から見た理想ですよ。バックスだって泥臭いプレイはします」

「そうかもしれないな」痛いところを突かれ、七瀬は苦笑いを零した。こっちがいつも痛い思いをして、力仕事でボールを供給してやってることをどう考えてるんだ——現役時代を通じ、常に抱いていた思いだった。例外は高校時代、都大会の準々決勝から花園で負けるまでの数試合だけである。あの時はフォワードもバックスもなかった。

「七瀬さん、自信がないだけじゃないんですか」いきなり挑みかかる口調になって、進藤が訊ねた。「試合中に何も指示をしないのは、自分の作戦に自信がないからでしょう」

「試合は選手のものだというのは、本音なんだけどな……君がそう考えるのも無理はないか。俺は新米監督で部外者だ。立場も弱い。君たちみたいに完成された選手に命令するなんて、柄じゃないよ。試合中はファンの視線で観てる。だけど今の俺は、城陽のファンとは言えないかもしれないな。観ていて面白くない」

「勝つことが大事でしょう。面白いかどうかを考えるのは、学生のラグビーじゃないですよ。そういうのは自然に後からついてくるんじゃないですか」

「そうだな。プロでもないのに見せ場ばかりを考えるのは筋違いだ」

「だったら――」

「それでも、考えてくれないか」七瀬は進藤の言葉を遮った。「スポーツというのは、相反する二つの大事な要素からできている。それは分かるよな？　一つがお約束のプレイだ。例えば、城陽がハイパントを多用するのがそうだ。そして圧倒的な力の差で相手を叩き潰す。そのために鍛え上げたプレイを見れば、観客は感動するよ。勝つためにも、必殺の得意技を持つのは大事なことだ。もう一つが何だか、分かるか？　君はどんなプレイを見た時に驚く？」

「……意外なプレイ」

「その通りだ」それは分かっているわけか。七瀬は小さな満足感を覚えながら続けた。「予想外のプレイが飛び出せば、相手を確実に掻き回せるし、それが得点にもつながる。邪道でも何でもないぞ。お約束のプレイばかりを続けていたら、いつかは読まれるんだ。それじゃ、勝つためのラグビーにならないんだよ。その場その場の状況に応じて、柔軟にプレイすることも大事じゃないか」

「それはうちのラグビーじゃないですから」

「強情な男だな」苦笑しようとして、頰が引き攣ってしまった。「まあ、俺たちは二人とも、今年限りで城陽とは縁がなくなるから、もうどうでもいいかもしれないけど。君は卒業する。俺は多分、馘だろう」

進藤の左目だけがすっと見開かれた。さほど驚いた様子はない。彼にとっては織りこみ済みの事実のようだった。どうやら松本は、予定通り選手の間に話を流したようだ。負けたらその時点で俺が解任されることは、彼の耳にも入っただろう。

「辞めさせられるのは何とも思わない。結果を出さなければ、それなりの罰があって当然だからな。でも人間っていうのは欲張りなもので、辞める時は綺麗に笑って、手を振って去りたいと思うものさ。このチームの将来にとって俺が邪魔なら、自分から身を引いてもいい。でも、負けて辞めるのは嫌だ。俺は我儘かな？」

「……いえ」短く否定したが、それが進藤の本音でないのは明らかだった。揺れている。いきなり監督が「辞めてもいい」と言い出して、仮にそれが本音だと分かっても、「どうぞ辞めて下さい」とは言えないだろう。

言ってもいいのに。そういうぶつかり合いが、何かを生むかもしれないのに。

「君は知ってたんじゃないか」

「知りません」

進藤が顔を背ける。ポーカーは弱そうだな、と七瀬は皮肉に思った。

「隠さなくてもいい。君たちが知っていることを、俺は知っている」

「そうですか」諦めたように、進藤が肩の力を抜いた。

「明日が、俺の監督としての最後の試合になるかもしれない。それも仕方ないと思うよ。君たちがどう考えようと自由だ。それに俺は、俺のために勝ってくれ、と言うほど図々しい人間でもない。でも一つ、これだけは言わせてくれ。変な噂が流れてるようだけど、俺は天聖の関係者とは接触していない。心の底から城陽に勝って欲しいと願っている。君たちが認めてくれるかどうかはともかく、今はこのチームの一員なんだ。それに俺は城陽ＯＢじゃないけど、進藤監督の教え子なんだぜ。それだけで、本当は俺と君たちが上手くやっていける理由としては、十分だと思うけどな……同じ糸でつながってるんだから。さて、もういいかな。体を冷やすなよ」

今の俺に言えるのはこれぐらいか。「体を冷やすなよ」――言葉は残響もなく闇に消えた。進藤をその場に残したまま、七瀬はゆっくりとクラブハウスに戻った。もしかしたら彼は追ってくるかもしれない。わだかまりを解く言葉をかけてくるかもしれない——甘かった。二人の間には、まだ広く深い溝が横たわっているのだった。

13

「大一番だぞ！」

「おう！」

「天聖を潰す！」

「おう！」

「天聖を潰す！」

「おう！」

「俺たちが勝つ！」

「おう！」

天井を揺るがし、壁をぶち破りそうな気合入れの儀式。普段は三回のところを今日は四回。これをペースの乱れと見るか、気合の入った自然な流れと見るか。進藤は選手たちの輪を解いた。このチームは勝利に向けてまとまっているのだろうか……キックオフのホイッスルが鳴ってみないと分からない。しかしこの場にいる選手たちは気持ちを昂ぶらせ、今シーズン一番の大試合に向けて闘志を燃え上がらせている。互いに頰を張り合う者、胸をぶつけ合う者、泣いている者。異様な光景だった。本当なら俺もこのカオスの中に入って行きたい、と進藤は切望した。ただ、キャプテンという立場ではそれは許されない。日常生活から離脱し、一種異様な戦いの中に没していく選手たちをコントロールするためには、キャプテンだけは冷静でいなければならない。

フォワードの連中が、雄叫びを上げながらロッカールームを飛び出して行く。狭い通路を全力疾走していく様は、ヨーロッパの古い祭りか何かを連想させた。牛追いとか、トマトのぶつけ合いとか、そういうものを。ラグビーのルーツもその辺にあったんじゃないかな、と考えながら、進藤はしんがりから一気に他の選手たちを追い抜いて先頭に立った。

冬晴れ。狭く暗い通路の最後の部分を降りて……グラウンドに飛び出した瞬間に眼を焼かれ、一瞬視界が白くなる。一度きつく眼を閉じ、スタンドの残像を追い払ってから、芝の上に一歩を踏み出した。スパイクの底にかすかに感じる、さくさくとした芝の感触。歓声が体を包みこみ、心地好い緊張感が全身に走る。これだ。俺はこれを求めている。この瞬間のためにこそラグビーをやっている。

しかし今日ばかりは、もやもやした思いがその快感を押し潰してしまう。武井に言った言葉。「途中で監督が代わっても問題ない」が、本当に七瀬解任の動きにつながってしまったのだろうか。たかが一選手である俺に、あんなことを言う権利があったのか。一人の人間の人生を狂わせることにもなりかねない。

試合前のアップの時から動きが少し鈍いのは分かっていた。試合を積み重ね、怪我と折り合いをつけているうちに、体調はシーズン初めと比べて確実に落ちている。それは天聖も同じはずなのだが、どうしても向こうの動きの方が軽快に見えた。バックスが回すボールのスピード、切れ、重量感と相反するフォワードの身軽な動き。全てがこちらを上回っているように見えた。だが天聖は天聖で、こちらの動きを警戒しているかもしれない。隣の芝生は青く見える、ということだ。

さあ、俺たちだけの——城陽と天聖の三十人だけの八十分間が始まる。俺たちだけ？　これでは何だか、七瀬の口癖のようではないか。試合は選手のもの、それはその通りだ。自分たちの意に沿わない作戦を押しつけて欲しくはない。だけどあなたの放任主義はあまりにも度が過ぎますよ。放任ではなく放棄だ。

親父も同じことを考えていたのかもしれない

進藤が読みこんだ日記には、普段親父が言っていたのとまったく違う声が刻まれていた。どちらを信用すべきなのか……読めば読むほど、考えれば考えるほど分からなくなる。しかし今は、そんなことを考えている余裕はない。しかし進藤の頭の中では、様々な考えがぐるぐると回っていた。全部出て行け。頭を空っぽにしておかないと、判断すべきところで失敗する。

自分の脳にそう強いても、決して消えない言葉があった。「親が辿ったのとは別の可能性もあるんじゃないかな」ラグビーとはまったく関係ない話題で、麻衣が言った台詞。もしかしたらそれは、あらゆる親子関係に共通することかもしれない。

天聖の試合運びを一言で表現するなら「スムーズ」である。ベースにあるのはバックスを中心にした展開ラグビーだが、あらゆる状況でその場に即したプレイを選択し、基本通りに実行する。それがいかに難しいことであるか、進藤にはよく分かっていた。豪快なぶつかり合いが魅力のように思われているラグビーだが、その実態は意外にデリケートだ。特に紡錘形《ぼうすいけい》のボールがもたらす偶然性は、人の力ではコントロールできない部分が多い。風、芝の具合、地面の凹凸《おうとつ》。そういったものの影響で予想外の転がり方を見せ、試合の流れさえ変えてしまう。しかし今日の天聖は、気まぐれなボールの動きさえ、完全にコントロール下に置いているようだった。

前半五分。両チーム無得点のまま、城陽はハーフウェイライン付近でのペナルティを得た。外へ蹴り出すか、ハイパントか。今日の調子を占う意味もあって、進藤はハイパントを選んだ。距離は稼げなくてもいい、とにかく高いボールを蹴り上げて、フォワードにボールを確実に支配させよう。

高々と上がったボールは、敵陣22メートルラインと10メートルラインの中間付近に落下し始めた。唸り声を上げながら、城陽のフォワードが追う。しかし空中戦で頼りになるはずの林田にはいつものスピードがなく、出遅れていた。やはり先の試合でのダメージがまだ残っているのか。小野田が追いついたが、絶対的な高さが足りない。結局、先発メンバーの中で二番目の長身であるナンバーエイトの枡田が戦いを挑んだ。バスケットボールのティップオフのような争い。同時に飛び上がった枡田と天聖のロックが空中で衝突し、枡田が弾き飛ばされた。辛うじて指先に引っかけたボールが、グラウンドを点々とする。近くにいた小野田が倒れこんで押さえ、すかさず立ち上がろうとしたところで、天聖のフォワード二人がかりの襲撃を受けた。ボールを抱えこんだまま潰され、そのままラックに移行する。こちらのフォワードが遅い――いや、天聖が速過ぎるのだ。ほどなく天聖がボールを奪い返し、タッチを狙ってきた。ボールは城陽陣内22メートルライン付近まで飛び、一回高くバウンドしてタッチを割った。天聖の応援団から、ぱらぱらと熱のない拍手が起きる。大したことはない、これぐらいは当たり前のプレイだ、とでも言うように。

しかし進藤は、一気に警戒感を高めた。あのフォワードの集散、それにボールの処理の速さはどうだ。まだパントが落ちた地点で揉み合っていてもおかしくないのに、早い球出しであっという間に形勢を逆転させるとは。

かなり振り回されるぞ、と予想した。

いや、既に確信していた。


前半十二分。ほとんどの時間は城陽陣内でのプレイだったが、まだ両チームとも無得点のままだった。

天聖ボールのスクラム。押し合いは今のところ五分五分で、今回も一度組むとぴたりと動かなくなった。天聖が余裕を持ってボールを出し、スタンドオフの荒木《あらき》が真っ直ぐ突っこんでくる。フランカーの上野が腹に強烈なタックルを見舞い、ボールが零れた。ノックオンか……いや、斜め後ろへ転がっている。前へ詰めていた進藤は、反射的にボールに飛びついた。体が芝を擦る感触。流れる動きでボールを胸に抱えて立ち上がり、前進しようとした瞬間、衝撃が体を走った。重い。猛烈なタックルで、体がなぎ倒されるのを感じる。手足をばたつかせたが、大した抵抗にはならなかった。

唯一自由になる左手でボールを地面に落とし、味方に後を託す。スクラムハーフの末永が素早く反応し、センターの秦にボールを回した。風景が斜めになる中、進藤は無意識に「蹴れ！」と叫んでいた。自陣22メートルラインの少し手前。ここは蹴って陣地を回復するんだ。

次の瞬間には、思い切り地面に叩きつけられていた。ボールを持っていないのにどういうつもりだ……しかし一連の流れの中だから反則は取られないだろう。背中から落ちて息が詰まる。痛みが脳天にまで突き抜け、一瞬意識が遠のいた。蹴ったのか……音が聞こえない。ラグビーボールは大きい分、キックの瞬間には意外に大きな音がするのだが。

意識が戻った時には、密集ができていた。進藤が倒れている場所の、ほんの五メートルほど横。ということは、ほとんど前進していないということだ。何をやってるんだ……頭を振って立ち上がり、重大な怪我がないのを確認してから戦列に戻る。フルバックの金井が捕まっていた。あの位置だと……両センターの間を割ろうと突っこみ、すぐにタックルされたのだろう。だから蹴らなくちゃ駄目なんだ。ゲインできずに、状況を膠着させただけではないか。

「ディフェンス！」天聖の選手がボールを押さえているのを確認し、進藤は短く指示を飛ばした。密集には金井だけではなく、谷内まで巻きこまれている。防御ラインの人数が足りない。「フォワード！」と叫び、近くにいた上野に、目線でバックスのラインに入るよう指示した。

ボールが出る。城陽の速いプレッシャー、しかし天聖は、強引にディフェンスラインを切り裂きにかかった。スタンドオフの荒木が真っ直ぐ突っこむのを見て、進藤は頭からタックルに入った。腿に肩をぶつけ、衝突の激しいショックを下半身で耐えながら、唸り声を上げる。そのまま両手をがっちり組み合わせて荒木の体を後ろ向きに倒し、背中から思い切り叩きつけてやった。鈍い衝撃音と、肺から空気が抜けるかすかな音。しかし荒木はしっかりボールをつないでいた。

フォワードが縦に突っこみ、最短距離でゴールラインを目指す。このままディフェンスに楔を打ちこみ続け、一気に大きな穴を開けてトライを狙うのか――だがゴールラインまで十メートルの位置まで入りこんだところで、突然横に振ってきた。ワン、ツー、スリーの速いリズムでボールがバックスラインを渡る。縦に分厚くディフェンスを強いていた城陽は、完全に振り切られた。ウイングが狭いスペースを斜めに切り取り、コーナーフラッグ目指して一直線に走る。

これを止められるのはチーム一――いや、リーグ一の俊足の斉藤だけだ。瞬く間に追いつき、タッチライン側へ追い詰めていく。しかし斉藤が足元へタックルに入ろうとした瞬間、天聖のウイングが右手をひょいと頭の上に上げて、フォローしてきたプロップの選手に緩いパスを投げた。顔の辺りでボールをキャッチすると、そのままインゴールに持ちこみ、ヘッドスライディングするような格好でボールを叩きつける。ホイッスルと同時に、両手を使ってボールを高々と頭上に投げ上げ、両膝をつけたま、フォローしてきた選手たちと抱き合った。

馬鹿野郎、騒ぐな。アメフトじゃないんだ。

文句を言いながら、進藤はゴールラインまで戻った。秦を捕まえ、天聖の攻撃の基点になったプレイを非難する。

「どうしてあそこで蹴らなかったんだ？　わざわざディフェンスの厚い所へ突っこむ奴がいるかよ」

「前へ進まないとトライは取れないぜ」秦は目を合わせようとしなかった。

「あそこで突っこむのは、向こうに完全に読まれてたじゃないか」

秦は反論せず、怒りで顔を赤く染めて離れて行った。勝手なことを……進藤は呪詛《じゅそ》の言葉を吐きながら、腰に両手を当てた。コンバージョンを待ってゴールラインに並んでいる選手たちには早くも疲労が忍び寄り、下を向いている人間もいる。

「顔を上げろ！」進藤の怒鳴り声に、びくりと体を震わせる顔。

ゴールキック。斉藤が何としても止めてやるという決意を秘めてダッシュして行ったが、間に合うはずもない。右斜め四十五度から蹴られたコンバージョンは、クロスバーの中央を綺麗に越えていった。

天聖7－0城陽。

親父の教えは「最短距離で進め」だった。そういう意味では、秦の選択はその教え通りだったと言える。

ボールを前へ投げられないラグビーでは、前進する方法は限られる。ボールを持ったまま自分で走るか、斜め後ろへパスしながら進むか、キックを使うか。バックスの華麗なオープン攻撃はラグビーの華だが、実は効率が悪い。ひたすら一直線に前へ、それこそが得点への近道なのは間違いない。ディフェンスの穴を捜し、そこに楔を打ちこんでさらに大きな穴に広げる——俺の仕事はその穴を捜すことだ。

そのはずだったのに、親父の日記の内容は正反対だった。

「横を最大に使いたい」

「フォワード、バックス一体の攻撃が理想だ」

「大学レベルではテンマンラグビーでいいのだが、それは将来につながらない戦法だ」

何なんだ。何度も読み返した日記のあちこちに、理想と現実の乖離が見られる。ことごとく、城陽のラグビーとは違っていた。やりたいラグビーがあったなら、欲望のままにチームを作ればよかったのに。親父が命じれば、俺たちは絶対に付いていった。どうして本音を隠して、直線的なラグビーにこだわり続けたのか。勝つため？　ただ勝つため？


運にまで見放されてしまう試合がある。

前半二十五分、進藤は自陣10メートルライン付近のスクラムからタッチを狙った。タッチラインから十メートルほど内側に入った地点で、右足でタッチを狙うには一番いい位置だ。ボールは綺麗なスピンを描いてぐんと伸び、敵陣22メートルライン付近まで飛ぶ。タッチラインぎりぎり、そこで一回跳ねて外へ出る様子が目に浮かんだ。

それでも身についた習性で、進藤は蹴った後、一気に前へ出た。

ボールが――切れない。あろうことか内側にバウンドし、戻っていた天聖のフルバックに、後ろ向きでキャッチされてしまった。タッチラインから五メートルほど離れた位置。蹴るには角度が悪い。背後に回りこんだウイングに余裕を持ってパスした。角度がついたところからタッチを狙うつもりのようだ。

パスを受けたウイングが走り出す。最初は前方の穴を探るように少しゆっくりと、ほどなくトップスピードに乗り、一気にゲインした。バックスラインをぽんぽんとパスが渡り、最後にボールを受けたスクラムハーフが、ライン際の細いスペースを駆け上がる。詰めていた金井が抜かれそうになったが、何とかジャージを摑んでバランスを崩した。しかし倒れる直前、不自然な姿勢ながらも、何とか内側にボールを戻す。キャッチした荒木がさらに突進し、フォワードにボールをつないだ。

天聖で最も長身のロック、伏見《ふしみ》が、長い足を高々と上げながら前進する。進藤は、横から思い切ってタックルに入った。衝撃で一瞬伏見の体が揺れるが、倒れない。何とか腰にしがみついたものの、進藤を引きずったままなおも前へ進む。

進藤は別の衝撃を感じた。枡田が身を挺《てい》して正面から飛びこみ、伏見を止めたのだ。伏見の体ががくんと落ち、尻餅《しりもち》をつく。よし、ここでプレイを切ってやれ。

ホイッスルが鳴った。顔を上げると、レフリーがイエローカードを上げている。何だ？　右手のカードで枡田を指差し、左手を首に当てている。危険なタックル？　目の前で、伏見が喉を押さえてのた打ち回っていた。馬鹿野郎、いくら潰すといっても、あんなタックルは駄目だ。

シン・ビン——一時退場を命じられ、枡田が肩を落としてタッチラインに向かって歩いて行く。クソ、これから十分間、フォワードの核が抜けたまま、十四人でプレイしなくてはならない。

ペナルティ。十分ゴールを狙える位置だが、荒木はフォワードの突進を選択した。重量級の選手たちが一塊になって突っこんでくる。城陽のフォワードは正面から受け止めて動きを止めたが、天聖はそこから執拗にサイド攻撃を仕かけてきた。密集の横を抜きにかかる、タックルで止められる、また密集。同じような動きが三回繰り返された後、ボールが零れてラックになった。ボールは出ないまま、天聖ボールのスクラムになる。

天聖はわざとこれを狙っていたのだ、と進藤は悟った。スクラムは八対七の戦いになる。ナンバーエイトは押す役割に関しては補助的だが、それでも総体重で約百キロ劣る状況は、明らかにこちらに不利だ。

「サイド、ケア！」

進藤は大声で、サイド攻撃を警戒するよう指示した。ゴールラインまで五メートル。抜ければ一気にトライされる。しかし予想に反し、天聖はボールをキープしたままスクラムを押してきた。城陽フォワードはあっという間に押され、ロックの二人の足がゴールラインにかかる。あと数メートル……進藤は咄嗟《とっさ》にナンバーエイトの位置に飛びこんでスクラムを押し始めたが、パッキングが割れて崩れているので力を分散してしまう。さらにぐっと押しこまれて、尻から倒れこんでしまった。スクラムが完全に崩れた、と思った次の瞬間、長いホイッスルが鳴る。目の前、ほんの一メートルのほどのところで、ボールが芝の上に転がっていた。

天聖のフォワードが両手を突き上げ、鬨の声を上げる。勝利の雄叫び。回してくるかと思えば力技で押しこむ、自由自在な展開。進藤は痛む肩を押さえながらスコアボードに目をやった。枡田が戻ってくるまで、まだ九分近くある。

天聖14－0城陽。

枡田の穴は思ったよりも大きかった。スクラムは完全に押され、仕方なしにタッチに逃げる機会が増えてくる。ラインアウトも完全に制圧され、城陽のボール支配率は、進藤の感覚で三割まで落ちていた。

それでも前半を何とか14点差で終えようとしていた時間帯、間もなく枡田が戻ってくるというタイミングで、天聖がまた仕かけてきた。

自陣10メートルライン付近で得たペナルティで、城陽のお株を奪うようなハイパントを狙う。荒木のキックは城陽の10メートルライン付近に高々と上がり、高さで群を抜く伏見が空中戦を制してボールをキャッチした。そのまま小野田のタックルを振り切り、直進する。先ほどの首へのタックルの後遺症を感じさせないスピードだった。正面から止めに入った末永に当たって吹き飛ばし、安井と海老沢二人がかりのタックルを受けても動きは止まらない。二人を引きずるようになおも五メートルほど進み、そこでフォローしてきたスクラムハーフに、余裕を持ってボールを渡した。すかさず縦に突っこんできた荒木へパスが通る。荒木は横へ流れ、左のセンターへ。ここで両センターがぶつかり合うような動きを見せたが、パスを受けたのは真っ直ぐ突進してきたフルバックだった。両センターがクロスして一瞬ボールが消えた後、ディフェンスに空いた穴をフルバックが突く。ラインの裏に出て、フォワードの追撃が迫ってきたタイミングで、離れた位置に控えていたウイングに長いパスを飛ばした。

フリー。

最後の防御壁になった斉藤が追い詰めていく。今度は逃がさない——強い意志を進藤も感じたが、少しだけ出足が遅れた。それでも追いすがった斉藤は、後ろから腰の辺りにタックルしていった。摑む。相手ウイングの体が崩れ落ちる。だが手はインゴールにまで伸びていた。最後は二人一緒に転がるようになりながら、ボールを叩きつける。

沈黙。風の音が耳をくすぐる。

いきなりソケットを引っこ抜かれたようだ、と進藤は思った。攻められ続け、自在な動きで許したトライはこれで三本目。手の打ちようがない――穏やかな諦めとでもいうべき空気がグラウンドに漂った。

「顔を上げろ、顔を！」

進藤は両手を叩き合せながら怒鳴った。義務的に天を仰いだ者、三人。他の選手は膝に手を当てたまま芝目を読んでいたり、のろのろとゴールラインを目指して歩いていたり……。負けたわけではない。絶望的な点差というわけでもない。だが、気持ちは折れかけていた。同時に自分の声が、仲間たちに届かなくなっていることを進藤は痛いほど意識した。

タッチライン際からのコンバージョンは外れたが、大した慰めにはならなかった。

天聖19－0城陽。

自分で考え、自分で動く。創造性溢れるラグビー。

「創造性」という言葉は、何度も父の日記に出てきた。具体的なことは何も書いていない。監督がイメージできるようでは「創造的」ではないということなのだろう、と進藤は解釈していた。

そんなことを言われてもな……ラグビーは案外型にはまったスポーツなのだ。サッカーと違い、しばしばプレイが切れて、スクラムやラインアウトなどの基本的なフォワードのプレイを強いられる。

全部自分で考えろということか。だけどそれは、監督としての責任放棄ではないか。チームの方向性を定め、試合の流れを読んで作戦を練り、要所要所で指示する——それこそが監督の仕事のはずだ。

「負けるわけにはいかない。だから勝つためのラグビーをやるが、見ていて甚《はなは》だ面白くない」

その一節を日記に見つけた時、進藤は衝撃を受けた。自分のチームのラグビーがつまらない？　勝っているのに？　信じられなかった。勝つことこそが何よりの喜びであるはずなのに。

「人のために監督など引き受けるものじゃない」

「負けたら全てが終わりだ」

人……誰を指すのか。ＯＢかもしれない、と思った。三顧の礼を受けて就任した城陽の監督の座だが、居心地は悪かったのではないかと想像できる。例えば年に一度の納会やＯＢ会。ＯＢの歴々が顔を出す会合で、親父はどことなく遠慮がちにしていた。

城陽を常勝チームに作り上げたのは親父なのだが、それでも「負けたら誠になるかもしれない」という不安は終始つきまとっていたのではないか。いくら名将と持ち上げられようが、外様として冷たい視線を浴びていると感じていた可能性もある。ちょうど今、七瀬が危うい立場に立っているように。つき合いが長くなるほど、親父は城陽ＯＢ会の怖さが分かってきたのかもしれない。

親父……俺はあなたが死んだ後も、負けないラグビーを続けてきたつもりだった。叩きこまれた教えに忠実に従い、七瀬と衝突するのも厭わず、あなたが築き上げた城陽ラグビーを守ってきた。

だけど今、俺たちは負けそうなんだ。どうしたらいい？　どんな手を打ったらいい？

前半の残り時間五分を切って、枡田が戦列に復帰した。拝むように顔の前で両手を合わせ、チームメイトたちに謝罪しながら。

ここは何としてもトライが欲しい。できればコンバージョンも成功させて7点を奪っておきたい。無得点のまま終わるのと、少しでも反撃しておくのとでは、後半のプレイの質が明らかに変わってくる。

「ここから取っていくぞ！」進藤は声を張り上げたが、空しさがこみ上げるだけだった。はっきりした反応はない。やる気がないのか、お前たちは。試合中でなければ、怒鳴り上げているところだ。

天聖陣内にわずかに入った位置で、城陽ボールのスクラム。枡田が入ったので、やっと安定した。ゆっくりボールを出させ、キックで攻めこむ。相手が誰もいないデンジャラスゾーンを狙って深く蹴った。よし……これ以上ないほどのコース。ボールは天聖ゴールラインに向かって転がっている。斉藤が俊足を飛ばした。

行ける。フォローしながら進藤は確信した。あいつの足なら間違いなく追いつく。あとは無人の荒野を切り裂いてやれ。

天聖の選手たちが一斉に詰めてきた。城陽のフォローは遅れている。このままではあいつは孤立してしまう……斉藤が一度だけ後ろを振り向いた。次の瞬間、前から回りこんできた天聖のウイングの頭を軽く越すキックを蹴る。まだ遠く離れていた進藤からも、ウイングの選手の顔色が変わるのが見て取れた。よし、上手く裏に落ちた。後はバウンドを合わせてキャッチすれば、振り切ってゴールラインまで一直線だ。

バウンドが内側に変わる。ボールと斉藤の間に、相手選手が立ち塞がる格好になった。斉藤がステップを切り、外側からボールに追いつこうとしたが、ボールはバウンドせずに力なくグラウンドの内側に転がっていく。追う二人が同時にボールに飛びかかり、地面に倒れこむ寸前で衝突した。鈍い音が進藤の耳に届く。まずい、防御の姿勢が取れない状態での衝突は怪我につながりやすい。今、斉藤を失ったら全てが終わりだ。

素早く戻っていた天聖のフォワードが、一斉に襲いかかる。斉藤はすぐに、大男たちの下敷きになって姿が見えなくなった。

すぐにホイッスル。

結果はともあれ、斉藤が早く救出されて助かった、というのが進藤の本音だった。先ほど、一時退場で十四人で戦わざるを得なかった時の心細さが思い出される。負傷退場しても交代要員はいるが、戦力が大幅に低下するのは否めない。斉藤の代わりは誰もいないのだ。

天聖ボールのペナルティ。斉藤がボールを離さなかった、と判断されたらしい。荒木が余裕を持ってボールをタッチに蹴り出し、そこで一際長いホイッスルが鳴った。

前半終了。足を引きずるようにベンチの方に戻りながら、進藤はスコアボードを見上げた。19－0。点差以上に押されている、という実感があった。こちらが打つ手はことごとく押し返され、天聖にいいように攻撃されている。これではどうしようもない。得意のパターンがまったく通用しない焦りが、次第に明確な恐怖の形を取って進藤の心を侵し始めた。

すぐにロッカールームに戻らずに、ベンチで控えていたマネージャーの芦田に声をかける。

「チャートを見せてくれ」

芦田が、折れ線グラフが描かれた一枚の紙を手渡した。横軸が時間、縦軸が陣地を表すもので、スクラムやラインアウト、ペナルティで試合が途切れたタイミングに点を打ち、それを線でつないでいる。どの時間帯に、どちらのチームが攻めこんでいたか、一目瞭然で分かるものだ。このグラフでは、中心を横軸で仕切った縦軸の上が城陽陣内、下が天聖陣内を示す。グラフはほとんど上側にまとまっていた。時に下まで突き抜けるほどの線——カウンターで一気に押し戻した時——が見受けられたが、大体その直後には大きく上に押し戻されている。先ほどの斉藤の走りのようなプレイだ。天聖陣内奥深く入りこんでも、すぐに戻されてしまう。

ラグビーは基本的に陣取りゲームである。これでは勝てるわけがない。

スポーツドリンクを口に入れ、口中でぐるりと回してから吐き出した。かすかに血の味がする。それを消すように、もう一度口を洗うようにしてから飲みこんだ。それでも消えない。口の中を切ってしまったのか……。

「これじゃ無理だわ」評論家のように無責任な声が背中から聞こえてきた。谷内が腰に両手を当て、呆れたような表情を浮かべて立っている。

「何が無理なんだ」答えは分かっているのに聞かざるを得ない。

「ワンパターンの攻撃……全部跳ね返されてる。認めろよ。今は天聖の方が力が上なんだ。同じことを繰り返してたら、絶対負ける。負けたいのか、お前は」

進藤は反撃を呑みこんだ。

これが城陽のラグビーだとは言えない。相手に通じないプレイの数々を、胸を張って自慢できるわけがない。

「負けるわけにはいかないだろう」かすれた声で、進藤は辛うじて言った。

「だったら、どうすればいいかは分かってるよな。変な面子《メンツ》にこだわるな」

「七瀬さんに何か言われたのか」

「関係ないって」谷内が、胸が合さるほど近くまで詰め寄ってきた。「俺は勝ちたいだけなんだ。そのために何をすべきか考えるのが、キャプテンの役目だろう。お前は何だ？　進藤監督の息子だから、跡を継いで大事に大事に進藤ラグビーを守ってるだけなんじゃないか。そんなことに何の意味がある？」

「俺は……」

「いいか」谷内が進藤の胸に人差し指を突きつけた。小さく鋭い痛みが胸を貫く。「お前はキャプテンだ。だから俺たちは、試合中はお前の判断に百パーセント従う。だけどここで負けたら、一生お前を恨むからな。やりたいことをやらないで負けたら……これ以上悔しいことなんかないんだよ」

ぷいと横を向いて、谷内がロッカールームに通じる通路に消えていった。呆然とその背中を見送りながら、進藤は視線をあちこちに彷徨わせる。

スタンドのかなり前の方に陣取っていた七瀬の姿を見つけた。立ち上がり、荷物――トランシーバーとパソコン――をまとめているところだった。ハーフタイムのミーティングでは、また何も喋らないつもりか。選手に任せるって言っても、それだけじゃ試合には勝てない。試合に入ってきて下さいよ。どうして選手たちと一緒に戦おうとしないんですか。進藤は、自分がひどく弱気になっているのを意識した。七瀬に頼るなんて……。

階段を上がろうとしたところで、七瀬が武井に捕まっていた。武井が顔を寄せるようにして、何事か話しかけている。グラウンド側からは武井の顔しか見えなかった。表情は険しく、七瀬の腕を握る手には力が入っている。七瀬はうなずきもせず、黙って話を聞いているようだったが、やがて右手を伸ばし、武井の手をもぎ取るように自分の左腕から離した。武井の顔に驚きの表情が浮き上がる。想像もしていないようなことを言われたのか？　ＯＢ会に反旗を翻したとか？

七瀬がそうしたくなるのも無理はない。自分の解雇を画策している人間に、あれこれ文句を言われたくないはずだ。

それでも、階段を上っていく七瀬の足取りは、何故かひどく軽く見えるのだった。言いたいことを言って気が楽になったのか？　それとも何か企んでいるのか？


「ラグビーは格闘技以前に走る競技である。だから、フォワードもバックスも関係ない」

「ラグビーの理想は、原始フットボールにある。ポジションも何も関係なく、全員でボールを敵陣に運ぶのが、本来の姿なのだ。それは祝祭であり、ラグビーの試合は単なるスポーツではなく大事なハレの日だと考えるべきだろう」

親父は、日記のあちこちに箴言めいた台詞を残していた。分からないでもない。原始フットボールがサッカーとラグビーに分離して以来、ルールがプレイをがちがちに規定してしまった。親父は、そういう四角四面なところから離れたかったのかもしれない。

だけど、原始フットボールを実際に見る機会などなかったはずだ。ただ文字で読んだ知識として頭の中に入っていたものを、どうしてここまで理想化できるのか。

「原始フットボールの理念を、現代ラグビーの戦術に生かしたい」

「城陽では無理なのか」

大人になるというのは、こういうことか。理想のためだけに動くのは不可能。しがらみ、プレッシャー、周囲の期待……そういうもの全てが、「できる範囲内でのベスト」を選択させる。本当にやりたいことを我慢しても、時には人を喜ばすためだけに動かなくてはならない。

俺が本当に欲しているのは、勝つことだけだ。その一点では、谷内と気持ちが一致している。

だけど谷内、一つ問題があるんだよ。どうやれば勝てるのか、今の俺には分からないんだ。

14

七瀬は思わず立ち上がり、その拍子にトランシーバーを取り落としてしまった。イヤフォンも耳から外れる。

「危ない！」無意識のうちに叫んでいた。斉藤がボールに飛びこみ、突っこんできた相手ウイングと地面すれすれで交錯する。衝突現場が近いせいか、がつんという衝撃音がはっきりと聞こえてきた。斉藤が体を丸める。そこに天聖のフォワード陣が襲いかかった。腐肉を狙うハゲタカ……ではなく、象の突進。ライオンさえ蹴散らし、邪魔な物は踏み潰して進んで行く。斉藤が蹂躙《じゅうりん》され、使い物にならなくなる様を予感して、七瀬は両手を拳に握った。何とか逃れてくれ。俺は誰も失いたくないんだ。

斉藤は体を丸めている。それで上からかかる体重の圧力に耐えているのだ。しかし結果的に、それが仇《あだ》になった。体をコントロールできなかったが故に、ボールを抱えこんだまま放さなかった、とレフリーが判断したのである。ノットリリースザボール、ペナルティ。天聖はここをタッチキックで逃れて、前半は終了するだろう。

予想通り荒木が綺麗にボールを蹴り出し、前半終了を告げるホイッスルが鳴り響いた。七瀬は硬いシートにがっくりと腰を下ろし、頭を抱える。すぐに顔を上げ――少しだけ勇気が必要だった――斉藤の姿を追い求める。軽く足を引きずっていたが、誰の助けも借りずにしっかり歩いてグラウンドを出るところだった。最後に振り返って一礼するぐらいに冷静でもあった。

安堵の吐息を押し出し、椅子に寄りかかろうとして慌てて両足を踏ん張った。背もたれがないのをつい忘れてしまう。冷静になれ……自分に言い聞かせて、視線をグラウンドから外す。向かいのスタンドは二分されていた。天聖のチームカラーである黒のタオルを振り回す者が半分。残り半分は……何もしていなかった。予想以上の大差で前半終了。選手を励まそうにも、言葉もないはずだ。そもそもあそこに座っている人間の中で、ラグビーのルールを知っている人間がどれだけいるだろう。さらに、選手の感情まで踏みこんで理解できる人間となると、本当に数は限られる。

「参りましたね」会田が溜息を漏らした。周りの関係者はぞろぞろと立ち上がっていたが、二人はその流れに逆らうように座り続けた。

「厳しいな」七瀬は端的に感想を述べた。

「このままじゃ負けますよ」他人事のように会田が言った。

「俺にどうしろと？」監督の言葉じゃないな、と思いながら七瀬は漏らした。

「ハーフタイムで何か喋って下さい。連中には監督の言葉が必要です」

「俺が何を喋っても無駄だろう。選手たちに信用されてないからな」

「いい加減にして下さい！」会田が怒声を上げる。何人かが振り返ってこちらを見ていたが、会田は少し声を低くしただけで続けた。「信用されてないとしたら、それは七瀬さんにも責任があるんですよ。もっと積極的に選手たちと交わろうとしなかったから」

「進藤さんと同じ方法を取るわけにはいかないんだ」

「分かります。真似してるとか、進藤路線の継承とか、そういう風には思われたくないですよね。だけど、下らない面子にこだわってどうするんですか。俺たちの目標は一つだけですよ。監督も選手も関係ない。同じ目標を目指してるんじゃないんですか」

いつも冷静な会田の目がかすかに潤んでいるのを見て、七瀬は動揺した。主務に激情は必要ない。常に冷静に周囲を見て、足りない部分を埋め、余計な穴を塞ぐ気配りのできる人間だけが、有能な主務と言われるのだ。そういう点で会田は、主務になるために生まれてきたような男と言っていいのだが……今はそういう役割をかなぐり捨てている。一人のラグビーを愛する人間としての心の叫びだった。

「すいません、生意気言いました」

「いや」七瀬はトランシーバーを拾い上げ、パソコンを持って立ち上がった。「俺はこだわり過ぎたと思うか」

「何にですか」

「進藤さんの本当の願いを叶えたがった。選手たちには、そのためのラグビーをやってもらいたかった。でも、そもそも勝たないと、進藤さんに対する餞《はなむけ》にはならないんだよな」

「進藤監督の願いって……それこそ、城陽のラグビーを貫き通すことじゃないんですか？」

「人はいつでも本音で話すわけじゃないさ。進藤さんは、自分の気持ちをずっと押し殺していた。俺はそれを知っている」

「どうしてそれを早く言わなかったんですか」会田の顔から血の気が引く。「黙ってちゃ、何も分かりませんよ」

「短いシーズンの間には、伝えられないこともあるんだ。だけど今日は、やるだけやってみよう……このことは、キャプテンは知ってるし」

「進藤が？」会田が目を剝いた。「それで、あいつ……」

「俺があいつを迷わせてしまったかもしれない。前半、あいつのプレイには切れがなかっただろう？　何とかの一つ覚えで同じような攻撃パターンを繰り返すばかりで、俺が余計なことをしなければ、あいつは今も信念を持ってプレイしていたかもしれない。あいつの迷いが、この点差になって現れているのかもしれないな」

19―0。残酷な現実を告げるスコアボードを、七瀬は指差した。

「あと四十分か。俺も最後ぐらい、君たちが期待する監督の役目を果たすよ」できるのか？　今さら、と選手たちは白けてしまうのではないか。

「最後って……」言外の意味に気づいたのか、会田が顔をしかめる。

「いろいろな意味で最後だ」会田の肩を軽く叩いた。「とりあえず、リーグ戦最後のハーフタイムだからな。よろしく頼むよ」

気を引き締めて――いや、覚悟を決めてだな、と七瀬は胸を張った。今では認めることができる。俺は監督を引き受けてから、ずっと逃げていたのだと。

進藤の跡を継ぐプレッシャーの大きさ。いきなり降って湧いた話で、当初は迷っている暇すらなかったが、時が経つにつれ、重苦しい空気が体に取りつくようになった。それまで飲んだこともない胃薬をどれほど消費してきたことか。しかも自分の考えをまったく押しつけず、選手たちに任せ切りにしてこのザマである。

こんなことなら、最初からしっかり話しておけばよかった。選手は大学生、幼稚とも思えるアドバイスをすれば、向こうも不快になるだろうと避けてきたのだが、「察してくれ」などというのは、こちらが勝手に期待していた虫のいい話に過ぎなかったわけだ。嫌われてても反発されてもいい。進藤だけでなく、他の選手にも恩師の考えを伝え、後半に全てを託そう。話した結果どうなるかは分からないが、とにかく話すのだ。そうしないと何も始まらない。

「七瀬君」

気合は、武井の一言であっさり萎んだ。今一番話をしたくない相手。だが武井は、七瀬の腕をがっちり摑むと、顔を寄せて小声で囁き始めた。

「ひどい試合になったな」

「そうですか？」

「前半だけでこれだけ大差をつけられた試合は、ここ何年もない」

「まだ十分逆転できる範囲です」

「いいか、この試合は大事な一戦なんだ。この試合に勝つかどうかで、大学選手権の戦い方も決まってくる。このまま負けたら、こちらとしても動かざるを得ない。君の方で覚悟を決めてくれるなら、それでもいいが。その方が穏便に済むだろうな」

七瀬は、彼の話にまったく反応しなかった。他人事のようにすら聞こえる。馬鹿馬鹿しい——馘なら馘だとはっきり言えばいいのに。こっちが辞表を出す方向に持っていこうなどとは、何と姑息《こそく》な手段か。辞職なら、彼らの手は汚れない。

「ラガーマンは引き際も大事だぞ」

「もう一つ、ずるい手を使わないのも大事じゃないですか」

「何だと」七瀬の腕を摑む武井の手に力が入った。指先がダウンジャケットを通して、肉にまで食いこむ。

「いろいろ噂を流していたようですけど、俺には関係ありませんから。俺はこのチームの監督です。城陽が勝つこと以外には、何も望んでいない」

「今さら何を言う」武井が鼻を膨らませた。「今までろくに選手を指導してこなかったじゃないか。この期に及んで監督面をされても、信用できない」

「何とでも言って下さい。城陽は選手たちと俺のチームなんだ。あなたのチームじゃない」

「何だと？」

　武井が七瀬の腕をぐいと引く。七瀬は脚に体重をかけて抵抗した。こちらの方が身長で十センチ、体重でも二十キロほど上回っている。結果、武井の顔が少し赤くなっただけだった。

「それに俺は、何も諦めてません。後半で勝ちに行くんです」

「今さら何ができる？」

「言葉の力で」七瀬は自分の唇を指差した。「忘れたんですか？　俺は進藤監督の直弟子なんですよ。あの人は言葉で選手を乗せることができた。俺にもできないはずがない」

ロッカールームは、嫌な冷たさで埋め尽くされていた。絶望的な負け試合の雰囲気。七瀬は思わず、入り口で足を止める。進藤が必死で檄を飛ばしているのがかえって痛々しかった。

「――いいか、一つ一つのプレイで負けてるわけじゃないんだ。こういう時こそ、心を一つにしよう。苦しい練習を忘れるな。ここまでの試合を無駄にするな！　ここから気合を入れ直すんだ」

「進藤、ちょっといいか」選手たちの目が一斉に入り口の方を向いた。

「ミーティング中です」

「たまには俺にも喋らせてくれ。進藤監督の言葉を伝えたい」

進藤の喉仏が上下した。迷っている。日記を読んで、本音を知ってなお、どうしていいか分からずにいる。

七瀬はいつもの癖で壁に背中を押しつけ、低い声で話し始めた。

「俺が高校生の時の話だ。その頃、俺の学校――世田谷第一は、もしかしたら花園を狙えるかもしれないって言われていた。最高のスタンドオフがいたから、注目されていたんだ。進藤監督は、三年計画で、そいつを軸にしたチームを作ろうとした。スタンドオフの能力を最大限に生かして、フォワードを最短距離で前へ進ませる——今の城陽と同じ、テンマンラグビーだよ。三年生の時の花園の予選は、途中までは上手くいった。君たちも知っての通りで、高校ラグビーの地方予選は、最初の頃はレベルの差があり過ぎるからな。俺たちは毎試合フォワードでラッシュをかけて、監督も試合中に細かく指示を出して、ずっと楽勝で勝ち進んだ。準々決勝までは、な。

ところがベストエイトのレベルになると、相手も強い。急にフォワードの攻撃が通用しなくなったんだ。今日みたいに前半で大量リードを許して、正直言って俺は負けを覚悟した。そうしたら、ハーフタイムに監督はこう言ったんだ。『好きにやってみろよ』ってね。正直言ってたまげたよ。とにかく口出しするのが大好きで、選手を自分の枠にはめようとしてきた人が、いきなり投げちゃったんだから。これはもう、試合を投げたな、と思ったけど、後から考えてみたら監督にはそんなつもりはなかった」

一度言葉を切り、七瀬は選手たちの顔を見回した。ベンチに座って、膝にテーピングを巻く手を止めながらこちらを見ている小野田。頭から被った水がまだ流れ落ち、顔にまだらな縞模様ができている池上。壁に背中を預けて腕組みをしているウイングの橋上《はしがみ》。長い髪を押さえるためのテーピングテープを外し、右手をぶら下げている秦。全員の目が七瀬を見ていた。最大の難関である進藤は、目を逸らそうとせず、険しい視線を送ってくる。

「監督の言葉が、俺たちに限界を作ってしまっていたんだ。スタンドオフは蹴れ。フォワードはボールに突進しろ。それを義務みたいにこなすだけで満足して、それ以上のことができなくなってしまったんだ。正直言って、自分たちで考えて、好きなようにやりたいという気持ちはあったよ。ただ進藤監督は俺たちを強くしてくれたんだから、指示に従うべきだと思った。その結果、単なるロボットになっちまったんだろうな……俺たちは監督の言葉で楽になって、開き直った。どんどんボールを回して、積極的にサインプレイを使って、前半とがらりとスタイルを変えたら、向こうが戸惑って、結局は逆転勝ちできた。それで勝てたからいいんだ、結果オーライだと、進藤監督も認めてくれた。そういうスタイルは、花園で負けるまで続いたんだ……誰かの言うことを聞いてプレイするのは楽だよな。考えることを肩代わりしてくれるわけだから。でもそれじゃ、必ず天井にぶつかる。そこから先、自分で突き破っていくのは難しい。自分たちで考えて行けるところまで行く、それで行き詰まった時に誰かのアドバイスを受けるのが自然なスタイルだと思う。だから」すっと息を吸いこみ、声のトーンを上げた。「宣言する。俺は君たちを、進藤監督から解放する」

沈黙。

失敗だったか、と七瀬は悔いた。やはり選手たちの頭は、進藤監督の言葉で一杯になっているのだろう。それを忘れろ、自分の頭で考えろと急に言われても戸惑うだけだろう。

「進藤」

呼びかけると、進藤はゆっくりとうなずいた。

「君は親父さんが何を考えていたか、分かったはずだ。どう思う」

進藤は一瞬躊躇った後、首を横に振った。父親の本音を否定する、そもそも知らなかったことにしてしまう――どうしていいか分からないのだろう。酷だったか。試合は選手のもの、より限定すればキャプテンのものだ。しかし試合に没頭するためには、まず根源的な原理が打ちたてられている必要がある。つまり、どんなラグビーをやるのか。

「進藤監督は、本音では、城陽でも自由なラグビーをやりたかったんだ。それは俺もはっきり聞いたし、記録にも残っている。もしも君たちが、今年のリーグ戦を進藤監督の弔い合戦だと考えているなら、彼の夢を叶えるためにプレイしてもいいんじゃないか。進藤監督が見たかったラグビーをやってもいいんじゃないか。勝ち負けも大事だけど、その前に、進藤監督を唸らせるようなプレイを見せてやれよ。ワンパターンじゃなくて、自分たちの頭で考えて、思う通りにプレイしてみろよ」

再び沈黙。暑苦しいロッカールームの空気に息苦しさを感じ、七瀬は首元に指を突っこんでネクタイを緩めた。失敗したな、と一瞬後悔する。今日のネクタイは、天聖カラーの黒にシルバーのストライプが入ったものではないか。

「頼む、何でもやってみてくれ！」

突然大声を張り上げたのは、負傷でずっと戦列を退いていた石立だった。見ると、上体を九十度に折り曲げている。松葉杖こそ必要なくなったものの、まだ下半身が安定していないのか、勢いよく頭を上げた拍子にぐらついてしまう。隣にいた会田が慌てて巨体を支えた。

「お前ら、このままだと負けるぞ。勝って欲しいんだ。勝って大学選手権と日本選手権を戦おうよ。俺は今年、何の役にも立てなかった。日本選手権には……いや、大学選手権には必ず間に合わせる。俺にも一緒にプレイさせてくれ！」

もう一度、深々と頭を下げる。零れた涙が、コンクリートの冷たい床に小さく温かな水溜《みずたま》りを作った。

　わずかに空気が動いた。

「よし」ベンチに腰かけ、床を見詰めていた谷内が顔を上げる。目尻が引き攣り、瞳は潤んでいた。「ここで負けてたまるかよ。俺たちはまだやるぞ」

「逆転できる」永川が同調した。「諦めたら終わりだぞ」

「これからです」上野が拳を固めた。「まだ四十分あるんです」

「よし、こうなったら好きにやってやろうじゃないか」海老沢が檄を飛ばした。「勝てばいいんだよ、勝てば。まず、天聖を驚かしてやろうぜ。それで勝ちに行くぞ！」

「オウ！」

　久しぶりに声が揃った。何ということか……結局俺の言葉なんか、何の意味もなかったじゃないか。チームを一つにしたのは石立の涙の訴えである。やはりチームは選手のものだ。監督にできることなど、限られている。

「時間だ」腕時計を覗きこんだ会田が告げる。

「よし！」

「行くぞ！」

「潰すぞ！」

思い思いの声を上げ、選手たちが飛び出して行く。最後に残ったのは進藤だった。大きな波に乗り切れず、凪《なぎ》の海で一人ぼんやりと浮いているような感じ。

「そこのサーファー」

目を細めたまま、進藤が七瀬を見た。

「いや、つまり、一人で波に乗り遅れてるんじゃない」また下手な冗談を言ってしまった。後悔しながら進藤の顔を真っ直ぐ見詰める。

「俺は親父に縛られてますか」進藤が目を見返してきた。

「そうかもしれない。俺もそうだろうな」

「親父の本当の願い……それを叶えるために自由にラグビーをやったら、結局また親父に縛られることになるんじゃないですか」

「随分難しいことを考えてるんだな」凝り固まった気持ちを何とか解そうと、七瀬は軽い調子で言った。「余計なことは考えるな。勝つために何が必要なのか、それだけ考えろよ。もしも抜け道が見つからなかったら、俺が手を貸す」

「試合中に指示なんてしたくないんでしょう？　それは親父の考えに反するんじゃないですか」

「もうちょっと、君たちとラグビーを続けたくなった。俺を馘にしようとしている人間がいるからね。負けたらそれで終わってしまう」

「それは……卑怯ですね」

進藤がすっと目を逸らした。ああ、この男は俺を解任する流れを知っているに違いない、と七瀬は悟った。もしかしたら「辞めさせて欲しい」と頼みこんだのは、進藤本人かもしれない。しかし怒る気にはなれなかった。そんなことをしている場合ではなかった。大事なのは、目の前の試合だけ。

「そう思ってるなら、勝ってくれ。どうしても助けが必要だと思ったら――」

「そうならないようにします」

進藤の顔に、わずかに血の気が戻っていた。まだ割り切れた、あるいは方針を決めたわけではないだろうが、少なくとも数分前に比べれば幾分ましな顔つきになっている。

いけるか？　背番号「10」が通路の奥に消えるのを見守りながら、七瀬はトランシーバーを握り締めた。今シーズン、ほとんど使うことがなかったトランシーバー。もしかしたら後半は、活躍してもらうことになるかもしれない。

スタンドに戻り、七瀬は控え選手たちに混じって座る石立に声をかけた。慌てて立ち上がるのを制し、隣に腰を下ろす。

「ありがとうな」

「いえ」大きく目を見開きながら、石立が頭を下げた。先ほど涙を零したせいで、目は赤く染まっている。

「やっぱり試合は選手のものだよ。俺は余計な口出しをしない方がよかったかもしれない」

「そんなこと、ありません。監督、勝たせてやって下さい」

「俺にできることがあれば、何でもやるさ」七瀬は石立の肩を叩き、その勢いで立ち上がった。

会田がキープしておいてくれた前の席に移る。三列ほど後ろに座る武井の鋭い視線が、背中でちりちりと弾けるのを感じたが、見えないものに反応する必要もない。会田がつけておいてくれた前半のスコアブックに目を通し始めた。

「さっきは石立に助けられましたね」会田がほっとしたように言った。

「ああ」

「あいつ、単細胞だから。かえって言葉に重みがあるんですよね」

「単細胞じゃないと、フォワードみたいにきついことはやってられない」軽く応じながら、七瀬は前半の城陽の攻撃パターンを確認した。かなりの時間を自陣でプレイしているのだが、時折大きく攻めこんでいる。例えば終了間際のプレイ。斉藤はゴールライン五メートルのところまで食いこんだ。もしもあの時フォローがあってパスしていたら……蹴ったにしても、斉藤の狙い通りタッチライン際にバウンドしていたら……つきがなかった。サボりもあった。しかし斉藤が、幾重にもなって押し寄せる天聖のディフェンスを一発で崩したのは間違いない。

キーマンはやはり斉藤だ。大事なのは、あいつが全力で走れる場面を作ること、そして最後までフォローを忘れないことだ。献身的に走っても九十パーセントまでは無駄になるかもしれないが、いざという時には決定打になる。そこでサボっていると、詰めで失敗するのだ。

だが、今は言わない。まずは自分たちで考えること。どうしても、と助けを求めてくるまでは、何の指示も出してはいけない。

こだわっているのは、やはり俺の方かもしれないな。都大会の準々決勝後半から花園で負けるまでの数試合、あそこにこそ、俺と進藤にとっての理想のラグビーがあったのだ。監督は腕組みをしたまま、黙って戦況を見守る。どうしても苦しくなった時にだけ、ピンポイントでアドバイスを与える。奇跡の数試合で進藤がそうしていたように――単なる思いこみかもしれないし、そこに縛られて陥穽《かんせい》に陥るかもしれない。

だが俺は、自分の頭で消化して、あの時の進藤を理想の監督像にした。信じよう、自分を。だからお前たちも、自分の信じる道を行け。他人に導かれた道ではなく、自分で切り開いた道の先にこそ、求めるものがある。

「斉藤がポイントですね」会田がぽつりと言った。

「お前もそう思うか」

「当然です。百メートル十秒台の選手を決定打として使わない手はない」

「進藤は分かってるんだろうな」

「分かってますよ。今までだってそうやってきたじゃないですか。ディフェンスの裏側に蹴って斉藤を走らせるのは、大事なパターンの一つです」

「正解だな。あくまで正解の一つだけど……ところがそれが天聖には通用してない。お前ならどうする？」

「フォワードで押しこんで、バックスのディフェンスラインにプレッシャーをかけてから、オープン攻撃」

「それだよ、それなんだよ」

七瀬は思わず会田の顔を指差した。会田が嫌そうな表情を浮かべる。

「そんなの、基本中の基本だよな。考えてみれば進藤さんのラグビーは邪道だ。学生レベルではああいうやり方で勝てるかもしれないけど、世界的な流れには反してる。なあ、このメンバーから日本代表が何人出ると思う?」

「進藤と斉藤は確実でしょうね」

「これから世界と戦わなくちゃいけない選手が、今までの城陽と同じラグビーをやってちゃ駄目だ。上を見てプレイしないと」

「監督」

「ああ?」

「まず、目の前の勝利ですよ。負けたら終わりなんです」

この野郎、生意気言いやがって……七瀬は口元が緩むのを感じた。だが、会田の冷静さが今は嬉しい。すっと気持ちが楽になり、背筋を伸ばしてグラウンド全体を見渡す余裕ができた。

キックオフのホイッスル。大きなハンディを背負っての後半スタートだが、七瀬は何故か心が澄み切っているのを感じた。ふと思いつき、会田の足元にあるカメラを指差す。

「撮影しておいてくれ」

「どこをですか?　誰を?」

「天聖。こっちが攻めてる時のディフェンスの動きを調べるんだ。デジカメだから、すぐに確認できるだろう」

「分かりました」会田がカメラを取り上げる。長い望遠レンズのついた、ごつい一眼レフだ。

「少し広角で。その方が動きは分かる」

「分かってますよ。写真はいつも散々撮ってますから」

「失礼……それじゃ、任せた」

「了解です」

心地好く転がる会話を楽しみながら、七瀬はグラウンドを凝視した。今になってチームが一つに固まってもな……手遅れということはないか。19点差。しかし三トライ三ゴールで逆転できる。そして四十分あれば、どんなことでも起こり得るのがラグビーなのだ。

七瀬はイヤフォンを耳にさしこみ、トランシーバーの電源を入れた。さあっとノイズが流れこむ。

「芦田、聞こえるか?」

「聞こえてます」

「天聖のバックスのディフェンスをよく見ておいてくれ。角度が違えば、ここは別のものが見えるかもしれない」

「了解」

さらに指示を――こちらの意図を伝えようとしたが、結局七瀬は通話スウィッチを切った。芦田も、俺が何を言いたいかを悟ってくれたのではないか。

そうだと信じたかった。

15

後半のファーストコンタクトは、ハーフウェイライン付近での城陽ボールのスクラムだった。バックスは、ちょうど10メートルライン上に立つ進藤を先頭に、左側に浅いアタックラインを敷いている。この位置なら蹴るのが、いつもの城陽の作戦だ。選手たちは無意識のうちにその状況に備えている――自分たちの頭で考えるといっても、体に染みついた癖は簡単には消えない。

結局は走れ、回せということなんだろうな。進藤も頭では、そうすべきだと分かっていた。天聖は混乱し、ディフェンスに乱れが生じるかもしれない。しかし、ただ七瀬の言葉に乗せられてしまうのも悔しい。オープン攻撃は、彼の考えている通りの展開だろうから。オプションは——ある。スクラムにボールを入れる寸前、進藤は末永とアイコンタクトを交わした。わずかに目線を右に動かしてみせる。意図を読んだかどうか、末永がかすかにうなずいた。

ボールイン。スクラムは互角だ。末永はゆっくりとボールをキープさせ、一押しさせたところで枡田の足元に屈みこんだ。タイミングを見て進藤はスタートし、スクラムに対して斜めに走りこんで、末永から短いパスを受ける。そのままラインの逆側に走りこんで、相手フランカーのタックルを受ける寸前で、するすると直線的に上がってきた斉藤にパスを出した。よし、スペースは空いている。向こうのウイングと一対一の勝負だ。

斉藤はタッチラインに向かって斜めに走り出した。左手にボールを抱え、前傾姿勢で弾丸のように突き進んでいく。天聖のウイングが詰めてきたが、巧みなフェイント一発で振り切った。直後、フルバックが正面に立ちはだかる。斉藤はさらに外側、タッチライン際の細いスペースを真っ直ぐ駆け上がったが、ふいに内側に進路を変えた。フルバックが振られる。瞬時に、また外へ。フルバックが姿勢を完全に崩されたのを見て、フォローしてきた進藤にパスを通した。

緩やかなパスを受けた進藤は、迷わず突進した。内側からフォワードの連中が大挙して押しかけて来るのが見える。間違いなく潰されるだろう。ここは蹴って一度外へ出す――いや、プレイを中断させてたまるか。

わあっという歓声が全身を包みこんだ。多分今、自分は、城陽応援団が大挙して陣取っている付近を疾走している。一瞬、左に視線を投げた。がら空き。城陽の選手は全員自分より後ろを走っているから、どういうコースをフォローしているか、分からない。だがここは仲間たちの観察眼を、それに基づく読みを信じたかった。

蹴った。低い弾道のキック。迫りくる天聖フォワードの頭上を越え、バックスの連中の裏側に届く、長いパス代わりのキックだ。ボールは誰もいない場所に落ち、反対側のタッチラインに向かって転がっていく。このまま外へ出るほどの勢いはない。誰か――逆サイドのウイング、橋上がベストだ――追いついてくれ。満足のいくキックの感触を足に感じながら、進藤は自らのボールを追った。

崩した。トリッキーな動きが天聖のディフェンスを切り裂いたと進藤は確信した。

「橋上！」叫ぶ。

指示を受ける前から、橋上は必死でボールを追っていた。戻った天聖のスタンドオフ、荒木との競走になる。橋上がリードしていたが、荒木も必死だ。ボールはタッチラインの十メートルほど手前で、ほとんど止まっている。天聖のフォローは遅れており、拾い上げればトライにつなげるチャンスが広がる。
橋上が、低い姿勢でボールをすくい上げた。一瞬スピードが落ち、そこに荒木のつけ入る隙が生じる。一気に差を詰めた荒木は、再び走り始めた橋上に襲いかかった。倒すまではいかないが、上半身を抱えこみ——荒木の方が一回り体が大きい——自由を奪っている。橋上がばたばたと暴れたが、振り切ることはできなかった。

ほどなく、天聖のフォワード陣が到着した。揉み合う二人を一気に押し戻し、ボールを確保する。いつの間にか密集から抜け出した荒木がボールを出させ、そのまま密集の脇を抜けるようなキックでタッチに逃れた。ほう、という安堵の吐息と溜息が混じり合い、スタンドに溢れる。

反対側のタッチラインに戻りながら、進藤は枡田を捕まえた。

「フォローが遅過ぎる」

「分かってる」

「へばったのか」

「読めなかっただけだ」

クソ、当たり前だ。「自由にやろう」「自分たちの考える通りにやろう」言うのは簡単だが、現実味を帯びるのは、普段からそういう自由なプレイをしている人間が言った時だけである。城陽は、決まった枠の中で最上のパフォーマンスを発揮するような練習をしてきたわけで、アドリブが利かない。今の反対側へのキックは好判断だと自分では思っていたが、フォローしてくれる人間がいなければ意味がない。どうする？　声に出して指示し、天聖にも作戦を教えてしまうか。

七瀬さん、こいつはそれほど簡単なことじゃない。あなたたちは、どうして試合の途中で修正できたんだ？　十五年前、ただの高校生に過ぎなかったあなたたちが、どうしてそんなことができたんですか？　あなたたちがベースにしていたフィジアン・マジックを、俺たちは知らないんだ。

「写真、見せてくれ」

「どうぞ」

会田にカメラを借りて、七瀬は写真を再生した。低い角度からの撮影だが、タッチラインからタッチラインまでが綺麗に収まっている。今の進藤のキック……いい判断だ。フォワードのフォローが遅れたのは仕方ないだろう。予期していないプレイ、慣れていない場面で完璧に動けと言っても無理だ。

進藤が逆サイドに蹴った瞬間、天聖のディフェンスの動きは混乱していた。天聖のディフェンスは、基本的にボールのあるポイントを目指し、波状攻撃で相手の選手を外へ外へ押し出そうとするものである。局地戦が続く場面では効果的だ。しかし予想した通り、ボールから離れた地点は手薄になっている。

そこを攻める手はいくらでもあるだろう。キックをパス代わりに使う、あるいはどんどんパスをつないで左右に振り回すのが常道だ。今のワンプレイで進藤はそれを見抜いたはずだが、他の選手がついていけるかどうか。実際今も、フォワードのフォローがなかった。走力で天聖に劣っているわけではないのだから、問題は判断力、そして想像力である。しかし普段練習でもやっていないことを、試合で出せというのは無理だ。

七分経過。七瀬はトランシーバーを口元に持っていった。

「芦田、聞こえてるか?」

「どうぞ」雑音が消え、芦田の声がクリアに耳に飛びこんできた。

「進藤にどんどん蹴らせろ。ただ、前へじゃない」

「横ですか?」

「そう」

「それをどう伝えるんですか」

「開け、だ」

「はい？」

「開け。それで通じなければ、また考える」

「……分かりました」

無線が途切れる。天聖ボールのラインアウトから密集になり、ボールが出ないまま、城陽が強引に外へ押し出した。今度は城陽ボールのラインアウトに変わる。位置は先ほどとほとんど変わらず、ハーフウェイライン付近。

ベンチから芦田が飛び出していった。両手でメガフォンを作り「開け！」と怒鳴るのがスタンドまで聞こえる。進藤が一瞬怪訝そうな表情を浮かべ、ほかの選手も戸惑いを隠そうとしなかった。芦田は一瞬躊躇った様子だったが、再び「開け！」と指示を飛ばした。それからスタンドを見上げ、七瀬に確認を求めてくる。七瀬は大きくうなずいてやったが、納得したわけではなかった。問題はここから先。進藤は俺の言いたいことを理解してくれただろうか。他の選手は進藤のリードで踊ってくれるだろうか。

開け、か。進藤は瞬時に七瀬の指示の意味を理解した。さっきのプレイ……あのイメージで、横にどんどん展開していけということか。

「斉藤、逆サイド、ケア！」

一瞬戸惑いを見せた斉藤だが、すぐにうなずいた。それを確認して、進藤は「１４２５！」と大声を張り上げる。ラインアウトのサインで、四桁の数字は、深くまで投げこみ、最後尾に陣取るナンバーエイトの枡田にキャッチさせるプレイである。普段ラインアウトで指示を出すフッカーの海老沢が、怪訝そうな表情を進藤に向けてきた。進藤は一度うなずいただけで、バックラインに意識を集中させる。枡田が上手くキャッチすれば、センターの秦がまっすぐ突っこんで、パスをつなぐ役目を担う。

海老沢が同じサインを繰り返す。一度フェイントをかけ、直接、高い軌道でロングボールを投げ入れた。綺麗な螺旋《らせん》回転を与えられたボールは、ラインアウトの最後尾を楽々と越えていく。列から離れた枡田が、走りながら伸び上がるようにしてボールをキャッチした。直後、天聖のナンバーエイトが腰にタックルしたが、枡田はこらえ、走りこんできた秦にパスを送る。秦は頭を低くして、天聖ディフェンスラインの只中《ただなか》へ突入していった。すぐに捕まって密集になる。城陽フォワードが押しこみ、グラウンドの中央へ向かってじりじりと動いた。

　秦が巻きこまれているので、バックスが一人少なくなっていた。進藤は、密集に入らず、横で天聖の飛び出しを警戒しているフランカーの永川に声をかけた。

「後ろへ！」

　永川は巨漢揃いの城陽フォワードの中では軽量だが、走力ではトップクラスである。秦の代わりをさせるなら、この男しかいない。

　バックスのアタックラインは自分の左側。秦はこちらの意図通り、自分の真後ろまで回りこんでバックアップに備えている。末永がボールを出させ、パスを送ってきた。低い。一瞬動きが止まってしまい、そこを狙って天聖が速い出足で潰しにかかってくる。進藤はスパイクで芝を切り裂くようなステップを踏んで一人をかわし、逆サイドへ深いキックを蹴りこんだ。

　先ほどと同じような展開。手薄なデンジャラスゾーンに向かって斉藤が走りこむ。低い弾道で放たれたキックが、彼の走りをリードした。転がるボールに引っ張られるように、斉藤がぐんぐんスピードを上げる。永川が少し遅れて続いていた。フォワード一の俊足といっても、さすがに斉藤とは比べるべくもない。それでも何かあった時には十分間に合う距離を保っていた。

フォローに走りながら、進藤は状況を視界に収めた。前半動きの鈍かったフォワードの連中が、後半に入ってから必死に走っている。元々スタミナも走力もある連中である。いつもの単純な「前へ」という動きでなくても、十分対応できるのだ。

斉藤が、前方へ転がるボールのバウンドに合わせて上手く拾い上げた。スピードを落とさぬまま突進し、直後、相手ウイングと衝突する。前半終了間際の同じようなプレイでは、孤立して最後にはボールを奪われたが、今回は永川のフォローが速い。すかさず助けに入ってボールを奪い、追走してきた進藤に素早くパスした。進藤はタッチライン際から中へ切りこみ、相手フルバックを引きつけてふわりとパスを浮かした。直線的に突っこんでボールを受けた安井が体重を生かしてフルバックを吹き飛ばし、無理に突っこまずにその場でポイントを作る。末永が素早く反応してボールを出した。

進藤は迷わずオープン攻撃を選択した。ボールは秦から谷内、そして橋上へ。グラウンドの中央付近でパスを受けた橋上は横へ流れ、さらに外側へフォローしてきたフルバックの金井に絶妙なパスを出した。前に敵はいない。金井がグラウンドを斜めに、コーナーフラッグ目指して一直線に走る。パスを出したばかりの橋上が、ぴたりとフォローに入っていた。

行ける。遮るものは何もない。

進藤は確信し、少しだけスピードを緩めた。それでもフォワードの連中は、必死にフォローしてきた。最後は大男たちに背後を守られる格好になりながら橋上がインゴールに入り、大きく内側に回りこんでクロスバーの真下にボールを置く。

「よし」進藤は一人、拳を握り締めた。見ると、インゴールで橋上に手荒い祝福を送っている枡田たちが、一斉にスタンドに右手を向けた。その先には――両手を突き上げた石立。かなり離れているのだが、彼の顔が涙でくしゃくしゃになっているのが見えた。

結局このトライをお膳立てしたのは枡田だったわけだ。しつこくフォワード戦を挑み続けた俺のこだわりに、何の意味があったのだろう。進藤は、心を締めつけていたがすっと消えるのを感じた。

天聖19－7城陽。

「狙い通りですね、監督」会田が含み笑いを漏らした。

「大したことないな、天聖も」調子を合わせて七瀬も軽口を叩く。実際は、今のトライは意表を突いただけだと分かっていた。横へ、ひたすら横へ――何度も通用する手ではない。基本的には、バックスがマンツーマンディフェンスでプレッシャーをかければ、防がれてしまうだろう。

「同じ手は二回は通用しませんよ」

会田の洞察力に、七瀬はひそかに舌を巻いた。まあ、俺がこいつと同じレベルのことしか考えていないのも問題だが……。

「二回やっても損はない。まだ後半は始まったばかりだからな。駄目なら他の方法を考えよう」

「いいんですか」

「たかが12点差だ」七瀬はスコアボードに目をやった。二トライ、二ゴールで逆転。どこかで飛び道具を使って点差を詰めておく手もある。ただ、進藤のドロップゴールについては天聖もかなり警戒しているだろう。事実、前半も天聖陣内に入った瞬間、進藤に対するマークが厳しくなった。

進藤、自分をダミーにできるか？　蹴りたい、自分が試合を決めたいという欲望を抑えられるか？　言ってみればお前は今、選択を迫られている。一人のラガーマンか、キャプテンか。

「指示なしでいいんですか」

「ああ、しばらくこのままでいこう。それより撮影の方、続けてくれよ。天聖がディフェンスを変えてくるかどうか、確認したいんだ」

「了解です」

　会田がファインダーを覗きこんだ。沈黙が訪れた隙を突くように、隣の席に武井が滑りこんでくる。

「まだまだ先は長いな」深々と溜息を漏らす。

「少し悲観的過ぎませんか」

「貧乏性なんでね」皮肉っぽく言葉を吐きながら、武井が手首で顎を支えるようにした。「こういう攻撃の展開は読んでいたのかな、七瀬君」

「私は何もしていません」七瀬は肩をすくめた。「選手たちの判断です」

「しかし――」

「黙って応援してくれませんか」七瀬はぴしゃりと言った。「ここは雑談するための場所じゃないですよ。戦っている選手たちに悪いと思いませんか?」

　武井が苦虫を嚙み潰したような表情を浮かべた。反論することもできたはずだが、周囲が城陽の追い上げで盛り上がっている中、ぐずぐず話し続けることはできない、と判断したようだ。いきなり立ち上がると、自分の席に戻って行く。

「上手く追い払いましたね」笑いをこらえながら会田が言った。

「追い払ってないよ。丁重にお引き取りいただいただけだ。さあ、こっちも集中しよう。連中をバックアップしないと」

「了解」

眼下のグラウンドでは、進藤が素早いパス回しで、またバックスを左右に激しく動かし始めた。天聖が振られたが、最後の「鍵」を決して開けようとはしなかった。ひたすら防御に徹し、十五人の力を結集すれば、そう簡単に最終ラインを突破はできないものだ。進藤は時にキックに織り交ぜ、フォワードに縦突進を試みさせたが、どうしても敵陣22メートルラインの内側に入れない。

どうする。進藤。時間はまだあるぞ。焦る必要はないが、お前は鍵のこじ開け方を見つけたか？


クソ、しつこい連中だ。蠅《はえ》のように集まってきてボールに群がり、前進を阻む。オープン攻撃。逆サイドからのバックスの直進。ハイパントからのフォワードのラッシュ。バックスのサインプレイ。後半に入ってほとんどの時間を敵陣で戦っているのに、こちらが繰り出す全ての手が通用せず、悪戯《いたずら》に時間だけが過ぎていった。

プロップの池上が痛烈なタックルで倒され、救護班が呼ばれた。膝をやられたようだが、何とかプレイは続行できそうだ。時計が止まっている間に、進藤はスポーツドリンクで素早く水分を補給する。末永がするすると近づいて来た。プレイ振り同様、忍者のような動きである。

「蹴るか」

「蹴ってるよ、さっきから」

「そうじゃない。ゴールポストが近いぞ」

言われてちらりとそちらを見た。22メートルラインの少し外側。次のプレイはマイボールのスクラムからで、少し前進すればドロップゴールを狙える位置だ。一人でもかわせれば……しかし天聖は、波状のディフェンスで対応してくるだろう。ここで3点でも返しておけば、これからの戦いはずっと楽になるのだが……。

「狙わない」進藤は一言で否定した。汗の浮いた顔をジャージの肩口で拭い、唾を吐く。口の中に血の味がした。マウスピースをはめ直し、もう一度「狙わない」と短く宣言した。

「じゃ、どうするんだよ」末永が不満そうに口を捻《ね》じ曲《ま》げた。

「どうするって……」

「しっかりしろよ、キャプテン。自分の頭で考えろって言われたら、いきなりフリーズしたか？」

「それはお前も同じだろう」

池上の方に目をやった。サポーターをきつく巻いて片足で立ち上がり、ゆっくりと屈伸運動を始める。苦痛に顔が歪んだが、それでも何とか戦線復帰できそうだった。脚を引きずって歩き出したが、やがて傷めた左足を軸足にして、軽くジャンプしてみせる。

「とりあえず、回していくか？　スクラムは安定してるから、何でもできるぜ」

「俺を飛ばせ」

「は？」

「俺を飛ばすんだ。囮《おとり》にして……」

「分かった」末永が言って、ぐっと顎を引き締めた。長年コンビを組んでいるうちに、はっきり言葉に出さなくても相手の狙いぐらいは分かるようになるものだ。

末永が足取り軽く、スクラムのポイントに走って行った。ボールを広い上げ、感触を確かめるように自分の胸に二度、三度と打ちつける。進藤は秦に目線を送った。秦が目を細め、こちらの考えを読み取ろうとしているのが分かる。次いで、自分の次にキックが安定している金井に。秦が谷内と目配せした。

分かったか？　どうするか決めたか？

自分の頭で考えたか？

「あいつら、何かやらかす気だな」七瀬はぽつりと呟《つぶや》いた。

「何かって、何ですか」ファインダーを覗きこんだまま、会田が訪ねる。

「それが分かれば苦労しない」七瀬は少しだけ脚を伸ばした。緊張しているのと寒さのせいで強張っている。いつの間にか、すっかり馴染みになった胃痛も襲ってきていた。ダウンジャケットのポケットに手を突っこみ、錠剤の胃薬を取り出す。水なしで飲み下し、喉を引っかく不快な感覚に耐えた。ほどなく効いてくるだろう——試合が終わる頃には。自分の腕時計を見て、次いで首を捻ってスコアボードを確認する。後半十五分過ぎ。この辺りで、どうしても追撃の得点が欲しいところだ。

城陽ボールのスクラム。倒れていた池上も無事復帰し、組んだ瞬間からまったく動かずに安定していた。末永がボールを拾い上げた瞬間、七瀬は進藤の背中から立ち上がる気配を感じて、背筋がぞくぞくした。進藤は狙っている。少し距離はあるが、あそこからドロップゴールを叩きこむつもりだ、構わない。お前が行けると思ったら、考えた通りにやってみろ。

末永がパスを出す。いつもより少し強いボール。進藤の発する殺気を警戒してか、天聖のバックスが二人、すっと間合いを詰めてきた。

だが、進藤はダミーだった。ロングボールが直接、秦の手に渡る。キャッチした位置が少し低く、秦は一瞬立ち止まる格好になったが、すぐに体勢を立て直して縦に突進し始めた。進藤に引きつけられて空いた隙間に潜りこみ、ゲインラインをあっさり突破する。

上手い。七瀬は思わず唸った。だがその後には、分厚いディフェンスが待ち構えている。天聖のフォワードもバックアップに回ってくるだろう。どうする？　そこで基点を作って、もう一度回すつもりか？

秦がフルバックに捕まった。しかし倒される直前、谷内に短いパスをつなぐ。谷内は——後ろを向いた。秦からのパスをほとんど止めず、流れるような動きで真後ろにパスする。そこにはフルバックの金井が走りこんでいた。相手ディフェンスとの距離がわずかに開いている。しかしこのスペースを使って何をするつもりなんだ……。

金井には余裕があった。ドロップゴールを狙う余裕が。距離は二十五メートルほどだろうか。ゴールポストのやや右側、蹴りやすい位置だ。

いつも高々と上がる進藤のドロップゴールと違い、ライナーで最短距離を飛ぶキック。低い……いや、ぎりぎりか？　天聖の選手たちが呆気にとられて見上げる中、ボールはクロスバーを越えていった。

　歓声が爆発する。しかし七瀬は、声を上げるよりも呆気に取られていた。あれだけ決まり切ったプレイしかできなかった連中が、こんな独創的なことをするものか？　城陽というチームの持つ潜在能力の高さを、七瀬は改めて思い知った。俺がその気になれば、もっとバリエーション豊富なプレイを叩きこむこともできただろう。だがその結果、選手たちは監督に依存するようになる。それでは進藤と同じ道を辿るわけで……結局、どうやってチームを作っていくか、正解はないのだ。

　苦しめ。楽しめ。

　それこそがラグビーの醍醐味じゃないか。

　天聖19－10城陽。


　進藤は、全身が奇妙な高揚感に満たされるのを感じた。城陽での四年間、こんな奇策を取ったことは一度もない。天聖の連中も戸惑っているだろうが、それはこっちも同じことだ。はっきりしているのは、同じ手は二度と通用しないということ。そして別の奇襲攻撃は、そう簡単には思いつかない。

　まだ9点差。一トライ一ゴールでは追いつかない。どうするか……この時点で押しているのは間違いないのだから、とにかく攻め続けるのが大事だ。天聖といえども、絶対にどこかで緩む。それを見つけて、強固なディフェンスラインをこじ開ければいい。

そう簡単にいくか？

天聖ボールのキックオフ。進藤の頭には、まだ「奇襲攻撃」があった。向こうが考えてもいないことをやってやれ。

荒木は深く蹴ってきた。22メートルラインにまで達するキック。フォワードの最後尾で守っていた枡田が確実にキャッチし、末永にパスを回す。さらに進藤へ。進藤は22メートルラインの内側でパスを受けた。ここからタッチを狙えば、確実にハーフウェイライン付近まで押し戻せる。

だが今は、試合を切りたくなかった。このまま天聖を振り回し続けたかった。迷わず秦にパスを送る。秦は一瞬驚いたような表情を浮かべたが、ボールは天聖に邪魔されず、秦から谷内に、谷内から斉藤へと回った。

斉藤のワンマンショーが始まる。スタンドの悲鳴と歓声がグラウンドを包みこみ、斉藤の背中を後押ししているようだった。

トップスピードに乗った斉藤が、一気にゲインする。天聖のウイングが迫ってきたが、斉藤は相手がタックルに入ろうとした瞬間に一段とスピードを上げ、さらに外側へステップを切って抜き去った。歓声がさらに高まり、進藤の耳を鋭く突き刺す。アドレナリンが噴出し、進藤は顔が熱くなってかすかに目が潤むのを感じた。

斉藤はあっという間にハーフウェイラインを越え、一直線にゴールラインを目指した。残り五十メートル。あいつなら五秒で走り切る。フォローも万全。行ける、と進藤は無意識のうちに拳を握り締めた。

捕まった。

天聖のフルバック、舘《たち》が、いつの間にかするすると迫っていた。下半身にタックルに入るのではなく、横から体当たりをかますようにぶつかっていく。一瞬斉藤のスピードが緩んだ。舘はそこですかさず腰にしがみつき、タッチラインに向かって押しこんでいった。斉藤が上体を振り回し、縛《いまし》めから逃れようとする。しかし体重が重い分、舘の方が有利だった。

押し出される——そう思った瞬間、斉藤が左手一本でボールを浮かし、フォローしてきた池上にパスした。巨体を揺らして池上が突進する。スピードはないが、天聖のバックス二人がかりのタックルにも倒れず、引きずりながらなおも数メートル進んだ。10メートルラインを越えたところでついに倒されたが、顔面から芝に突き刺さりながらも、股の間を通してボールを生かし続ける。海老沢がボールを確保し、すぐに末永へパス。末永は進藤にパスを送ると見せかけて前へ出て、タッチライン際に緩いゴロのキックを蹴った。

背後からするすると上がってきた斉藤が、再び疾駆する。ボールが跳ね上がるタイミングに合わせて上手く胸のところでキャッチし、タッチライン際を駆け上がった。池上が捕まって数秒プレイが止まっていた間に集まってきた天聖のディフェンスが、すぐに斉藤の前に立ちはだかる。斉藤は無理に逃げず、正面から突っこんだ——フォローを信じて。斉藤が倒される。グラウンドに転がったボールに安井が飛びこみ、身を挺してキープした。天聖のフォワードが雪崩れこんでくるが、城陽フォワードもがっちりと受け止める。倒れた安井の上でスクラムを組むような格好になり、林田がボールをかき出した。

逆サイド。

進藤の目は、天聖の穴を素早く見つけ出していた。がら空きのデンジャラスゾーンに思い切り蹴りこむ。フォワードがすぐ近くに集まっているから、バックス勝負だ……いや、永川がまだ残っている。バックスの背後からラインを押し上げるように走ってくる。ウイングの橋上が必死にボールを追った。天聖のウイングとの競走になったが、二人が追いついたと思った瞬間、ボールが高く跳ね上がって頭上を越えた。そこへタイミングよく永川が飛びこみ、ボールを摑んで内側へ切りこんでいく。進藤には彼の狙いがはっきり読めた。引きつけて……引きつけて……天聖のウイングに捕まったが、暴れながら橋上に何とかパスを通す。橋上は外へ進路を取り、残り二十メートルを一気に走り切った。そのままコーナーフラッグをなぎ倒して隅に飛びこむ。

長いホイッスルが鳴り響き、進藤は思わず両手を突き上げた。ついに天聖のディフェンスを完璧な形で崩したのだ。これで4点差。時間は十分にある。天聖は慌てて突き放しにかかるかもしれないが、そこはこちらの思う壺《つぼ》だ。焦りはプレイを雑にし、さらにつけ入る隙を与える。

このコンバージョンを成功させれば2点差。後はペナルティでもドロップゴールでも逆転できる。慎重に狙った進藤は、今シーズン最高の手ごたえを感じた。いつものように高々と舞い上がったボールは、綺麗な回転を見せながら一直線にゴールポスト向かう。この位置から見ると、クロスバーは本当に小さなターゲットでしかないのだが、ボールが近づくにつれ、ぐんぐん大きくなるようだった。ボールは左側のゴールポストをわずかに掠《かす》り、二本のポールの間を通過した。

タッチジャッジの旗が同時に上がるのを見極めて、進藤はティーをグラウンドの外に思い切り放り投げた。背中を興奮が駆け上り、駆け出した足が震え始める。波はこっちにきている。こうなったら後はとにかく、がむしゃらに点を取りにいくだけだ。

天聖19－17城陽。

「いけますよ、監督」会田の声が興奮で震える。

「誰が諦めたって言った?」軽く返しながら、七瀬は自分も興奮で手が震えているのを感じた。「これからだ、これから」

隣に人の気配を感じる。また武井か……無視しようと思ったが、「監督」の一声に振り向く。石立が、長い足を不自由に折り曲げてシートに座るところだった。

「いけるぞ、石立。これでお前も日本選手権には間に合いそうだな。いや、間に合わせろよ」

「ありがとうございます」石立が頭を下げる。また声が潤んでいた。

「元気出せよ。大男が泣いてると鬱陶しいぜ」

「すいません」顔を上げると、泣き笑いで顔が斑《まだら》になっていた。

「だから、鬱陶しいって」

七瀬は平手で石立の頭を叩いた。乾いた音が響き、会田が噴き出す。

「すいません」

石立がまた謝り、同じことが繰り返されそうになった。七瀬は黙ってグラウンドに視線を落とす。城陽フィフティーンは活気づき、既に逆転したような雰囲気が漂っていた。表情は明るく、体には力が漲《みなぎ》っている。

「振り回したのが効きましたね」会田が弾んだ声で言った。

「ああ」

「何だが不満そうですけど？」

「そりゃそうだ。まだ負けてるんだから」

「今の勢いなら勝てます。２点差ですよ？　逆転は時間の問題です」

「会田、冷静になれ」

途端に、会田の唇が捩れる。どうして冷水を引っかけるような真似をするんだ、とでも言いたそうだった。

「終わるまで終わらないんだ。そんなこと、当たり前だろう」

七瀬の目は、天聖のスタンドオフ、荒木の姿を捉えた。ジョギングのスピードでハーフウェイラインに戻って来る途中。疲れているわけではなく、何事か思案している様子だった。このリーグで唯一、進藤と比肩しうる才能の持ち主であり、天聖の選手を使いこなす完璧なリーダー——その男が今、一人のラガーマンに戻っている。目に宿るのは獣の光だ。前半のリードをふいにされかけ、防戦一方の試合展開に不満を抱いている。自分に怒り、チームメイトに怒り、相手に怒っているのだ。

危険だ。

荒木は冷静な判断を失って切れるような男ではない。それ故、彼らしくないこの怒りようがどんな影響を及ぼすか、七瀬には不安だった。怒りで自分を失い、プレイが雑になればこちらの思う壺だが、思わぬ力を発揮することもあるだろう。荒木はどういうタイプなのか。そして怒った荒木に引っ張られた他の選手がどんな反応を示すか。七瀬は椅子に腰かけ直し、腕を組んだ。荒木、お前のプレイをしっかり見せてもらおう。

荒木の奴、どこまで冷静なんだ。

進藤は歯嚙みした。後半も既に三十五分。先ほどのトライ以降、両チームとも得点がない。天聖はディフェンスを徹底的に固めたまま、何とか逃げ切る戦術を変えるつもりはないらしい。そんなことしていて面白いのかよ。うちの監督だったら馬鹿にするぞ——いつの間にか七瀬のように考えていることに気づき、プレイ中であるにもかかわらず、進藤は苦笑した。

　それにしてもやばい、苦笑は一瞬で去り、進藤は焦りに全身を支配された。あと五分。インジャリータイムを含めても七分か八分というところだろう。城陽の攻撃は全て跳ね返され、攻め続けた疲れが今になって出てきてしまった。スピードは落ち、当たりは弱く、スクラムでも押される場面が目立つようになっている。

　攻め手がない。

　奇襲は奇襲であり、そう何度も思いつくものではない。正面から突破しようとしても、読まれているだけにあっさり見透かされてしまう。よほどの力の差がない限り、正攻法で攻め切れるものではないのだ。

　七瀬さん、俺は散々自分の頭で考えましたよ。それでここまで17点を積み重ねた。だけどここから先は……。

　無性に七瀬と話がしたい、と思う。一々腹の立つ男なのだが、今は別だ。勝ちたい。勝つための知恵が欲しい。答えを与えてもらうのではなく、知恵を得るためのきっかけが欲しかった。スタンドを見上げる。七瀬は背筋をぴんと伸ばしたまま、腕を組んでグラウンドを見下ろしていた。目が合った……ように思う。アイコンタクトをするにも遠過ぎる距離。だが次の瞬間、七瀬はかすかにうなずいてトランシーバーを口元に持っていった。ベンチに控えたマネージャーの芦田が慌てて耳を押さえ、手元のトランシーバーに向かって二言三言話す。戸惑っている顔つきだったが、結局すぐに七瀬との会話を終えた。ベンチを飛び出し、無言で右手を下から上へ大きく突き上げる。ハイパント？　それはこの試合、まったく通用していない。七瀬さん、目が曇ったんですか？　そんな指示はあり得ない。

芦田が両手でメガフォンを作り、叫んだ。

「好きなように！」

何だよ、それ。もしかして七瀬さん、高校生の時に親父に言われたこの台詞を自分でも言いたかっただけなのか？　結局俺も七瀬さんも、親父の陰から抜けられないのか。あまりにも大きな親父の傘……そんなこと、どうでもいい。親もＯＢも、今プレイしている俺には何の関係もないのだ。

考えなければならないのは、ただ勝つことだけ。そのためだけに、俺は今ここにいる。

「パントって……」会田が顔を曇らせ、スコアブックに鉛筆の先を叩きつけた。「今日はほとんど失敗してますよ」

「いいんだ」

「それにハイパントは、監督の好きな作戦じゃないでしょう」

「俺の好みなんか関係ない」七瀬はグラウンドに強い視線を投げた。「本当にハイパントに自信を持っているなら、やってみればいいじゃないか。自信がなければやらなければいい。誰かに言われたままに動いたんじゃ、絶対後悔する。最後に決めるのは自分だ」

「それは理想でしょう？」

「理想を追わなくて、誰がこんな苦しいことをやる？　さあ、目をしっかり開いて見ろよ。あと二分だ。俺たちがやらなくちゃいけないのは、あいつらのプレイを見届けることだけだ」

ハーフウェイライン付近のラインアウト。耐え続けた天聖の動きが鈍くなるのに反して、城陽は最後の力を振り絞り始めた。ロックの林田が確実にボールをキャッチする。天聖フォワードのディフェンスが甘くなったのを見抜き、わずかな隙間をこじ開けるように、巨体を丸めて突っこむ。あっけなく、ラインアウトに並んだ選手たちの密集から抜け出した。前傾姿勢を保ったまま、スタンドオフの荒木に狙いを定めてぶち当たっていく、好判断だ。相手の司令塔を巻きこみ、ディフェンス、アタックの統制を崩す。

林田は全力で当たらなかった。荒木が確実に受け止められる程度の強さ。フォローしてきたフォワードの連中が後ろから手助けして押すと、荒木は後ろ向きに転がって密集に巻きこまれた。末永が短く叫び、すぐにボールを出させる。さあ、ハイパントを蹴るには絶好のポジションだ。七瀬は両手をきつく握り締める。

しかし進藤は蹴りに行かず、素早くパスを回した。あの野郎……俺の考えなんかどうでもいいんだ。自分たちの理想を追えよ。しかし判断としては悪くない。天聖はバックスが一人足りない状態なのだ。下がっていたフルバックが一気に詰めてラインディフェンスに参加しようとしたが、それより先にボールは斉藤にまで渡っていた。

しかし天聖も、走られ放題で黙っているわけではなかった。斉藤がトップスピードに乗る前にフォワードが二人がかりで潰し、ボールが地面に零れる。場所は……先ほど荒木を巻きこんだ密集よりも、わずかに前進している。これか。進藤は完璧なポイントを探してボールを動かしたのだ。進藤の後ろには、枡田、小野田、池上が控えている。オフサイドを犯さず、一気に突っこめるポジションを取り、前傾姿勢でいつでも全力疾走に移れる勢いだ。

進藤にボールが渡る。迫り来る天聖のタックルを避けるために、体をわずかに捻って、自分の横の位置からボールを蹴り上げた。軸足の左足が浮き、ボールは冷たい青空を突き抜けるように高々と舞い上がる。三人のフォワードが一気に進藤を追い抜き、ボールを求めてダッシュした。

進藤が一瞬立ち止まる。少し離れて作品の出来映えを見守る芸術家のような佇《たたず》まい。

歓声がグラウンドを包みこみ、七瀬は立ち上がる人の渦に巻きこまれた。

呆然。

あまりにも大きな衝撃を受けた時、人はあらゆる感情を失ってしまう。怒り、哀しみ、情けなさ……自分は脱け殻だ、と意識できるほど冷静なのに進藤は驚いていた。

声もないロッカールーム。ある者はベンチに腰かけうなだれ、ある者は床に直に腰を下ろし、ある者は壁に頭をつけて、それで体を支えて辛うじて立っている。涙はなかった。怒声もなかった。何か言わなくてはいけない、自分が締めなければこの試合は終わらないのだと分かっていたが、進藤の喉は何かに塞がれたように声が出なかった。

数分前のシーンは、ビデオのように頭に焼きついている。上書きして消してしまいたいのだが、あいにく人間の記憶は機械のように便利ではない。

あのハイパント……完璧だった。飛んだ位置、高さ。枡田たちがちょうど追いつき、待ち構える天聖のディフェンス陣と互角に競り合える位置。枡田が、前半のシン・ビンの借りを返そうと、ボールに飛びつく。だが、天聖のロックと空中でぶつかり合い、どちらも摑みそこなった。そのまま地面で跳ねたボールを小野田が上手く抱えこんだが、バランスを崩してその場で片膝をついてしまった。天聖フォワードが殺到し、小野田に襲いかかる。小野田は何とか倒されずに堪え、他の選手のフォローを待った。辛うじてボールをキープする。ここは……ボールが手に渡った時、進藤は無意識のうちに反応していた。七瀬さん、ここは俺が思うようにやるべき場面なんですよね。一番自信のあるプレイで、何が何でも勝ちに行くだけですよね。

左斜め四十五度、得意な位置からのドロップゴール。何度やっても失敗するはずがないプレイ。ゴールポストを視界に入れ、ボールに意識を集中する。何千回も練習して体に叩きこんだ動き。邪魔するものがなければ、このキックが1点差の逆転勝利を城陽にもたらす。

つくづく、ラグビーは偶然に左右されるスポーツだと思う。特定の角度で地面に落とせば、紡錘形のボールも必ずいつも同じ角度で跳ね返る。後はそれに合わせて脚を振り抜くだけ。しかし……ワンバウンドしたボールの角度がわずかに予想とずれる。

足の甲で捉えた感触が心もとないことに、進藤はすぐに気づいた。ベストのポイントより少しだけ高い位置で蹴ってしまったようだ。芝か。ボールが落ちたところの芝が、わずかに削がれて地面が顔を出しているに違いない。だからボールは予想よりも高く跳ねた。

力のないキック。万全なら確実に入る距離なので、ジャストミートしなかった分、飛距離が伸びない。ぎりぎり……ボールはクロスバーを叩き、跳ね返って、インゴールに入らなかった。天聖のフルバックが辛うじてボールをダイレクトにキャッチし、二、三歩前に出てボールをタッチに蹴り出す。

万事休す、だ。

進藤は全身から力が抜けるのを感じた。

負ける。俺のせいで。確信した瞬間、進藤の視界から色が抜けた。

――こんなこともある。全てをコントロールできないからこそラグビーなのだ。頭では分かっていても、気持ちはそれを許さない。何とかできたはずだ。俺がヘマしなければ勝てたはずだ。湧き上がる生の感情は、進藤の心を瞬く間に冒した。

「次の試合だけどな」

淡々とした七瀬の声が沈黙を破った。声のした方を向くと、ロッカールームの入り口に立ちはだかる格好で、表情を完全に消している。能面のようだが、面白がっているようにも見えた。冗談じゃない。負けて、トライ数の差で二位が決まった。四連覇はならなかったのだ。

「大学選手権の一回戦だ。分かってるよな？　まだ終わってないんだぜ」

「いや、これで終わりだ」聞き知った声が被さった。武井。七瀬の背後から忍びこむように近づいて、肩越しに険しい視線を投げつけている。

こいつはゴキブリか？　うんざりして七瀬は溜息をついた。武井の代名詞である「尊敬すべき元日本代表」「イギリス紳士」というイメージは、ここ数か月で急速に崩れてしまっている。「城陽」という名前以上に大事なものは何もないと確信しているのだ。たかが名前なのに。抽象的なものに全てを捧げるのは、単なる信仰に過ぎない。スポーツで、信じていいのは自分自身と仲間たちだけなのだ。目の前にある試合だけなのだ。

「七瀬君」武井が七瀬にしか聞こえないほどの小さな声で囁いた。「分かってると思うが……」

「辞表を書くつもりはありません」七瀬は普通の声で答えた。「馘にしたければどうぞ。私は思い残すことは何もありません。今日は最高の試合でした」

「負けたんだぞ」七瀬の脇をすり抜けた武井が、正面から向き合った。「負けた試合に最高もクソもあるか」

「これが最高の試合だと分からないようじゃ、あなたも大したことはありませんね。いつの間にか、大事なことを忘れたんじゃないんですか？」

「何だと」武井が詰め寄る、身長差をものとせず、胸を突き合わせてぐいぐい体重をかけた。

七瀬はうんざりしていた。元日本代表、一部上場の商社の取締役がやるようなことではない。腕を振るえばすぐに払いのけることができるが、自分の力をそういうことのために使いたくなかった。

「武井さん！」

呼びかけられ、武井が振り返る。その隙に、七瀬はすっと身を引いた。進藤？　何だよ、お前、何でそんなすっきりした顔をしてるんだ？

「まさか、七瀬監督を辞めさせるつもりじゃないでしょうね」

「彼とはそういう話をしている。天聖に勝てなかったら――」

「駄目です」

武井の肩が震え出した。押さえつけるような声で「どういうことだ」と言って、進藤に向かって歩き出す。しかし途中で壁にぶち当たってしまったように立ち止まった。進藤の全身から発する気配——それが武井の全身を阻んでいる。

「このチームは、俺たちと……七瀬さんのチームです」

「負けた監督にそのまま任せるわけにはいかない」

「試合に勝てなかったのは俺たちの責任です。だけど、次の試合をするためには監督が必要なんです」

「お前、何を言ってるか、自分で分かっているのか」武井の顔が歪んだ。

「分かってます」進藤の顔に自信の笑みが浮かんだ。「それがラグビーの基本じゃないですか」

「馬鹿なことを……後悔するぞ」捨て台詞を残し、武井が踵を返す。七瀬の顔を一睨みして、大股でロッカールームを出て行った。

「よし!」十分時間を置いて、誰かが声を上げた。それに引きずられて笑いが広がる。進藤は強張った笑みを浮かべたまま、七瀬をじっと見ていた。

「今の乱入は余計だったな」七瀬は皮肉を滲ませて言った。

「監督」進藤が声を上げると、ロッカールームに再び沈黙が下りる。「次があります。次こそ勝たなくちゃいけません。リーグ戦よりも、大学選手権の方がずっと大事です」

「ああ」

「俺たちは勝ちに行きます。日本一を狙います。同じ失敗は二度は繰り返しません」

「分かってるなら——」

「一緒に勝ちましょう」

進藤の言葉が胸に落ち着く。俺は何をやってきたのか……この数か月、結局チームのためになるようなことは何もしていなかったのではないか。全勝で天聖とぶつかり、ここまで追い詰めたのはこいつら自身の力だ。

それでもいい。「チームはこうあるべき」と決めつけることはないのだ。自由なプレイと同様に、自由なチームがあっていい。

「勝ちに行くぞ！」七瀬は思わず声を張り上げていた。「次で、天聖に泡を吹かせてやろう！」

一揃いになった声が飛びかかってくる。敗れた選手たちの顔に、七瀬はなおもはっきりと輝きを見て取った。全ての目が、ただ次の試合の勝利だけを激しく願っている。

俺のチームだ——そしてお前たちのチームだ。どちらも真実であることを、七瀬は初めて確信した。

解説

大友信彦《おおとものぶひこ》
（スポーツライター）

「ラグビーは描くのが難しいスポーツなんですよ」

知人の漫画家にそう聞かされたことがある。

「たとえば野球なら、エースピッチャーと、ライバルのスラッガーの2人がいれば、短編は成立するんです。極端な話、その2人の顔だけ描ければ、他の登場人物の顔は決めなくても済む。キャッチャーはマスクを被ってるしね。ボクシングや柔道は、そもそも個人競技でしょ。1対1の顔を描き分けられればいい。

だけど、ラグビーって、登場人物がどうしたって多くなる。顔を描き分けるだけでも一苦労なんです」

なるほど、と思った。あの名作野球マンガやあの名作ボクシングマンガが思い浮かんだ。それに比べると、ラグビーの漫画はあまり多くない。実写版の青春ドラマでは、印象的な名作はいくつかあるのだが。ラグビーは、1チーム15人で戦う。両チームあわせて30人、レフリーを加えれば31人が、同時にグラウンドに入って試合をするのだ。これは、チームスポーツで最多だ。確かに、これだけの人数を描き分けるのは、漫画家にとって大変な作業だろうなと思った。

それは、絵という視覚情報を使えない活字の分野では、さらに難しい作業になるだろう。


本作『10-ten-』は、大学ラグビー部が舞台である。

東京都多摩地区南部にある城陽大学ラグビー部は、リーグ戦4連覇を目指すシーズンを迎え、初戦に大勝した矢先、監督の進藤元《はじめ》が心筋梗塞で倒れ、急死する。チームは新しい監督を決めなければならない。このシーズン、新たにヘッドコーチとして着任していた七瀬龍司が後任監督に昇格する。

この人事が起こす波紋が縦軸となって、物語は進んでいく。七瀬がヘッドコーチとしてチームに加わったのはほんの数カ月前。前監督の進藤が呼び寄せたと言うが、きら星のごとく名選手が並ぶ城陽大のOBではなく、よりによってライバル校の天聖大のOBだったのだ（この事実は、小説の終盤で重要な横糸となって物語に大きな影響を与える）。

そして、このシーズン、城陽大のキャプテンを務めるのが、本作のもう一人の主人公、進藤直哉だ。急死した進藤監督の息子であり、ポジションはスタンドオフ。得意なプレーはドロップゴール。高校日本代表、アンダー19、アンダー20という年齢別の代表チームにも選ばれたキャリアを持つ才能溢れるプレーヤーだ。進藤はキャプテンという立場ながら、父の後任に就いた、新しい監督と目指すラグビーのイメージを共有できず、新監督の手法に反発する。そこには父親への思いと、自分たちのチームがこれまで連覇を続けてきたプレースタイルへの自信と、それを支えてきた自分のプレーへの自負が絡み合っている。

さらに、大学スポーツのラストイヤーには特別な思いが加味される。なぜ、オレがキャプテンのこの年に、こんなことが……抑えつけようとしても消えないそんな思いが、物語の横軸として、登場人物たちの感情を想像させる。

読み進めていくうちに、読者の脳裏にはいつのまにか、進藤や七瀬の顔が明瞭な像を結んでいることだろう。肉体と肉体の激突、その合間に発せられる感情の激突。行間には汗や泥や、破れた芝の葉や、切り傷から染み出す血が、つまりはラグビーを構成するリアルな風景が書き込まれ、登場人物の風貌を想起させるのだ。

ちなみに僕が主人公に重ねたのは……と言いたいところだが、登場人物のルックスを自由に想像するのは読書の最大の楽しみなので、ここでは控える。読者はラグビーの有名選手でも、俳優でも、アイドル歌手でも、あるいは身近な同級生やあこがれの先輩などを登場人物たちに自由にあてはめて、想像のラグビー映画を脳裏で上映させていただければ幸いである。

ともあれ、登場人物の顔を描くという困難な作業は、物語の縦糸をキャプテンと後任監督の人間関係で構成することで、いつのまにかクリアされている。

物語のもうひとつのテーマが、本書のタイトルでもある「10」という数字である。ラグビーでは、ポジションのことを、往々にして背番号で呼ぶ。本作の主人公、進藤のポジションであるスタンドオフは「10番」と呼ばれることも多い。スタンドオフは、フォワードが獲得したボールをどう使うかを決断し、実行するのが役目だ。司令塔とも呼ばれる。ラグビーでは、監督は試合中はグラウンドに出ることができない（選手を自由に交代できるようになったのも比較的最近、20世紀最後の数年のことである）。だから、スタンドオフは「グラウンド上の監督」とも表現される。

それゆえ、スタンドオフはラグビーにおける花形のポジションである。日本では、日本選手権で新日鉄釜石が7連覇を飾ったとき（78〜84年度）タクトを振った松尾雄治さん、国立競技場の早明戦が毎年6万人の大観衆を集めた時代の早大の主役だった本城和彦さん、同志社大で大学選手権3連覇（82〜84年度）を、神戸製鋼で日本選手権7連覇（88〜94年度）を達成した平尾誠二さんなどの花形選手の名が思い浮かぶ（平尾さんは多くの試合で背番号12のセンターで出場したが、本人は「ゲームメークの軸をひとつ外へずらしたんです」と表現しており、司令塔であることは変わらない）。彼らのプレーは「華麗な」あるいは「鮮やかな」と形容されることが多く、必然的に女性ファンの華やかな視線を浴びる。1980年代に、ラグビー人気を沸騰させた男たちである（余談だが、大学ラグビー随一の人気と歴史を誇る某大学の元有名監督は、自分のポジションはフォワードのナンバーエイトだったが、あるイベントで息子に着せていたジャージーの背番号は「10」だった。ちなみにその息子は、のちに、ラグビーボールよりもずっと小さなボールをバットで打つ競技で有名になった）。

ラグビーは、最も多くの人数を必要とするスポーツであると冒頭で触れた。15のポジションはすべて専門性が高く、同じスポーツをやっているとは思えないほど異なる体格、体型の選手がいる。それでいて、同じフィールドで、1個のボールを追う。向かってくる体重120キロの巨漢フォワードに、体重60キロに満たないスクラムハーフがタックルする。100メートルを11秒台で走る韋駄天バックスを、体重120キロでドラム缶のような体型の鈍足フォワードが必死で追いかける。地面に転がったボールに、身長2メートルのフォワードと160センチのバックスが同時に頭から飛び込んで奪い合う。他の競技では見られない、まったく違う体型の選手が同じ土俵で戦うことが、ラグビーの面白さのひとつだ。

体型も役目も異なるそれぞれの選手には、それぞれのバックグラウンドがあり、それぞれの考えがあり、求めるラグビーのイメージも、いつも一緒とは限らない。だからチームはあらかじめ戦法を立てて、練習を重ねて、自分たちの目指すプレースタイルを作り上げ、試合で出すオプション（選択肢）を整理しておいて試合に臨む。用意したオプションの中から、何を選び、どうチームを勝利に導くかが、10番、スタンドオフの腕の見せ所となるのだ。

相手の意表を突く発想の豊かさ。相手の陣形の裏をかいたロングパスやロングキックで一気にトライを奪う正確さ、単純なことを愚直に貫き通す強さ。どれもが司令塔の能力であると同時に、チームメートの能力をどう活かすか、仲間の持つ能力、可能性をどう引き出して、スコアに繋げ、勝利に繋げていくかが、スタンドオフの勝負なのである。物語の終盤では、進藤と七瀬が、スタンドオフの役目をめぐって意見を戦わせ、結論が出ないままチームは試合に臨む。本書の核心である。

作者の堂場瞬一さんはラグビー経験者であり、ラグビーを愛している。それは、試合に関する丁寧な描写に現れている。グラウンド上のどの位置で、何番の選手がどんなプレーをしたかが詳細に、かつ躍動感を失わずに描かれている。ラグビー好きにはグラウンドの景色や、そこに吹く風、芝のはがれ具合、ロッカールームの匂いまで脳裏に浮かんでくるだろう。逆に、ラグビーに詳しくない方は（作者には失礼な言い方になるが）細かい表現が何を意味しているかを考えすぎず、どんどん次へと読み進めて構わないと思う。描写の細部を理解しなくても、本作からはグラウンドで繰り広げられる激突や、骨のきしむ音と、その中で決断を繰り返す切迫感が伝わってくる。そのリアルなライブ感に身を浸すことは、やる／見る問わず、ラグビーというスポーツの最大の魅力だと思う。ラグビーは、ルールを知らなくても面白いのだ。

レフリーの手があがる。グラウンドの中央で、ボールを地面にバウンドさせていた背番号10が、ボールを持った手を小さく掲げて仲間に合図を送る。

さあ、読むラグビー試合の始まりです！

単行本　二〇〇九年十二月　ＰＨＰ研究所刊

単行本執筆時、独立行政法人日本スポーツ振興センター国立競技場技術主幹鈴木憲美《のりよし》氏にお世話になりました。記して厚く御礼申し上げます。

文庫化にあたり加筆・修正を行いました。
本作品はフィクションであり、実在の個人や組織等とは一切関係ありません。
（編集部）

実業之日本社文庫 と111

10 -ten- 俺《おれ》たちのキックオフ
堂場瞬一《どうばしゅんいち》スポーツ小説《しょうせつ》コレクション

2015年7月25日　初版第1刷発行

著　者　堂場瞬一《どうばしゅんいち》

発行者　増田義和
発行所　株式会社実業之日本社
〒104-8233　東京都中央区京橋 3-7-5 京橋スクエア
電話 [編集]03(3562)2051 [販売]03(3535)4441
ホームページ　http://www.j-n.co.jp/
印刷所　大日本印刷株式会社
製本所　大日本印刷株式会社

フォーマットデザイン　鈴木正道(Suzuki Design)

ISBN978-4-408-55239-2（文芸）